# ZIRKUSBLUT

**Rolf Dieckmann**

# ZIRKUS BLUT

**Der Wendland-Krimi**

**Erik Corvins fünfter Fall**

**Ellert & Richter Verlag**

Die Frau zog ihre Augenbrauen zusammen, so dass zwei steile Falten auf ihrer Stirn sichtbar wurden.

„Und du bist sicher, dass du das allein schaffst?"

Der Mann mit den dunklen Haaren, die langsam grau wurden, grinste und öffnete die Tür des Minibaggers.

„Oft genug hab' ich ja zugesehen. Das ist einfacher, als es aussieht."

Die Strahlen der Mai-Sonne, die ab und zu hinter vorüberziehenden Wolken verschwanden, tanzten übermütig auf der leeren Rasenfläche.

Der Mann hatte bereits seinen linken Fuß auf die Stufe der Fahrerkabine gesetzt, drehte sich dann aber wieder zu der Frau um und grinste abermals.

„Ich merke schon, du bist immer noch nicht von dem Teich überzeugt. Aber glaub mir: Der wird das Grundstück um ein Vielfaches aufwerten."

Damit zog er sich an der Tür etwas in die Höhe, setzte jetzt auch noch den rechten Fuß in die Kabine und landete mit einer Drehung auf dem Fahrersitz.

Die steilen Falten auf der Stirn verschwanden, dafür zog die Frau die Mundwinkel nach unten.

„Wenn es dich glücklich macht, einen Teich zu besitzen. Bitte – du sollst ihn haben. Aber glaub bloß nicht, dass ich da rein gehe und mit Fröschen und Molchen um die Wette schwimme."

Er wollte gerade die Fahrertür schließen und den Motor anlassen, beugte sich dann aber doch noch einmal zur Tür hinaus.

„Erinnerst du dich nicht mehr? Der Erwin Wohlleben hat doch erzählt, dass hier früher mal ein Teich gewesen ist. War so eine Erinnerung aus seiner Kindheit. Irgendwann haben sie ihn zugeschüttet. Daraufhin habe ich die alten Karten besorgt und nun tue ich doch nichts anderes, als das historische Bild wiederherzustellen. Sonst hätte der Denkmalschutz doch gar nicht zugestimmt. Die nötigsten Arbeiten im Haus sind erledigt, jetzt kommt das Drumherum mal dran."

Mit diesen Worten schlug er die Tür zu und startete den Motor des Minibaggers.

Mit einem Ruck setzte der sich in Bewegung und wackelte mit der Schaufel hin und her, was nicht sehr professionell aussah.

„O Gott", stöhnte die Frau und schlug die Hände vorm Gesicht zusammen.

„Niko, sei bitte vorsichtig!"

Das konnte der Mann in der Kabine natürlich nicht hören, denn der Krach der Maschine war erheblich und außerdem konzentrierte er sich auf die verschiedenen Funktionen des Baufahrzeuges. Blamieren wollte er sich nun wirklich nicht.

In relativ kurzer Zeit hatte er den Umgang mit dem ungewohnten Fahrzeug begriffen, aber als Ingenieur hätte man das von ihm auch erwartet. Sein Fachgebiet war zwar die Elektrotechnik, aber wie hatte sein Vater immer gesagt? Ein Ingenieur löst jedes technische Problem.

Die Gefühle der Frau wechselten von skeptisch zu beeindruckt. Andererseits kannten sie sich seit zwanzig Jahren und sie hatte keinen Zweifel daran, dass Niko alles Technische in den Griff bekam. Mit keinem anderen Mann hätte sie sich auf das Abenteuer „Altes Bauernhaus" eingelassen. Wenn sie da noch an Harald, seinen Vorgänger, dachte. Der hätte keinen Nagel gerade in die Wand bekommen. Er hätte es wahrscheinlich auch gar nicht erst versucht.

Mit erstaunlicher Geschwindigkeit grub sich der kleine Bagger ins Erdreich, das dann auf dem bereitgestellten großen

Anhänger landete, den Erwin Wohlleben, den sie am Gartenzaun bei einem Gespräch über Rosen kennengelernt hatten, zur Verfügung gestellt hatte. Mit dem Versprechen, die Erde mit dem alten Deutz in seinen Wald zu fahren. Dort gäbe es eine Kuhle, die er schon seit Jahren zuschütten wollte.

Greta Sander trat näher an die Grube, hielt die Hand als Schutz vor der blendenden Sonne über die Augen. Plötzlich weiteten sich ihre Augen, ihr Mund öffnete sich und sie stieß einen Schrei aus. Machte einen Satz nach vorn und fuchtelte mit beiden Armen in der Luft.

„Niko, hör auf. Hör sofort auuuuf!"

Der Mann hatte trotz des Krachs ihre Aufregung bemerkt, stellte den Motor ab, und riss ärgerlich die Tür auf.

„Greta, zum Teufel, was ist denn?"

Sie hielt sich die Hand vor den Mund und streckte den Zeigefinger der rechten Hand wortlos und entsetzt in die ausgehobene Grube.

Er kniff die Augen zusammen.

„Was ist das?"

Greta atmete tief durch und gewann die Fassung wieder.

„Wenn es das ist, was ich denke, haben wir jetzt höchstwahrscheinlich ein Problem."

Der sanfte Schub, den der kleine Motor dem Fahrrad gab, fühlte sich gut an. Corvin lächelte und genoss den kühlen Fahrtwind, der ihm das Gesicht streichelte. Seitdem er in der Zeitung gelesen hatte, dass die Fahrt mit einem E-Bike genauso gesundheitsfördernd war wie die mit einem konventionellen Rad, dachte er nicht mehr an Selbstbetrug, wie Lilo es genannt hatte. Gehörte doch die tägliche Ausfahrt mit dem Zweirad zu seinem Plan, ab sofort gesünder zu leben. Und die regelmäßige Bewegung war dafür unabdingbar.

Außerdem war es eine Freude, auf diese Weise das Wendland zu durchstreifen. Auf den wenig befahrenen Straßen, die sich von Dorf zu Dorf schlängelten, begegnete man höchstens mal einem Trecker. Und auf die PKWs, die ihn überholten, sah er mit Verachtung herab und ärgerte sich hin und wieder über ihr unverantwortliches Fahrverhalten. So, wie er sich über Radfahrer ärgerte, wenn er am Steuer seines alten Mercedes saß.

Die Straße führte ihn vorbei an Feldern und Wiesen, auf denen Kühe und Pferde grasten, durch Wälder und durch die Rundlingsdörfer, die es nur hier im Wendland gab. Manchmal bog er von der Straße ab in einen Weg, der landschaftliche Schönheiten versprach und der für private PKWs gesperrt war. Und so lenkte er auch diesmal, gerade als er das Rundlingsdorf mit dem seltsamen Namen Bischof durchquert hatte, das Rad auf einen Waldweg. Schon der Geruch von feuchtem Waldboden faszinierte ihn immer wieder und er sog die Luft tief durch die Nase ein.

Er hatte die Gestalt schon von weitem gesehen, denn das rot-schwarze Muster eines Flanellhemdes hob sich deutlich von den Farben des Waldes ab. Mehr konnte er noch nicht erkennen. Als er näher kam, sah er, dass es eine Frau war, die auf einem Baumstumpf saß, die Ellenbogen auf die Knie gestützt hatte und mit beiden Händen ihr Gesicht bedeckte, so, als sei sie in tiefes Grübeln gefallen. Ihre blonden Haare, die bis zum Kinn reichten, verdeckten den Rest ihres Gesichtes.

Sie hob den Kopf auch nicht, als Corvin sich näherte, anhielt und mit einem Bein das Rad abstützte.

„Entschuldigung. Geht es Ihnen nicht gut? Brauchen Sie Hilfe?"

Die Frau nahm langsam ihre Hände vom Gesicht, richtete ihren Kopf auf und starrte ihn wortlos an. Erst jetzt sah er, dass ihre Augen stark gerötet waren.

Sie schüttelte den Kopf und räusperte sich. Trotzdem klang ihre Stimme so, als habe sie lange nicht gesprochen.

„Was sagen Sie? Ach so, nein danke. Es geht mir gut."

Corvin sah sie prüfend an.

„Ich will ja nicht aufdringlich sein. Aber den Eindruck machen Sie gerade nicht."

Sie schüttelte den Kopf und rang sich den Hauch eines Lächelns ab.

„Sieht nur so aus, ich bin etwas ins Nachdenken geraten. Sie können jetzt beruhigt weiterfahren."

Er zuckte mit den Schultern, setzte den Fuß auf das rechte Pedal, rollte ein Stück nach vorn, hielt dann aber plötzlich wieder an und drehte den Kopf noch einmal zu ihr.

„Sagen Sie: Sind wir uns nicht schon einmal begegnet?"

Sie schüttelte energisch den Kopf.

„Nein, sind wir nicht. Mit Sicherheit nicht. Und jetzt fahren Sie bitte."

Corvin gab dem Fahrrad einen Schwung und trat auf die Pedale.

„Dann habe ich mich wohl getäuscht. Einen schönen Tag noch."

Komisch, dachte er beim Weiterfahren, ich vergesse nie ein Gesicht. Nur irgendetwas passte nicht in das diffuse Bild, das er irgendwo in seinem fotografischen Gedächtnis abgespeichert hatte.

Als er in die Toreinfahrt seines Hofes einbog, sah er, dass die Küchentür offen stand und er hörte eine weibliche Stimme, die ein Liedchen trällerte, dabei aber nicht jeden Ton korrekt traf. Hörte sich an wie „Memories" aus dem Musical „Cats". Gott sei Dank, dachte Corvin, Lilo hat gute Laune. Nichts hasste er mehr, als seine schwergewichtige Haushälterin anzutreffen, wenn ihr gerade eine Laus über die Leber gelaufen war. Dann suchte sie sich ein Opfer, an dem sie sich abarbeiten konnte und auf dem Hof, wo er allein lebte, war die Auswahl nicht sehr groß.

„Hallo Lilo", rief Corvin in die Küche hinein, „was für ein schöner Tag. Bin bereits eine Stunde geradelt."

Lilo drehte sich um und sah ihn an, wie sonst nur Frauen andere Frauen ansehen. Einmal kurz von unten nach oben, von den Schuhen bis zur Frisur.

„Du meinst, du hast dich radeln lassen. Von deiner Tretmaschine für Selbstbetrüger."

Für ein paar Sekunden sortierte Corvin Argumente für die sportliche Seite eines E-Bikes, ließ es dann aber, sie zu artikulieren. Sich mit Lilo auf eine solche Diskussion einzulassen, war zwecklos. Argumente, die ihre Meinung widerlegten, nahm sie einfach nicht zur Kenntnis. Sie setzte sie zu seiner Erleichterung auch nicht fort.

„Und? Gibt's irgendwas Neues? Hast du unterwegs jemanden getroffen?"

Er nahm einen großen Schluck von dem Wasser, das er aus der Leitung in ein Glas gefüllt hatte.

„Nein – beziehungsweise doch. Eine Frau, die mir bekannt vorkam, die ich aber nicht einsortieren kann."

„Wie sah sie denn aus?"

Corvin beschrieb die Frau mit den blonden Haaren, die er im Wald getroffen hatte. Auch dass er ihr Benehmen etwas seltsam fand.

„Hört sich an wie die Frau, die das alte Haus von Stratmann am Rande von Gutfeitzen gemietet hat. Der Kasten stand ja schon lange leer. Hildegard meint, die ist wahrscheinlich was Prominentes, die mit keinem was zu tun haben will. Eine Schriftstellerin vielleicht."

Corvin nahm einen weiteren Schluck Wasser.

„Ach du meine Güte – Hildegard! Die weiß natürlich wieder alles."

Lilo schnaubte verächtlich durch die Nase.

„Ich weiß, du kannst Hildegard nicht leiden. Aber sie passt immer genau auf. Das ist oft sehr hilfreich."

Corvin stellte das Glas auf den Tisch.

„Dann wundert mich, dass sie den Namen nicht weiß. Normalerweise mietet man doch ein Haus unter seinem Namen."

Lilo schaute ihn triumphierend an.

„Weil nicht sie, sondern so eine Firma für sie das Haus gemietet hat. Daher meint Hildegard, sie könnte was Prominentes sein. Oder was Geheimes. Vielleicht eine Spionin."

Corvin fasste sich an die Stirn.

„Eine Spionin! Was soll sie denn hier ausspionieren? Etwa das geheime Rezept von Hildegards Fliederbeersuppe?"

Lilo schnaubte erneut.

„Warum interessiert dich das denn so brennend, wenn du über alles nur deine bösen Witze machst?"

Corvin merkte, dass er den Faden verloren hatte.

„Weil, äh, weil ich das Gesicht irgendwo schon mal gesehen habe. Aber sicher nicht hier, denn ich wusste ja gar nicht, dass sie in dem alten Haus wohnt."

Lilo lachte.

„Dann streng dich mal an. Du bist doch der große Detektiv, der alles rauskriegt. Geheimnisvolle Frau mit Problemen im einsamen Haus. Das ist doch was für dich. Ich spüre ja richtig, wie deine Nase vibriert!"

Corvin winkte ab und ging zur Tür, die auf den Hof führte, drehte sich aber kurz vorher noch einmal um.

„Ob du es nun glaubst oder nicht. Ich habe nicht das geringste Interesse an der Dame."

Aber wer das ist und was sie hier will, das würde mich schon interessieren, dachte er und verließ die Küche. Aber vielleicht hatte Lilo ja recht und sie war wirklich eine Prominente. Er hatte ihr Bild sicher in der Zeitung oder in der Glotze gesehen und irgendwo abgespeichert. Egal. Früher oder später würde er es herausbekommen.

Irgendetwas war anders. Schon als er die Eingangstür zur Gaststube geöffnet hatte, merkte er es. Da die „Wende" eigentlich immer mit durstigen Gästen gut besetzt war, war meistens auch der Geräuschpegel entsprechend hoch. Laut schwatzende, lachende und manchmal auch johlende Zecher sorgten dafür. Doch heute Abend war es nicht so. Die Stimmen klangen gedämpft und sogar Klaas Vormann, der wie immer in seiner übergroßen Lederweste auf der Querbank vor dem Tresen saß und mit dessen sonorer Stimme man allein schon die Gaststube hätte füllen können, bemühte sich, leise zu sprechen.

Fragend schaute Corvin Frank Matthes an, der wie immer hinter dem Tresen stand, und beim Anblick seines soeben eingetroffenen Stammgastes sofort ein frisches Glas unter den Zapfhahn gestellt hatte. Matthes richtete seinen Blick auf einen Punkt über Corvins Schulter und hob leicht das Kinn, unmissverständlich ein Zeichen, dass er sich umdrehen sollte.

Langsam drehte sich Corvin um. Zuerst absichtlich in die andere Richtung, so, als wolle er überblicken, wie viele seiner Freunde und Nachbarn sich heute Abend in der „Wende" ein Stelldichein gaben. Drehte sich dann in die von Matthes vorgegebene Richtung und war – das musste er zugeben – ziemlich überrascht. An dem langen Tisch, an dem sonst immer der diskutierende Künstlerkreis um den Maler Uno Brömmer saß, trank und durcheinanderredete, hatte sich eine Gruppe von Menschen eingefunden, die auch für wendländische Verhältnisse ziemlich ungewöhnlich aussahen.

Corvin tat so, als habe er sich genug umgeschaut, und ging weiter an den Tresen.

„Moin Frank. Wo ist denn unser Künstlerstammtisch heute? Haben sich Unos Leute ein neues Lokal erwählt, wo sie ihre Zeche mit künstlerisch bekritzelten Bierdeckeln bezahlen können?"

Frank Matthes grinste.

„Nee, die sind heute Abend alle bei Walburga Hufnagel in ihrer alten Mühle, wo sie ihre Exponate aus abgenagten Hühnerknochen ausstellt und sie darüber diskutieren wollen. Und da bei Walburga der Enzian immer reichlich fließt, wird keiner von denen heute Abend hier mehr aufschlagen. Das passt ganz gut, weil diese Gesellschaft plötzlich vor der Tür stand."

Corvin griff nach dem frisch gezapften Pils, das Matthes über den Tresen schob.

„Und wer ist das? Die Mitarbeiter eines Kostümverleihs, die ihre Exponate mal auslüften wollen?"

„Keine Ahnung. Aber der Weißhaarige, der offenbar der Chef ist, hat nach dir gefragt."

Corvin machte ein überraschtes Gesicht und zeigte mit dem Finger auf seine Brust.

„Nach mir? Woher sollten die mich kennen?"

Aber Matthes antwortete nicht, hatte den Blick auf den Stammtisch gerichtet, zeigte auf Corvin und nickte.

„Ich habe denen gesagt, dass du heute Abend sicher kommen wirst, und sie haben mich gebeten, ein Zeichen zu geben, wenn du da bist. Siehste, der Chef kommt schon."

„Signore Corvin?"

Der große Mann mit den weißen Haaren hatte sich neben ihn gestellt und reichte ihm seine Hand.

Etwas zögerlich erwiderte Corvin den Gruß und sah ihn fragend an.

„Und mit wem habe ich die Ehre?"

Der Weißhaarige lachte ihn an, so dass man seine goldenen Eckzähne sehen konnte, die unter seinem schwarzen Schnauzbart aufblitzten. Schwarz waren auch seine Augen und die dazugehörigen Brauen, die gut zu dem gebräunten Teint und den weißen, welligen Haaren passten, die bis auf die Schultern reichten. Er trug eine blaue Husarenjacke mit goldenen Borten und auch die Manschetten waren an den Rändern mit einer goldfarbenen Borte verziert. Dazu eine schwarze enganliegende Hose mit Ledereinsätzen. Seine Beine steckten in antiken Reitstiefeln mit Stulpen, die auf Hochglanz poliert waren.

„Verzeihen, wenn ich mich nicht gleich vorgestellt habe. Carlo Cornetti der Name. Direktor Carlo Cornetti. Direktor vom traditionsreichen Zirkus Cornetti, bekannt durch Presse, Funk und Fernsehen."

Er machte eine Pause, griff in die Hosentasche, zog ein blütenweißes Taschentuch hervor, in das ein blaues „C" eingestickt war, und tupfte beide Spitzen seines beachtlichen Schnauzers, die mit Bartwichse an beiden Enden hochgezwirbelt waren.

„Wenn gestatten, habe ich höfliche Anfrage. Doch das wollen nicht im Stehen machen und Sie freundlich einladen, an unserem Tisch zu setzen, damit ich vorstelle kann die anderen Künstler. Va bene?"

Alle Augen waren jetzt auf Erik Corvin gerichtet. Der nickte kurz, griff nach seinem Glas und folgte dem Weißhaarigen an seinen Tisch.

Vor dem Stammtisch, an dem neun Menschen in Zirkusgewändern saßen, blieb er stehen.

„Müssen entschuldigen, dass wir sind bereits in Zirkusgarderobe. Wollten wir gerade unsere Prospekte in der Stadt verteilen, als wir Absage bekamen."

Corvin schaute ihn verständnislos an.

„Was für eine Absage?"

Cornetti winkte ab.

„Erkläre ich gleich. Erst einmal vorstellen die Kollegen."

Er zeigte auf einen Mann mittleren Alters mit einer Glatze und einem Raubvogelgesicht, der ein mit glitzernden Pailletten besticktes Jackett trug. Neben ihm saß eine stark geschminkte Frau mit lackschwarz gefärbten Haaren, die sich in ein enganliegendes Kleid in der gleichen Farbe gezwängt hatte.

„Das ist Milosz und seine Frau Bogdana. Er wirft mit Messer und trifft jede Fliege ins Auge. Er wirft auch auf Bogdana, trifft sie aber nicht. Das ist die Kunst."

Neben dem Messerwerfer saßen zwei Männer, die wie Clowns geschminkt waren. Nasen und Perücken hatten sie abgenommen und auf den Tisch gelegt. Sie trugen rote und blaue Ringelsweatshirts und übergroße Latzhosen.

„Das sind Peppino und Diego. Bringen sogar den allergrößten Griesgram zum Lachen."

Cornettis Finger zeigte nun auf einen großen, hageren Mann, der ganz in Schwarz gekleidet war, sein weißes Haar stramm an den Kopf gebürstet und zu einem Pferdeschwanz gebunden hatte und Corvin aus tief liegenden, unnatürlich hellblauen Augen anstarrte. Daneben saß eine Frau, die ähnlich gekleidet war. Nur dass sie um mehrere Köpfe kleiner war.

„Und hier sind Lawrence, der große Magier und seine Lily. Holt hervor und lässt verschwinden, so wie er will. Auch Lily. Möchte jeder Mann können, der zänkisches Weib hat."

Alle lachten und Corvin lachte zur Gesellschaft mit. Ertappte sich aber dabei, dass er spontan an Lilo denken musste.

Cornettis Finger wanderte weiter und zeigte auf ein Trio. Zwei Männer, die nicht besonders groß waren, dafür aber mit Muskeln bepackt, die gut zur Geltung kamen, weil sie entsprechende Muscleshirts trugen. Auch die Frau zeigte Teile ihres durchtrainierten Körpers, wirkte aber nicht wie eine Bodybuilderin, sondern eher wie eine Ballerina. Unter einem braunen Lockenkopf strahlten Corvin zwei dunkle Augen an. Corvin atmete tief ein und lächelte zurück.

Cornetti war der Blick nicht entgangen.

„Das sind Jules, Jim und Colette. Sie wirbeln durch die Luft ganz oben in Kuppel. Publikum bleibt die Luft weg. Männern besonders bei Colette. Auch wenn sie ist am Boden."

Laut lachend über seinen Witz drehte sich Cornetti zu Corvin um.

„Und das, cari amici, ist Signore Corvin, der uns bestimmt wird helfen. Aber erst einmal wollen wir trinken. Salute!"

Er griff nach einem Glas Rotwein. Alle hoben ihre Gläser, so auch Corvin sein halb ausgetrunkenes Pils. Da der große Tisch für zwölf Personen ausreichte, waren noch zwei Stühle frei. Corvin wählte den in unmittelbarer Nachbarschaft zur immer noch strahlenden Colette.

Cornetti räusperte sich ausgiebig.

„Das Problem ist dieses. Hatten wir Zusage von Magistrat für eine Platz. Nun kommen wir an und sagt man uns, es geht doch nicht. Kein Platz und auch kein anderen gibt es. Aber – wie sicher denken können – ein Cornetti gibt nicht auf, schaut sich um und sieht schöne große Pferdeweide ohne Pferde. War aber niemand da, den man konnte fragen, wem gehört. Darum sind gegangen in Taverna, ob jemand weiß. Und Glück! Mann mit Lederweste wusste, gehört Signore Corvin. Und dass er sicher bald kommt. Hat gestimmt und nun sind wir alle hier und fragen höflich, ob wir Wagen und Zelt auf die Wiese stellen können, per favore!"

Corvin dachte nach.

„Im Moment weiß ich gar nicht, welche Weide Sie meinen. Können Sie sie näher beschreiben?"

Cornetti machte ein betretenes Gesicht.

„Hat kleinen Unterstand und Futtergestell für Heu. Wäre ideal für uns."

Vom Tresen dröhnte plötzlich Klaas Vormanns Bariton.

„Er meint deine Weide am oberen Mühlenbach. Die willst du doch neu verpachten. Hatten wir vorgestern gerade drüber gesprochen. Und ich sagte …"

Corvin unterbrach ihn.

„Danke, Klaas, jetzt weiß ich, welche er meint."

Er wandte sich wieder Cornetti zu.

„Für wie lange wäre das?"

Cornetti schaute an die Decke.

„Drei Wochen, vielleicht vier. Musse sehen, wie Publikum kommt. Ist gut, wenn viele Kinder."

Das Wort „Kinder" ließ in Corvins Kopf einen Film ablaufen und er sah sich mit seinem Freund Andi in kurzen Hosen mit roten Backen in der ersten Reihe vor der Manege sitzen, völlig gebannt von dem, was da vor ihren Augen passierte. Die Clowns, die Artisten, der Dompteur und die Seiltänzerin. So wollte er auch eines Tages sein und dann mit den bunten Wagen von Dorf zu Dorf ziehen. Und das Publikum würde den Atem anhalten, wenn „Enrico der Unfassbare" durch die Luft wirbelt. Dafür hätte sein Taufname, den er nicht leiden konnte, eigentlich ganz gut gepasst. Ja, beim Zirkus …

„Signore, haben Sie mir zugehört?"

Wie vom Blitz getroffen riss der Film und beförderte „Enrico, den Unfassbaren" als Erik wieder ins Hier und Jetzt. Alle Augen waren auf ihn gerichtet. Cornettis Blick flehte ihn an.

„Signore, sagen Sie Ja, bitte! Ich zahle jeden Preis."

„Ja, ja, natürlich ja. Es kam so plötzlich. Ich bin ein bisschen …"

Weiter kam er nicht, denn Cornetti umarmte ihn und drückte ihm einen Kuss auf die Stirn. Die Artisten umringten ihn, der Messerwerfer schlug ihm auf die Schulter, der Magier zauberte eine Papierblume hinter seinem Ohr hervor und die schöne Colette hauchte ihm einen Kuss auf die Wange.

Corvin befreite sich aus dem Knäuel.

„Moment, ich habe ja noch gar nicht den Preis genannt. Sie werden sich wundern."

In der „Wende" wurde es totenstill. Auch die Gäste, die nicht zum Zirkus gehörten, aber trotzdem zugehört hatten, starrten ihn an. Cornettis Gesicht hatte sich versteinert.

„Nun sagen Sie schon."

Corvin räusperte sich gedehnt.

„Wie wäre es mit einer Dauerkarte für mich?"

Eine Sekunde war es still, dann brach der Jubel los. Cornetti umarmte Corvin ein weiteres Mal mit dem linken Arm, mit dem rechten winkte er Frank Matthes zu.

„Padrone, eine Runde für alle auf meine Kosten. Heute ist ein schöner Tag. Che fortuna!"

# 4

Die Geschwindigkeit und Präzision, mit der die Zirkusleute das Zelt samt Zubehör auf Corvins Weide aufbauten, ließen ihn staunen. Cornetti, der mit strengem Blick die Arbeiten überwachte, lachte.

„Das haben wir ja auch tausend Mal geübt. Das geht ratzfatz. Und wer dabei nicht spurt, kriegt eins hinter die Löffel."

Corvin schaute ihn überrascht an.

„Wieso sprechen Sie denn plötzlich völlig akzentfrei? Das heißt – ein Akzent ist noch da. Der klingt aber mehr nach Hamburg als nach bella Italia."

Cornetti lachte abermals.

„Richtig geraten. Geboren bin ich im Barmbeker Krankenhaus und in dem Stadtteil auch aufgewachsen. Ein Künstlername ist das aber nicht. Mein Vater war Italiener. Der hatte mit dem Zirkus nur kurz zu tun. Der Zirkus wurde von meinem Onkel betrieben. In jungen Jahren hatte mein Vater dort auch mitgemacht, allerdings nicht in der Manege, sondern als Techniker. Aber nach ein paar Jahren ging ihm das Nomadenleben auf den Geist. Er lernte meine Mutter kennen, eine waschechte Hamburgerin, und wurde als Hausmeister sesshaft. Er wollte auch nicht, dass sein Sohn etwas mit der Frenocomio, der Irrenanstalt, wie er immer sagte, zu tun hatte. Darum ließ er ihn Autoverkäufer werden. Aber irgendwann habe ich mich dann doch dort hingeschlichen, sofort Feuer gefangen und mich Hals über Kopf in die Seiltänzerin verliebt. Ich bin dann bei Nacht und Nebel auf und davon. Und wie Sie sehen, habe ich es bis zum Direktor gebracht."

Er gab eine weitere sonore Lachsalve von sich.

„Zirkus, mein lieber Herr Corvin, ist eine Illusion. Ein exotischer Traum. Das Normale haben die Leute zu Hause. Ein bodenständiger Direktor aus Barmbek passt da nicht rein, auch der muss ein Paradiesvogel sein."

Er wischte sich mit dem Taschentuch über den Bart.

„Und darum is besser, wenn spreche mit fremde Akzent. Musse nur so spreche, wie Vater immer hat gesproche. Molto facile!"

Jetzt lachte auch Corvin.

„Jetzt sagen Sie bloß, dass Ihre Mitarbeiter, die Sie mir vorhin vorgestellt haben, auch stinknormale Deutsche sind und aus Dortmund und Bielefeld kommen?"

Cornetti schüttelte den Kopf.

„Nein, nein, keine Bange. Die sind echt. Die Crew setzt sich aus dreizehn verschiedenen Nationen zusammen, haben wir neulich festgestellt. Und Sie werden es nicht glauben: Ein paar Deutsche sind auch darunter. Aber die haben sich auch einen Akzent zugelegt."

Zwei Männer waren gerade damit beschäftigt, einen der Masten aufzurichten, doch der riesige Pfeiler hatte ein enormes Gewicht und nun scheiterte bereits der dritte Versuch.

„Die sind neu und ich habe denen gleich gesagt, das geht nur zu dritt und mit einem Tau. Aber sie wollen ja nicht hören", schimpfte Cornetti.

In diesem Moment näherte sich den Erfolglosen von hinten ein Mann, schob die beiden zur Seite, griff sich den Mast mit beiden Händen, richtete ihn auf und gab den Kollegen ein Zeichen, dass sie ihn in der Bodenverankerung befestigen sollten, bevor er ihn wieder losließ.

Corvin pfiff durch die Zähne.

„Donnerwetter, wer ist das denn? Der sieht ja gar nicht so aus wie ein Schwarzenegger."

Cornetti lachte.

„Das ist Jarek aus Polen. Ist noch gar nicht so lange bei uns. Es stimmt. Der hat eine ganz normale Figur und ist auch schon fast fünfzig. Aber ich habe noch nie einen Kerl mit so einer Kraft erlebt. Er tritt bei uns als „Der stärkste Mann der Welt" auf und manchmal auch als Clown. Bei der Eisenbieger-Nummer holt er sich Leute aus dem Publikum in die Manege und lobt einen Geldpreis aus. Die denken immer, das ist ein Fake. Aber dann sehen sie, dass das tatsächlich massive Eisenstangen sind und sie schaffen keinen Millimeter. Dann kommt Jarek und biegt einen schönen Neunzig-Grad-Winkel hinein. Da gucken die ziemlich blöd aus der Wäsche. So, und jetzt müssen wir sofort einen Probedurchlauf machen. Wenn Sie wollen, können Sie gern hierbleiben."

Eine Stunde später saß Corvin direkt an der Manege und beobachtete fasziniert, was da vor ihm ablief. Ein weiteres Mal fühlte er sich in seine Kindheit versetzt.

Die Pferde, die Clowns, die Artisten, die Musik, die ganze Atmosphäre faszinierte ihn wie vor Jahrzehnten. Seine geballte Aufmerksamkeit aber zog eine Französin auf sich, die eine Hundedressur vorführte. Ihre Gruppe bestand aus sechs Pudeln in allen Größen. Der Star war eindeutig eine Zwergpudel-Dame namens Cherie, die wie ein Gummiball in der Manege herumsprang, aber offensichtlich die Chefin der Gruppe war. Auch die dreimal so großen Königspudel ordneten sich ihr unter. Sein besonderes Augenmerk aber richtete sich auf Camille, wie sich die Dompteuse nannte. Eine Schönheit mit schwarzem Bubikopf, die sich grazil zwischen ihren Tieren bewegte und sie mit leichter Hand die erstaunlichsten Kunststücke machen ließ. Aber vielleicht heißt sie auch Renate oder Monika und kommt aus Pinneberg, dachte Corvin. Aber um das herauszufinden, hatte er nun mindestens drei Wochen Zeit.

Völlig beseelt kam er auf seinen Hof zurück und betrat mit einem versunkenen Lächeln die Küche.

Lilo ließ den Topf sinken, den sie gerade in den Schrank stellen wollte.

„Nanu, so gut drauf heute? So kenne ich dich ja gar nicht. Ist dir eine gute Fee über den Weg gelaufen?"

Corvin schüttelte den Kopf, lächelte aber immer noch.

„Nein, was viel Schöneres. Ich war im Zirkus und alle meine Kinderträume wurden wieder wach."

Lilo staunte.

„Nanu? Du hast auch eine sentimentale Seite? Das hab' ich nun nicht vermutet. Und seit wann gibt es denn hier einen Zirkus?"

Corvins Lächeln verschwand.

„Ich gehöre nun mal nicht zu den Leuten, die ihr gesamtes Innenleben offen herumtragen. Und den Zirkus gibt es seit zwei Stunden, nachdem ich ihnen erlaubt habe, ihr Zelt auf meiner Weide am oberen Mühlenbach aufzuschlagen. Warst du als Kind denn nicht auch vom Zirkus begeistert?"

Lilo zuckte mit den Schultern.

„Keine Ahnung, ich war nie dort. Meine Mutter hatte nichts übrig für solch überflüssigen Blödsinn, wie sie sagte, und später fand ich mich dafür zu alt. Muss man wahrscheinlich auch nicht gesehen haben."

Er wusste zwar genau, was er an ihr hatte, aber unwillkürlich musste Corvin an den Magier Lawrence denken, der Frauen verschwinden lassen konnte. Doch da hatte Lilo schon das Thema gewechselt.

„Ach übrigens, Erwin hat nach dir gefragt. Schien was Dringendes zu sein."

„Dann geh' ich gleich mal rüber", sagte Corvin und war froh, einen Grund zu haben, sich aus der Küche zu entfernen, wo seine Zirkuseuphorie gerade erhebliche Beschädigungen erlitten hatte.

Erwin Wohlleben war ausnahmsweise nicht mit seinen Rosen beschäftigt, sondern saß an seinem Küchentisch und starrte auf einen Teller.

Corvin klopfte an die Tür, obwohl er sich bereits in der Küche befand.

„Moin Erwin, du wolltest was von mir?"

Erwin sah nur kurz auf, dann schaute er wieder auf den Teller, auf dem ein länglicher S-förmig gebogener, bleicher Knochen lag.

„Was, glaubst du, ist das? Ein Geflügelknochen ist das nicht. Da kenn ich mich aus. Hab' früher ja viel geschlachtet. Ein Rinderknochen ist das auch nicht. Dafür ist der zu dünn und sieht zerbrechlich aus."

Corvin war zwei Schritte näher herangetreten.

„Hm, ich würde sagen, sieht aus wie ein menschliches Schlüsselbein. Wo hast du es gefunden?"

Erwin drehte sich zu ihm um.

„Kaffee oder Bier?"

Corvin schüttelte den Kopf.

„Für Bier ist es zu früh. Kaffee wär' okay."

Erwin nickte, ging zum Küchenschrank, holte einen Becher heraus, stellte ihn auf den Tisch und goss aus einer Thermoskanne Kaffee hinein. Dann ging er zum Kühlschrank und stellte wortlos eine angebrochene Tüte H-Milch dazu.

„Der war in einem Hänger voll Aushub", begann er mit der Beantwortung der Frage.

Corvin runzelte die Stirn.

„Was für ein Aushub?"

Erwin goss sich Kaffee in seinen Becher, der eigentlich schon vor zwei Tagen in die Spülmaschine gehört hätte.

„Du kennst doch den alten Resthof von der Familie Struck. Die haben sich doch am anderen Ende ihrer Felder einen protzigen Neubau hingestellt, weil ihnen der alte Kasten nicht mehr gut genug war. Den Resthof mit Wohnhaus und Stall

24

und rund viertausend Quadratmetern haben sie verkauft. An ein jüngeres Paar aus Hamburg. Greta und Niko. Wie sie mit Nachnamen heißen, weiß ich gar nicht. Mit denen bin ich neulich ins Gespräch gekommen, weil sie ihre Rosen falsch gedüngt haben. Und wenn ich etwas nicht abkann, dann, wenn einer Rosen falsch düngt. Ich sag immer …"

Corvin unterbrach ihn.

„Bitte, Erwin, komm zur Sache."

Erwin schob die Unterlippe nach vorn.

„Jawohl, Herr Kommissar. Dann sind wir so ins Klönen gekommen und sie haben mir erzählt, dass sie am Ende des Grundstücks einen Teich anlegen wollen. Und da hab' ich denen erzählt, dass da auch mal ein großer Teich gewesen ist, der zugeschüttet wurde. Das sei dann doch so eine Art historische Wiederherstellung. Niko hat dann gleich alte Karten besorgt und hat angefangen zu rechnen. Das meiste würden sie selber machen, hat er gesagt, aber das sei immer noch teurer, als sie dachten, allein für das Wegfahren des Aushubs würden unverschämte Preise aufgerufen. Und da hab' ich gesagt, keine Panik, ich hab' ja noch den alten Deutz mit Frontlader und einen großen Hänger mit Kipper hab' ich auch. Und da ist ja noch die große Kuhle in meinem Waldstück, wo die früher den Müll reingeworfen haben, die Schweine. Die wollte ich sowieso immer mal zuschütten. Da kommt mir der Aushub ganz recht. Und das hab' ich denn auch gemacht. Gleich bei der ersten Fuhre hab' ich den Knochen gesehen, als ich die Ladung in die Kuhle schütten wollte. Ich hab' erstmal niemandem etwas gesagt und nun frage ich dich: Was soll ich machen? Du kennst dich doch aus mit solchen Sachen."

Corvin legte die Stirn in Falten.

„Wenn man so etwas findet, sollte man auf jeden Fall die Polizei informieren, weil es doch etwas ungewöhnlich ist, wenn man auf einem privaten Grundstück menschliche Knochen findet."

Erwin schnaubte durch die Nase.

„Aber wenn die aus der Zeit Karls des Großen stammen, interessiert die Polizei das doch nicht. Dann kommen die Archäologen. Die sieben dann alles durch und das kann dauern. Ich will den jungen Leuten ja auch keine Scherereien machen."

Corvin grinste.

„Ich weiß. Mir hat mal der alte Schulz gesagt: Wenn du beim Graben irgendwas findest – sofort wieder zuschütten. Sonst hast du die Archäologen für ein paar Jahre am Hals. Wenn das tatsächlich ein Schlüsselbein ist, dann ist das ein Röhrenknochen und die zersetzen sich auch relativ schnell."

Erwin hatte aufmerksam zugehört.

„Wie lange dauert es eigentlich, bis sich ein Mensch in der Erde vollständig aufgelöst hat?"

Corvin wiegte den Kopf hin und her.

„Das kann man pauschal nicht beantworten. Es kommt ganz auf die Bodenbeschaffenheit an. Ist es feucht oder ist es trocken? Ist es sandig oder lehmig? Lag der Tote in einem Sarg oder wurde er so verbuddelt? Aber sag mal, hast du denn sonst nichts gefunden?"

Erwin zuckte mit den Schultern.

„Ich hab' die Erde erstmal nicht in die Kuhle geschüttet, sondern auf den Platz davor. Das ging ganz gut, weil da keine Bäume stehen. Dann hab ich sie mit dem Frontlader soweit platt gemacht, wie es ging. Ich hab' sie nicht durchgesiebt, aber wenn ein Schädel dabei gewesen wäre, den hätte ich sicher freigelegt."

Corvin dachte nach.

„Da wir nicht wissen, in welcher Tiefe der Knochen ursprünglich gelegen hat, könnte natürlich auch ein Tier ihn irgendwo gefunden und dort vergraben haben."

Erwin nickte.

„Stimmt. Ich hatte doch mal einen Dackel. Wenn der irgendwo …"

Corvin schnitt ihm das Wort ab.

„Du wohnst doch schon ewig hier. Kannst du dich erinnern, dass in den letzten Jahren jemand vermisst worden ist?"

Erwin lehnte sich zurück und dachte nach. Dann schüttelte er langsam den Kopf.

„Nee, nicht, dass ich wüsste. Alle, die in der Zeit gestorben sind, wurden anständig beerdigt."

Corvin schaute auf die Uhr.

„Na gut, dann überlasse ich dich deinem Schicksal. Du bist der Finder und du musst entscheiden, ob du das melden willst oder nicht."

Erwin schwieg länger als eine Minute und starrte auf den Knochen.

„Schwierige Entscheidung. Lass mich mal noch eine Nacht darüber schlafen."

Der hellgraue Passat Kombi mit dem Berliner Kennzeichen hatte die A 14 verlassen und bog durch den Kreisverkehr in die Bundesstraße 191 Richtung Dannenberg ab. Am Steuer saß ein Mann von ungefähr fünfzig Jahren mit schütteren grauen Haaren und einer schwarzen Hornbrille auf der Nase. Er trug eine beige Blouson-Jacke, darunter ein rotes Polohemd. Die Frau neben ihm war etwas jünger, hatte dauergewellte aschblonde Haare und war dezent geschminkt. Der grüne Blazer erinnerte stark an den einer Ex-Kanzlerin, die Bluse darunter war schwarz und wurde geziert von einer Perlenkette. Sie zog die Mundwinkel nach unten.

„Ich verstehe nicht, warum der nicht die Adresse sagen konnte. Der wird doch dafür bezahlt."

Der Mann am Steuer grinste.

„Schätze, die ahnen, dass es da eine undichte Stelle gibt. Die sind vorsichtig geworden."

Die Frau schüttelte den Kopf.

„Trotzdem. Ich hasse es, in irgendwelchen Provinznestern rumzusuchen."

Der Mann grinste ein weiteres Mal.

„Immer mit der Ruhe. Bis jetzt haben wir immer noch jeden gefunden."

\*

Zur selben Zeit radelte Corvin wieder die Landstraße entlang, von der der Waldweg abging, auf dem er die Frau auf dem Baumstumpf getroffen hatte. Es ging ihm einfach nicht mehr aus dem Kopf, dass ihm das Gesicht bekannt vorgekommen war, er sich aber nicht daran erinnern konnte, wo er sie schon mal gesehen hatte. So etwas ließ ihn einfach nicht mehr los, bis er es herausgefunden hatte.

Schon von weitem sah er den verwaisten Baumstumpf, trotzdem hielt er an. Was hatte Lilo gesagt? Das ist wahrscheinlich die Frau, die in das alte Haus der Familie Stratmann gezogen ist. Am Rande von Gutfeitzen. Das war nicht so weit von hier. Er würde dort einmal vorbeifahren, vielleicht ergab das neue Anhaltspunkte. Gerade wollte er in die Pedale treten, als er hinter dem Stumpf etwas im Laub liegen sah. Eine flache Schachtel aus silbrigem Metall. Er stellte das Fahrrad auf den Ständer, ging zwei Schritte nach vorn und bückte sich. Eine Art Etui musste das sein, mit zwei in sich verschlungenen Buchstaben auf dem Deckel. „TM" las er daraus. Als er auf den kleinen Knopf an der Seite drückte, sprang der Deckel auf. „Ein Zigarettenetui", murmelte er, als er vier Zigaretten ohne Filter darin entdeckte. Großartig, dachte er, jetzt hast du wenigstens einen Grund, bei ihr zu klingeln und zu fragen, ob sie das verloren hat. Manchmal kommt der Zufall tatsächlich, wenn man ihn braucht.

Die unbefestigte Piste führte aus dem Wald hinaus und kreuzte sich mit einem asphaltierten Wirtschaftsweg. Auf dem fuhr Corvin weiter und konnte schon nach wenigen Minuten das Haus am Dorfrand sehen. Ursprünglich war es das Forsthaus gewesen, dann hatte es ein Arzt als Praxis eingerichtet. Als dessen Witwe vor einigen Jahren auch gestorben war, konnte die Erbengemeinschaft nicht den Preis erzielen, der ihr vorschwebte. So wurde es erst einmal als komfortables Ferienhaus genutzt. Offenbar war es jetzt auf längere Zeit vermietet worden, wenn die Beobachtungen von Lilos neugieriger Freundin Hildegard stimmten.

Schon von weitem hörte er aufgeregte Stimmen. Ein Mann und eine Frau schienen sich zu streiten. Nach wenigen

Metern konnte er sie auch sehen. Sie standen im Vorgarten des Hauses und Corvin konnte erkennen, dass es tatsächlich die Frau aus dem Wald war. Der Mann schien ungefähr in seinem Alter zu sein, trug eine braune Wildlederjacke und Jeans, ging gestikulierend auf und ab.

„Das geht so nicht, auf keinen Fall. Du bringst mich damit in Schwierigkeiten", hörte er ihn mit lauter Stimme sagen. Dabei schlug er sich mit der rechten Faust mehrfach auf die Handfläche der Linken. Sie machte eine wegwerfende Bewegung und sagte etwas, was Corvin nicht verstand. Blöde Situation, dachte er, vielleicht stimmt es ja, dass sie eine Schriftstellerin ist und er vielleicht ihr Verleger. Aber da hatten sie ihn schon bemerkt, brachen ihr Streitgespräch ab und starrten ihn an.

Corvin grinste und schaute die Frau an.

„Entschuldigen Sie, wenn ich störe. Könnte es sein, dass Sie das hier verloren haben?"

Damit griff er in die Jackentasche und zog das silberne Etui hervor. Sie warf einen kurzen Blick darauf, streckte den Arm aus und sah ihn unfreundlich an.

„Ja, das gehört mir. Geben Sie es her."

Sie war ein paar Schritte vorgetreten und nahm es ihm über den Gartenzaun hinweg aus der Hand.

„Wo haben Sie es gefunden?"

Trotz des garstigen Tonfalls bemühte Corvin sich, weiter ein freundliches Gesicht zu machen.

„An dem Baumstumpf im Wald, wo wir uns schon einmal getroffen haben."

Jetzt war auch der Mann an den Zaun getreten.

„Sie haben sich getroffen? Wie oft schon? Und woher wussten Sie, dass die Dame hier wohnt?"

Corvin schüttelte den Kopf.

„Nein, das haben Sie falsch verstanden. Das war alles reiner Zufall. Ich komme auf meinen Fahrradtouren öfter hier vorbei. Und da sah ich sie im Garten stehen. Hätte ja auch sein können, dass es ihr gar nicht gehört. Aber mit ihren Initialen auf dem Deckel ist es ja leicht erkennbar."

Jetzt mischte sich die Frau wieder ein.

„Das sind nicht meine Initialen. Und außerdem: Was erzählen Sie da? Ich kenne Sie gar nicht. Wer sind Sie eigentlich?"

Jetzt wich auch aus Corvins Gesicht die bisher bewahrte Freundlichkeit.

„Sind Sie immer so unfreundlich zu Leuten, die Ihnen Ihr Eigentum zurückbringen? Mein Name ist Corvin und ich wohne zwei Dörfer weiter. Und wenn ich das nächste Mal etwas finde, was Ihnen gehört, werde ich Sie auf keinen Fall damit belästigen. Einen schönen Tag noch." Damit stieg er wieder auf sein Fahrrad, würdigte das Paar keines Blickes mehr und radelte davon. Das ist leider etwas anders gelaufen, als du dir das vorgestellt hast, dachte er. Aber jetzt erst recht! Sein Interesse, die Identität dieser Frau herauszubekommen, wuchs von Minute zu Minute.

An der nächsten Kreuzung hielt er an. Wenn er nach rechts abbog, radelte er geradewegs nach Hause und wenn er sich dann mit Lilo in das übliche Geplänkel verstrickte, würde das aufgrund seiner schlechten Laune ziemlich ausarten. Hielt er sich links, kam er an der Pferdeweide vorbei, wo der Zirkus seine Zelte aufgeschlagen hatte. Und das machte sicher gute Laune. Also überlegte er nicht weiter, gab dem Rad einen Schwung und fuhr in Richtung Zirkus Cornetti.

Auf dem Platz vor dem Zelt stand eine Gruppe von Zirkusleuten im Halbkreis um etwas herum. Als er näher kam, sah er, dass sich dort Direktor Carlo Cornetti vor seinen Leuten aufgebaut hatte und etwas erzählte. Wenige Sekunden später bogen sich die Umstehenden vor Lachen, Cornetti schien eine gute Pointe geliefert zu haben. Er löste sich aus der Gruppe und ging mit offenen Armen auf Corvin zu.

„Signore Corvin, unser Wohltäter, wie schön, Sie an diesem herrlichen Tag zu sehen."

Corvin lachte zurück.

„Wie schön, heute endlich mal Menschen zu treffen, die gute Laune haben."

Trotz seines Lächelns schien Cornetti sofort zu bemerken, dass über Corvins Kopf eine unsichtbare dunkle Wolke schwebte.

„Was ist los, mein Freund? Was ist Ihnen über die Leber gelaufen?"

Corvin winkte ab.

„Unwichtig. Aber wenn ich noch mal auf die Welt komme, gehe ich auch zum Zirkus. Da ist immer gute Stimmung. Meistens jedenfalls."

„Und warum haben Sie es in diesem Leben nicht gemacht?"

Corvin schnaubte.

„Das hätte meine Mutter auf keinen Fall zugelassen."

„Und heute? Würde sie es heute erlauben?"

„Das weiß ich nicht. Sie ist schon viele Jahre tot."

Cornetti lachte laut auf.

„Sie können also alles selbst entscheiden. Warum entscheiden Sie sich nicht?"

Corvin lachte laut auf.

„Warum? Weil ich dafür viel zu alt bin."

Jetzt lachte Cornetti kurz auf.

„Zu alt? Für den Zirkus ist niemand zu alt. Was wollten Sie denn machen, wenn Sie es in die Manege geschafft hätten?"

Corvin schaute ihn an und doch durch ihn hindurch, denn die Träume seiner Kindheit kamen wieder zurück.

„Artist. Ja, ich war sehr sportlich. Aber manchmal auch Clown. Ich fand es toll, dass die das Publikum so zum Lachen bringen können."

Cornetti legte seine linke Hand um sein Kinn und dachte nach.

„Vor zwei Jahren ist Beppo gestorben. Hatte diese böse Krankheit, gegen die man meistens verliert. Er war nicht mehr der Jüngste, aber er war der Star. Bis heute konnte ich ihn nicht ersetzen. Sie waren zu dritt. Jetzt müssen Peppino und Diego es allein machen. Sie haben immer die Nummernparodie gemacht. Sie fragen sich sicher, was das ist. Das ist, wenn die Clowns das nachmachen wollen, was die Kollegen gerade vorgeführt haben. Artist, Dresseur, Zauberer zum Beispiel. Und das geht natürlich gründlich schief. Zum Gaudi des Publikums. Das ist nämlich auch ein bisschen Schadenfreude über jemand, der bei allem sagt: Das kann ich auch. Und dann scheitert. Und ein bisschen Mitleid, weil jeder denkt: Ich hätte das auch nicht gekonnt. Clowns bewegen sich ja immer zwischen Lachen und Weinen."

In Corvin stieg ein Verdacht hoch.

„Und warum erzählen Sie mir das alles? Sie wollen doch wohl nicht vorschlagen …"

Cornetti schnitt ihm das Wort ab.

„Doch, das will ich. Sie haben uns so viel Gutes getan, nun tue ich Gutes für Sie. Also wollen Sie?"

Corvin schüttelte heftig den Kopf.

„Nein, nein. Auf keinen Fall. Das kann ich nicht. Das Publikum lacht mich ja aus."

Cornetti schlug ihm auf die Schulter.

„Genau. Und das soll es ja auch. Schadenfreude und Mitleid. Haben Sie verstanden?"

Corvin atmete tief ein, wollte etwas sagen, aber Cornetti setzte seine Rede fort.

„Probieren Sie es einfach mal. Peppino und Diego sind gute Lehrmeister. Einmal zur Probe. Nur für eine Nachmittagsvorstellung. Lassen Sie Ihre Kinderträume wahr werden."

Corvin machte ein zerknirschtes Gesicht.

„Aber wenn mich Nachbarn und Bekannte sehen. Ich mache mich doch zum Trottel, wenn ich da durch die Manege stolpere. Und außerdem habe ich Reflexe, die ich jahrelang beim Kampfsport trainiert habe. Ich kann gar nicht so stürzen, dass es albern aussieht."

Cornetti schüttelte energisch den Kopf.

„Oh doch, Sie können. Erstens erkennt Sie niemand unter der Maske. Und zweitens …"

Er packte Corvin am Arm und zog ihn mit sich.

„Kommen Sie, ich werde Ihnen etwas zeigen."

Sie gingen quer über den Platz vorbei an den Wohnwagen. Aus einem, an dessen Fenster die Jalousien heruntergelassen waren, drang ein dumpfes Poltern und Corvin meinte, ein Stöhnen wahrzunehmen.

Er schaute Cornetti im Gehen von der Seite an.

„Haben Sie das auch gehört? Was war das?"

Corvin hatte das Gefühl, dass Cornettis Schritte schneller wurden.

„Nein, habe ich nicht. Da vorn ist es."

Sie hielten vor einem hölzernen, großen Zirkuswagen. Ein paar Stufen einer eingehängten Metalltreppe führten hinauf zur Eingangstür. Cornetti drückte die Klinke hinunter und öffnete die Tür. Ein Hauch von chemischer Reinigung, Waschpulver und Mottenkugeln kam ihnen entgegen.

„Catarina, bist du da?"

Aus dem Dunkel des Wagens kam eine kleine ältere Frau, die einen blauen Seidenkittel trug. Die silbergrauen Haare, die immer noch üppig vorhanden waren, hatte sie hochgesteckt, so dass sie jetzt wie ein Storchennest auf ihrem Kopf thronten. Die Augenbrauen waren entfernt und durch Tätowierungen ersetzt worden. Bis auf die Lippen, die sich im dunklen Rot präsentierten, war sie ungeschminkt.

„Carlo, was kann ich für dich tun?"

Cornetti zeigte auf Corvin.

„Das ist Signore Corvin, der uns liebenswürdigerweise diesen schönen Platz zur Verfügung gestellt hat. Ich habe ihm von Beppo erzählt. Hast du sein Kostüm noch zur Hand oder ist das schon eingemottet?"

Catarina schüttelte den Kopf.

„Nein, Carlo, es hängt noch auf dem Bügel. Ich halte es in Ehren. Ach, Beppo. Warte, ich hole es."

Minuten später kam sie zurück und hängte den Bügel an eine ausklappbare Stange außen am Wagen, die man wahrscheinlich zum Auslüften von Kostümen benutzte.

Die Clownsklamottage bestand aus einem blau geringelten T-Shirt, einer roten Latzhose, in die Corvin und Cornetti zusammen hineingepasst hätten, einer gewaltigen Bauchattrappe zum Umschnallen und Schuhen, die in einem Netz dazwischen hingen. Hätte es ein solches Paar in Konfektionsgröße gegeben, wäre es wahrscheinlich Schuhgröße 68 gewesen, denn sie waren nach vorn mindestens fünfzig Zentimeter lang.

Cornetti schlug Corvin erneut auf die Schulter.

„So, mein Lieber. Nun versuchen Sie mal, in diesen Klamotten auf einen Stuhl zu steigen. Das schaffen Sie nie. Und Sie werden zu Boden gehen wie ein nasser Sack. Da nützen Ihnen auch die schönsten Reflexe nix."

Corvin streckte den Arm aus und strich mit der Hand über die rote Hose.

„Okay, darf ich eine Nacht darüber schlafen?"

Cornetti schloss die Augen gönnerhaft.

„Gut, gut. Aber eins müssen wir vorher noch regeln. Wir sind eine große Familie. Wir duzen uns hier alle. Ich bin der Carlo. Aber Erik klingt nicht gut für einen Clown."

Corvin schlug die Augen nieder.

„Das ist auch nicht mein richtiger Name."

Cornetti schaute erstaunt.

„So? Wie heißt du denn?"

Corvin schaute ihm in die Augen.

„Meine Mutter hat mir den Namen Enrico gegeben. Sie war ein großer Fan von Caruso. Aber ich mag den Namen nicht. Darum nenne ich mich Erik."

Cornetti riss die Augen auf.

„Enrico? Grandioso! Fantastico! Enrico Cornetti. Benvenuto in famiglia! Willkommen in der Familie!"

Jeden Dienstagabend um neunzehn Uhr traf sich Corvin mit
seinem Freund aus Kindertagen, Andreas Feindt, den alle
Andi nannten. Sie waren beide Polizisten geworden, Andi in
Dannenberg, Corvin in Hamburg. Hatten dann nach Corvins
Rückkehr ins Wendland eine Zeitlang auf demselben Revier
gearbeitet, bis Corvin diese unvermutete Erbschaft angenommen und wohlhabend gemacht hatte und er damit den Dienst
quittieren konnte. Ihrer Freundschaft hatte das keinen
Abbruch getan.

Das Ritual war immer das gleiche. Corvin betrat die
„Wende", grüßte den Wirt Frank Matthes mit leicht erhobe-
ner Hand, der wiederum ein frisches Pilsglas aus dem Regal
nahm und unter den Zapfhahn stellte, seinen Blick in die von
ihm aus hintere linke Ecke des Lokals richtete und das Kinn
kurz hochreckte, was soviel hieß wie: Andi ist schon da. Das
war nicht überraschend, weil Andi immer der Erste war,
wenn es etwas zu essen oder zu trinken gab, auch wenn er
regelmäßig davon berichtete, dass er demnächst eine neue
Diät anfangen wolle. Darauf stießen sie dann mit einem weiteren Köpi an.

So liefen die ersten Minuten auch an diesem Abend ab.
Corvin klopfte mit dem Fingerknöchel auf die hölzerne Platte
des Tisches, an dem sein Freund saß, der seine Brille mit dem
Zeigefinger über die Nase nach oben schob und ihn angrinste.

„Hab' schon gehört. Du bist jetzt Zirkusdirektor."

Corvin schüttelt den Kopf.

„Eher Zirkusplatzverpachter."

Andi spielte den Erstaunten.

„Oh, du machst aber auch aus allem Geld. Was kriegst du denn dafür?"

Corvin lachte.

„Eine Dauerkarte. Aber erste Reihe. Erinnerst du dich nicht mehr, was für Zirkusfans wir beide als kleine Jungs waren?"

Andi nickte heftig

„Allerdings. Du wolltest immer Artist oder Clown oder beides sein, ich hatte es mehr mit den wilden Tieren. Ist deine Karte übertragbar? Dann würde ich mir auch gern eine Vorstellung ansehen."

Corvin schaute ihn entrüstet an.

„So viel wird doch wohl in deinem Polizistengehalt noch drin sein, dass du dir eine Karte kaufen kannst. Die brauchen jeden Cent."

Andi wollte etwas entgegnen, aber in diesem Moment stellte Frank Matthes ein frisches Pils vor Corvin auf den Tisch.

„Wohl bekomm's, die Herren. Andi, du auch noch eins?"

Andi nickte heftig, ergriff sein Glas und leerte es mit einem Zug. Wischte sich den Schaum vom Mund und reichte Matthes das leere Glas. Eine gute Gelegenheit für Corvin, das Thema zu wechseln.

„Sag mal, du bist doch jetzt beinahe fünfundzwanzig Jahre hier bei der Polizei. Ist in dieser Zeit mal irgendjemand verschwunden, den niemand vermisst und niemand gesucht hat?"

Andi schaute Corvin von der Seite an und runzelte die Stirn.

„Sag mal, hast du irgendwas geraucht? Wie kann ich denn von jemandem wissen, den niemand vermisst?"

Corvin machte eine wegwerfende Handbewegung.

„Nein, so habe ich das auch gar nicht gemeint. Du kennst das doch aus der täglichen Arbeit. Irgendwie fallen dir Dinge auf, die keinen Zusammenhang ergeben. In meiner Hamburger Zeit habe ich mal in einer Telefonzelle auf St. Pauli einen

Herrenschuh gefunden. Und zwar einen von der ganz teuren Sorte. War eine Maßanfertigung. Wenn beide Schuhe da gewesen wären, hätte man sich ausmalen können, dass da einer im Vollsuff die Telefonzelle mit dem Hotelzimmer verwechselt hat. Aber einen Schuh von der Preisklasse lässt man nicht einfach so stehen. Der wird einem aber auch nicht geklaut. Was willst du mit einem Schuh?"

Andi zuckte mit den Schultern.

„Höchstens, wenn du nur ein Bein hast."

Corvin nickte.

„Genau. Und so war es auch. Der Leiche, die wir aus dem Hafenbecken gezogen haben, fehlte aber nicht nur ein Bein, sondern auch der Kopf. Und mit Hilfe des sündhaft teuren Schuhmachers haben wir denn auch schnell rausgefunden, wer das war."

Andi hatte aufmerksam zugehört.

„Und wer war es?"

Corvin schüttelte den Kopf.

„Das spielt keine Rolle. Ein Typ aus dem Milieu. Ich wollte ja auch nur wissen, ob dir hier schon mal Dinge aufgefallen sind, die irgendwie nicht zusammenpassten und dich dann auf eine größere Sache gebracht haben?"

Andi schüttelte den Kopf und schob seine Brille mit dem Zeigefinger nach hinten.

„Nee, nicht, dass ich wüsste. Aber ich weiß etwas anderes. Wenn du so kryptisch fragst, dann hast du irgendwas im Kopf, was du mir nicht sagen willst. Aber sei sicher, ich krieg' das raus. Prost!"

\*

Der graue Passat Kombi hielt in der Parkbucht vor dem Büro der Tourist-Information in Lüchow. Das Ehepaar mittleren Alters stieg aus und schaute sich um.

Der Mann nahm seine Brille ab, holte ein Tuch aus seiner Jackentasche und begann, die Gläser zu putzen.

„Eigentlich eine ganz nette kleine Fachwerkstadt!"

Die Frau schaute sich ebenfalls um und rümpfte die Nase.

„Könnte mir vorstellen, dass hier spätestens um acht die Bürgersteige hochgeklappt und die Straßenlaternen ausgeknipst werden."

Der Mann lachte und setzte seine Brille wieder auf.

„Entspann dich. Sobald wir alles erledigt haben, sind wir auch schon wieder weg. Komm, wir gehen mal rein."

Die Dame, die hinter dem Tresen Prospekte sortierte, war blass und ungeschminkt. Dafür leuchtete ihre Kurzhaarfrisur feuerrot. Der melodische Ton, den die Tür beim Öffnen von sich gab, ließ sie aufschauen und routinemäßig lächeln.

„Guten Tag, was kann ich für Sie tun?"

Der Mann machte eine angedeutete Verbeugung und lächelte ebenso routiniert zurück.

„Guten Tag. Wir sind das Ehepaar Müller aus Berlin und suchen für circa eine Woche eine Ferienwohnung. Schön ruhig und abgelegen."

Die Karottenköpfige streckte ihre Finger aus und begann, die Tastatur ihres aufgeklappten Laptops zu bearbeiten.

„Da wollen wir doch gleich einmal schauen, Herr Müller. Warten Sie. Hier – ich glaube, das wäre etwas für Sie. Ist aber keine Wohnung, sondern ein ganzes Haus. Daher etwas teurer. Aber dafür auch totale Alleinlage, direkt am Wald."

Der Mann grinste.

„Wald ist gut. Wenn es dann auch noch einen Internetanschluss hat, wär's perfekt."

Der Karottenkopf nickte.

„Ja, hat es. Aber ansonsten ist es weit ab vom Schuss."

Der Mann grinste wieder.

„Weit ab vom Schuss ist sogar sehr gut."

*

Zur selben Zeit klopfte Corvin an die Tür von Cornettis Wohnwagen. Unmittelbar darauf hörte er seine laute Stimme:

„Komm rein. Die Tür ist offen.“

Corvin öffnete die Tür, blieb aber draußen stehen. Cornetti strahlte ihn an.

„Ah, Enrico, hast du es dir überlegt? Ich hoffe doch, du machst es. Na, komm schon rein. Nein, warte. Ich komme raus. Habe schon wieder viel zu lange am Schreibtisch gehockt. Diese Bürokraten! Merda! Grande Merda!“

Über die drei Stufen aus Metall stieg er ins Freie.

„Nun spann mich nicht auf die Folter. Wie hast du dich entschieden?“

Corvin zog die Augenbrauen nach oben.

„Also, ich werde mit Peppino und Diego trainieren, wenn sie wollen. Aber ich gehe nur in die Manege, wenn die beiden der Meinung sind, dass es gut ist und wir uns nicht blamieren werden. Und dann nur für eine Vorstellung am Nachmittag. Das reicht mir. Ich möchte nur einmal spüren, wie das ist, wenn man vor Publikum in der Manege steht.“

Cornetti schlug ihm auf die Schulter.

„Fantastico! Genauso machen wir es. Komm, wir gehen jetzt sofort zu den beiden und ich werde meine Anweisungen geben. Das ist doch mal ganz was Neues. Aus dem gelernten Landwirt wird ein angelernter Clown.“

Corvin schüttelte den Kopf und lachte.

„Na, so richtig stimmt das ja nicht. Landwirt bin ich schon mal gar nicht.“

Cornetti schaute ihn überrascht an.

„Nicht? Ich denke, du hast einen großen Hof?“

Corvin nickte abermals.

„Ja, das stimmt. Aber den habe ich geerbt. Die Ländereien sind verpachtet. Landwirtschaft findet nicht mehr statt. In meinem früheren Leben war ich Polizist. Bei der Hamburger Kriminalpolizei."

In den vielen Verhören, die Corvin führen musste, hatte er gelernt, auch auf die kleinste Reaktion im Gesicht des Verhörten zu achten, und so bemerkte er, dass Cornetti für den Bruchteil einer Sekunde erstarrte. Hatte sich aber genauso schnell wieder im Griff und fiel in sein routiniertes Lachen.

„Polizist? Polizist, sagst du? Viele Kollegen kommen ja aus anderen Berufen, aber ein Polizist war bisher nicht dabei. Qualcosa di nuovo! Mal was Neues! Komm, lass uns gehen."

Während Peppino, der ältere der beiden Clowns, von Anfang an zugewandt und freundlich auf Corvin zukam, ging Diego sofort auf Distanz. Cornetti schien das nicht zu entgehen. Seine Stimme bekam einen befehlshaften Ton.

„Dieser Mann, Enrico Corvin, hat uns einen großen Gefallen erwiesen und uns viel Geld und Ärger erspart, wofür wir ihm alle unendlich dankbar sind. Und er hat einen Kindertraum: Einmal in der Manege stehen. Diesen Traum wollen wir ihm erfüllen. Und *wir* heißt wir alle. Capito?"

Diego nickte, schaute dabei aber auf die Erde. Peppino lachte und packte Corvin am Ärmel.

„Komm, mein Freund, wir suchen uns jetzt erst einmal ein stilles Plätzchen und dann erklären wir dir alles."

Am Abend wieder zu Hause sank Corvin erschöpft in seinen Sessel. Die beiden Routiniers hatten ihn stundenlang in die Mangel genommen und er spürte jeden einzelnen Knochen im Leibe. Er war zwar körperlich in guter Verfassung und eigentlich immer sehr sportlich gewesen, aber lernen, wie man Leute zum Lachen bringt, war dann wirklich eine harte Schule. Den beiden Clowns schien die Anstrengung nichts auszumachen. Ab morgen wird wieder regelmäßig trainiert, sagte er zu sich selbst.

Irgendwie war er trotzdem ganz zufrieden und immerhin hatte die ganze Crew, die sich einer nach dem anderen rund um die Manege einfand, um dem ungewöhnlichen Gastkollegen zuzuschauen, heftig applaudiert. Morgen wollten sie das Ganze im Kostüm proben. Na, das kann ja heiter werden, dachte er und musste über seinen eigenen Wortwitz grinsen. Über diesen Gedanken nickte er langsam ein.

Der Gitarrenriff seines Handys riss ihn aus dem leichten Schlaf. Etwas benommen drückte er auf die grüne Taste.

„Hallo?"

Am anderen Ende war Andi.

„Sag mal, du schläfst doch nicht etwa schon? Ausgerechnet du, alte Nachteule? Ich habe hier etwas, von dem ich denke, dass es dich interessieren könnte."

Corvin gähnte lautstark.

„Schieß los."

Andi schüttelte den Kopf, was Corvin natürlich nicht sehen konnte.

„Also, hör zu. Du hast mir doch neulich von dem Zirkus erzählt und bei so Durchfahrenden machen wir hin und wieder eine Überprüfung. Diesmal war ich dran und beim dritten bin ich stutzig geworden, habe sie dann alle gecheckt."

„Und? Was willst du mir nun erzählen?"

Andi lachte.

„Das ist wirklich eine außergewöhnliche Mannschaft. In diesem Zirkus gibt es nämlich kaum jemanden, der noch keine Vorstrafe hat."

# 7

Corvin stützte sich auf die Gartenpforte und machte ein nachdenkliches Gesicht.

„Du willst die Sache mit dem Knochen also nicht melden. Okay, deine Sache. Aber irgendetwas ist da faul und so lange ich darüber nachdenke, fängt die Sache langsam an, mich zu interessieren. Können wir nicht mal unter einem Vorwand mit den Teichbauern reden?"

Erwin zuckte mit den Schultern.

„Und wie willst du das anfangen?"

Corvin grinste.

„Du stellst mich vor und sagst, das ist mein Freund Erik, er möchte sich auch so einen Teich bauen und würde gern mal mit euch über eure Erfahrungen reden. Und schon sind wir im Gespräch."

Erwin schnippte mit Daumen und Zeigefinger.

„Sehr gut. Das machen wir. Und wann?"

„Am besten gleich!"

„Okay, dann schauen wir mal, ob sie zu Hause sind."

Erwin schloss die Gartentür hinter sich und beide gingen nebeneinander die schmale Straße hinunter. Nach zehn Minuten zeigte Erwin mit dem Finger auf ein Haus.

„Da vorn. Das Fachwerkhaus mit den weißen Fächern ist es."

Im Vorgarten war eine Frau, die ihre kastanienbraunen Haare zu einem Knoten gebunden hatte, damit beschäftigt, das Blumenbeet vom Unkraut zu befreien. Darauf hatte sie sich so konzentriert, dass sie die beiden Männer, die nun vor dem Gartenzaun Halt machten, gar nicht wahrnahm. Erwin räusperte sich übertrieben laut.

„Hallo Greta. Immer viel zu tun in einem Blumengarten, nicht?"

Die Frau schaute auf, lächelte Erwin an und blickte dann mit fragendem Blick auf Corvin. Erwin zeigte mit dem Finger auf ihn.

„Das ist mein Freund Erik. Der wohnt ganz in meiner Nähe. Allerdings in die andere Richtung. Der möchte sich auch gern einen Teich bauen und da habe ich von eurem erzählt. Den würde er sich gern mal ansehen. Geht das?"

Nun lächelte die Frau auch Corvin an.

„Hallo, ich bin Greta Sander. Der Teich ist das Lieblingsprojekt meines Mannes. Er ist auch gerade wieder mal dabei. Allerdings ist immer noch kein Wasser drin. Aber Sie können sich das gern ansehen. Ich führe Sie hin."

Sie zog die grünen Gummihandschuhe aus, machte eine einladende Handbewegung und ging auf dem mit Kopfstein gepflasterten Weg voran. Hinter dem Haus lag eine große Wiese, die ursprünglich wohl als Viehweide gedacht war. Nun hatte das Ehepaar Sander Büsche, Obstbäume und eine Rotbuchenhecke gepflanzt, die den vorderen Teil des Gartens optisch vom hinteren trennte. Greta zeigte in die Richtung.

„Da, hinter der Hecke ist er. Erwin kennt das ja."

Niko Sander war gerade damit beschäftigt, mittelgroße Kieselsteine, die er aus der nahen Kiesgrube geholt hatte, von seinem Anhänger abzuladen. Als er die drei kommen sah, setzte er die Schiebkarre wieder ab.

Corvin hob die Hand.

„Hallo, ich bin Erik Corvin, ein Freund von Erwin. Ich hätte auch gern so einen Teich und möchte Sie was fragen. Hätten Sie ein paar Minuten Zeit?"

Niko lachte und reichte Corvin die Hand.

„Natürlich. Schießen Sie los."

Corvin lachte zurück.

„Braucht man dafür eigentlich eine Genehmigung?"

Niko schüttelte den Kopf.

„Solange Sie unter hundert Kubikmetern bleiben, nicht. Da brauchen Sie keine."

Corvin trat näher an die Grube.

„Aber der hier wird doch wesentlich größer?"

Niko nickte.

„Ja, da hat uns Erwin drauf gebracht. Anhand der alten Karten konnte ich nachweisen, dass es hier mal einen Teich gegeben hat. Jeder Hof hatte früher solche Teiche. Fischteiche, Löschwasserteiche, Rötelteiche zur Flachsgewinnung und so weiter. Ich stelle also das historische Bild wieder her. Und das wird hier sehr begrüßt."

Corvin dachte einen Augenblick nach.

„Und was ist mit dem Aushub? Ich habe mal gehört, wenn man hier beim Graben irgendwas aus alter Zeit findet, hat man sofort die Archäologen am Hals. Haben Sie sich das genau angeschaut, was Sie da zu Tage gefördert haben?"

Nikos freundliches Lächeln verschwand.

„Erwin hat alles mit seinem Frontlader auf den Hänger gepackt. Musste ziemlich oft fahren. Aber wenn da was drin gewesen wäre, hätten wir das sicher gesehen."

Corvin tat so, als wäre er mit dieser Antwort zufrieden.

„Ah, so ist das. Seit wann wohnen Sie denn hier?"

Nikos Miene blieb ernst.

„Wir haben das Haus vor zwei Jahren von der Familie Struck gekauft. Die haben neu gebaut."

Erwin lachte.

„So ist das hier. Die Zugereisten wollen immer gern was Altes und die Einheimischen was Neues."

Corvin nickte ihm zu.

„Stimmt. Ich wohne ja selbst in so einem alten Kasten. Und den würde ich nach wie vor jedem Neubau vorziehen. Schon, was man alles so findet. Da erlebt man so manche Überraschung."

Corvin merkte, wie Niko zunehmend nervös wurde.

„So. Ich glaube, ich muss hier mal weitermachen. Sie können aber jederzeit gern wiederkommen, wenn Sie Fragen haben. Wenn wir das Wasser reinlassen, wollten wir sowieso darauf anstoßen. Sie sind herzlich eingeladen. Und du natürlich auch, Erwin.“

Dann drehte er sich um und begann, weiter Steine für die Uferbefestigung abzuladen. Corvin hob seine Hand.

„Vielen Dank, ich komme gern noch mal wieder, wenn ich darf. Da gibt es sicher noch einige Fragen.“

Greta, die die ganze Zeit geschwiegen hatte, brachte sie zurück ans Gartentor. Corvin machte eine angedeutete Verbeugung.

„Also, noch mal vielen Dank. Ich hoffe, wir sehen uns bald wieder.“

Corvin und Erwin gingen schweigend den Weg zurück. Vor Erwins Haus blieben sie stehen.

„Kennst du eigentlich die Familie Struck?“

Erwin schob die Unterlippe nach vorn.

„Naja, wenn du hier so lange wohnst wie ich, kennst du eigentlich jeden. Besonders die Alteingesessenen. Der alte Heinrich Struck ist schon lange tot. Muss jetzt mehr als zehn Jahre her sein. Seine Frau, das heißt seine zweite Frau Martha, ist kurz danach gestorben. Sollen ganz schön was auf der hohen Kante gehabt haben. Naja, der Hof ist ja auch nicht gerade klein.“

Corvin hatte aufmerksam zugehört.

„Und wem gehört der Hof jetzt?“

Erwin dachte einen Augenblick nach.

„Heinrich hatte ja zwei Söhne. Der eine, Lothar, ist nach Kanada ausgewandert, der andere, Martin, hat den Hof übernommen. Der Martin ist mit Almut verheiratet, das ist ein Besen, sag ich dir. Die hat ihren Mann voll unter dem Pantoffel. Bildet sich sonst was ein und hält sich für was Besseres. Nur weil sie früher mal Stewardess war und angeblich die ganze Welt kennt. Wollte auch nicht mehr in dem alten Haus wohnen, darum musste er ein neues bauen. Ganz modern mit allem Pipapo. Dabei ist das alte doch ganz schön. Hast es ja eben gesehen."

Corvin kratzte sich am Kinn.

„Eine Stewardess und ein Bauernsohn. Wie haben die sich denn kennengelernt?"

Erwin lachte.

„Auf einem Flug natürlich. Der Martin ist doch mit seinem Bruder nach Kanada geflogen. Wollten sich da mal ein bisschen umsehen. Und auf dem Flug dorthin, erzählen sich die Leute, haben die sich kennengelernt. Dann ist sie plötzlich hier aufgetaucht. Da muss irgendwas vorgefallen sein bei ihrer Fliegerei, jedenfalls soll sie in irgendwelchen Schwierigkeiten gesteckt haben und blieb dann hier. Kurz darauf hat sie mit Martin Verlobung gefeiert."

Corvin grinste.

„Die Dame würde ich ja gern mal kennenlernen."
Erwin nickte.

„Das kannste haben. Nächstes Wochenende ist doch der ‚Tag des offenen Hofes'. Da machen die immer mit. Sie wahrscheinlich in erster Linie, um den Leuten ihren protzigen Lebensstil vorzuführen."

Corvin zog sein Handy aus der Tasche und tippte den Termin ein.

„Danke, Erwin, für den Hinweis. Den Termin werde ich unbedingt wahrnehmen."

*

Zur gleichen Zeit hatte das Ehepaar, das sich im Büro der Tourist-Information in Lüchow als Kurt und Marion Müller mit

Wohnsitz in Berlin eingetragen hatte, das für eine Woche gemietete Ferienhaus erreicht. Es lag, wie angekündigt, am Rande des Naturschutzgebietes, das „Die Lucie" genannt wurde, was im Drawänopolabischen, der Ursprache des Wendlands, soviel wie „Der Sumpf" heißt. Ursprünglich als Arbeiterhaus errichtet, war es später zum Ferienhaus umgebaut worden, einsam gelegen, aber mit allem technischen Komfort ausgestattet.

Der Mann stieg aus.

„Na bitte, ist doch wunderbar. Hier können wir in aller Ruhe weitere Instruktionen abwarten. Sie werden die nötigen Informationen schon zusammenbekommen. Auf jeden Fall ist das Ziel hier im Landkreis. Komm, wir packen erst einmal aus."

Die Frau zog immer noch ein missmutiges Gesicht.

„Wenn wir damit fertig sind, brauche ich unbedingt etwas zu essen. Ich bin hungrig, ich könnte Menschen anfallen."

Der Mann lachte, griff sich eine Reisetasche und einen länglichen, flachen Koffer. Er zog einen Schlüssel aus der Tasche und steckte ihn in das Schloss der Eingangstür, die sich schon nach einer Drehung des Schlüssels öffnete.

Sie gingen durch den Flur ins Wohnzimmer und der Mann legte den flachen Koffer auf den Esstisch. Er drückte auf die Schlösser, es gab ein metallisches Klickgeräusch und der Deckel hob sich ein wenig. Er klappte ihn ganz zurück.

„Hier, schau mal. Ganz neues Modell. Leicht, präzise und sehr leise. Hört auf den neckischen Namen ‚Tirolerin'. Namen denken die sich aus, man fasst es nicht. Aber Hauptsache, es ist zuverlässig."

Damit griff er in den Koffer, entnahm ihm einen polierten Holzschaft, ließ den Lauf mit dem Schalldämpfer in die Vorrichtung am Ende des Schaftes einrasten, schob ein Zielfernrohr in die dafür vorgesehene Schiene und in weniger als einer Minute war das Jagdgewehr mit dem freundlichen Namen schussbereit.

*

„Ich glaube, Carlo hat recht", stöhnte Corvin und versuchte, wieder auf die Beine zu kommen. Doch die schwere Bauchattrappe und die unförmigen Schuhe ließen ihn erneut in die Knie gehen.

Diego schaute ihn mit einem verächtlichen Blick an.

„Nun mal los, das sieht ja immer noch erbärmlich aus."

Peppino fuhr dazwischen.

„Nun lass ihn mal. Er muss doch erst einmal ein Gefühl für sein Kostüm bekommen."

Er wandte sich wieder Corvin zu, der immer noch im Sand der Manege kniete.

„Du musst versuchen, auf den Hacken zu laufen und dein Gewicht nach hinten zu verlagern. Sonst stolperst du über deine eigenen Füße und der Bauch zieht dich nach unten. Und zwar im falschen Moment. Probier's noch mal!"

Schnaufend richtete Corvin sich auf.

„Wenn ich euch zur Last falle, müsst ihr es sagen, dann höre ich auf. War ja auch nur so eine Idee. Und nicht mal meine."

Peppino schüttelte hartnäckig den Kopf.

„Es ist noch kein Meister … Du kennst ja das alte Sprichwort. Also, noch mal von vorn. Geh noch mal nach hinten und ich rufe dich dann. Und denk dran: immer Gewicht nach hinten verlagern. Danach machen wir eine Pause. Also: avanti, avanti!"

Sie probten den Auftritt noch weitere vier Male und mit jedem Mal ging es ein wenig besser. Nur Diegos Laune besserte sich nicht.

Völlig aus der Puste setzte sich Corvin auf einen der Strohballen, der mit anderen, kreisförmig angeordnet, die Begrenzung der Manege bildete. Plötzlich zupfte etwas an seinem rechten Hosenbein.

„Cherie, lass das bitte. Das ist nicht Beppo!", hörte er eine Frauenstimme hinter sich rufen und der Zwergpudel, der ihn offenbar mit dem früheren Besitzer der Hose verwechselt hatte, ließ sofort von ihm ab.

Corvin lächelte und winkte ab.

„Kein Problem, lassen Sie ihn ruhig. Stört mich nicht."

„Aber mich!", sagte Camille, die französische Hundedompteuse in akzentfreiem Deutsch. „Wenn du die Jungs und Mädels machen lässt, was sie wollen, tanzen sie dir ganz schnell auf der Nase herum. Du gestattest?"

Ohne Corvins Antwort abzuwarten, setzte sie sich neben ihn auf den Strohballen. Mit einem Satz machte der kleine Hund ihr das nach und legte sich neben sie.

„So ist's brav und du hör bitte auf, mich zu siezen."

Corvin hielt seine Hand an eine imaginäre Mütze.

„Jawoll, Madame. Wird gemacht. Und nun erkläre mir bitte, warum eine französische Dompteuse nicht mit französischem Akzent spricht."

Sie lächelte

„Si tu veux, je peux en avoir tout de suite. Wenn du wiellst, gann isch sofort einen aben. Im Ernst: Meine Mutter ist Französin, mein Vater war Deutscher, aus Köln. Aufgewachsen bin ich dort, bin also ,en äch kölsches Mädche' – wenn dir das lieber ist."

Corvin machte eine wegwerfende Handbewegung.

„Bloß nicht. Das hört sich ja an wie Karneval. Aber erklär mal einem Neugierigen, wie du mit der Nummer zum Zirkus gekommen bist."

Sie lächelte abermals.

„Ich liebe Hunde, seitdem ich denken kann. Und mit meiner Hündin Sheila, einer Bordercollie-Dame, war ich in einer Hundesportgruppe. Da war ich noch ein Teenager. Sie war ein unglaubliches Tier, begriff alles sofort und lernte die erstaunlichsten Tricks in kurzer Zeit. Ich bin dann sogar mit ihr in dieser TV-Show aufgetreten, ‚Super Dog' hieß die. Und da hat uns Carlo gesehen und gleich angefragt, ob ich eine Hundenummer für ihn aufbauen könnte. Ich war gerade mit der Schule fertig und hab' keinen Augenblick gezögert. Sheila ist leider im Hundehimmel, nun sind es die Pudel. Die sind Allroundtalente. Man kann sie so ziemlich für alles einsetzen. Sogar als Hüte-, Blinden- und Suchhunde. Aber vor allem als Clowns. Und Cherie ist die Führungspersönlichkeit. Sie kann einfach alles. Wenn du willst …"

„Können wir jetzt weitermachen?"

Eine scharfe Männerstimme schnitt ihr das Wort ab. Corvin drehte sich um und sah Diego, der unbemerkt hinter sie getreten war und dessen Laune sich offenbar nicht gerade verbessert hatte. Seine schwarzen Augen funkelten und vermittelten den Eindruck, als wolle er im nächsten Augenblick ein Messer ziehen.

„Wir haben keine Zeit für endloses Geschwätz."

Corvin wollte kontern, hielt sich aber dann doch zurück, weil ihm bewusst wurde, dass er es war, dem man einen Gefallen tat. Außerdem fühlte er sich in dieser Aufmachung immer noch lächerlich.

Camille schwieg, stand auf, gab dem kleinen Hund ein Zeichen und verschwand wortlos mit ihm. Diego stapfte, ohne sie eines Blickes zu würdigen, zurück in die Manege. Eine Hand legte sich auf Corvins Schulter und hinderte ihn am Aufstehen. Peppino sprach mit gedämpfter Stimme.

„Du kannst es natürlich nicht wissen, aber Camille und Diego sind ein Paar. Und Diego ist mordseifersüchtig. Halte dich also ein bisschen zurück."

Corvin schaute ihn entgeistert an.

„Ich habe nicht die geringsten Absichten. Wir haben nur ein wenig geplaudert."

Peppino grinste.

„Das reicht schon für Diego. Also – sieh dich vor. Lass uns unsere Nummer ganz normal weiterproben."

Corvin kamen Zweifel.

„Meinst du, das Ganze macht noch Sinn unter diesen Voraussetzungen?"

Peppino winkte ab.

„Bloß nicht schwächeln, amico mio. Carlo will dir einen Gefallen tun und wenn Carlo etwas will, ist er gnadenlos. Und da er meint, dir etwas schuldig zu sein, musst du das durchziehen. Ob du willst oder nicht."

Corvin zuckte mit den Schultern.

„Muss ich da sonst noch was beachten? Gibt es noch weitere Eifersuchtsdramen? Wie ist es mit Jules, Jim und Colette? Muss man da auch vorsichtig sein?"

Peppino lachte.

„Nein. Das ist ganz einfach. Jules und Jim sind das Paar. Colette steht dagegen mehr auf Frauen, hat aber im Moment nichts Festes. Ich glaube aber, sie hat ein Auge auf Bogdana geworfen."

Corvin schaute ihn fragend an.

„Wer war das jetzt gleich?"

Peppino grinste.

„Die Frau des Messerwerfers. Da sollte man doch etwas vorsichtig sein."

Das Haus, das Almut Struck für sich und ihren Mann hatte bauen lassen, war eine gelungene Mischung aus Protzigkeit und schlechtem Geschmack. Um ihre Weltläufigkeit zu dokumentieren, hatte die Bauherrin verschiedene Stilrichtungen ihres Geschmacks zusammengetragen, ob sie nun zusammenpassten oder nicht. Toskanisches Landhaus, neoklassizistische Säulenvilla und Gelsenkirchener Barockschlösschen. Alles war bunt durcheinandergewürfelt und passte mit keinem Mauerstein in diese Gegend, in der ein bäuerlicher Baustil, der sich über mehrere Jahrhunderte entwickelt hatte, verbreitet war. Corvin fragte sich, wie viel sie dem Architekten wohl bezahlt hatten, damit er seine Berufsehre für einige Wochen in den Schrank hing und die Tür fest verschloss. Wer genehmigt sowas eigentlich, dachte Corvin. Wahrscheinlich Leute, die auch gern in so einem Haus wohnen würden.

In der großen Eingangshalle, in der es nicht viel besser aussah und die zur Besichtigung freigegeben war, hatte man ein maßstabsgerechtes Modell des Hofes aufgestellt, damit die Besucher sich ein Bild vom Wohlstand der Eigentümer machen konnten. Sogar ihre Autos, ein Range Rover, eine Mercedes S 350 Limousine, ein Porsche 911 und für die Nachhaltigkeit ein Volvo Elektro, waren als Modelle vorhanden. An der Wand hing je ein Porträt der Hofbesitzer, von einem drittklassigen Maler in Ölfarben auf die Leinwand gebracht.

Corvin hatte die stolze Hausherrin sofort erkannt. Während Martin Struck zu halbstündlichen Führungen über den Hof einlud, stand sie in der Galerie im ersten Stock über der

Eingangshalle und kontrollierte, ob die Besucher auch mit Respekt und Bewunderung ihren Besitz würdigten.

Corvin ging mehrfach gewollt auffällig um das Hofmodell herum, zog sein Handy und machte Aufnahmen aus unterschiedlichen Perspektiven. Er hatte richtig kalkuliert. Nach kurzer Zeit kam sie die Treppe hinunter, geradewegs auf ihn zu.

„Sie dürfen gern fotografieren", sagte sie mit einer schneidenden Stimme, „ich mache Sie aber darauf aufmerksam, dass die Fotos nicht zu kommerziellen Zwecken benutzt werden können."

Corvin lächelte.

„O nein, das ist ausschließlich aus privatem Interesse. Ich besitze auch einen Hof, ganz in der Nähe, und wollte mir einige Anregungen holen. Man ist ja ganz erschlagen von so viel interessanten Details. Oh, Entschuldigung, ich habe mich ja noch gar nicht vorgestellt. Erik Corvin ist mein Name und ich vermute, Sie sind Frau Struck."

Die Angesprochene verzog keine Miene. Durch die Brille mit schwarzem Gestell schauten ihn zwei eisblaue Augen an. Ihre dunklen Haare waren straff nach hinten gebürstet und zu einem kurzen Pferdeschwanz gebunden. Sie trug ein schwarzes Chanel-Kostüm und dazu eine Perlenkette. Ihre Füße steckten in sündhaft teuren Louboutin-Pumps.

Corvin setzte seine Schmeicheleien fort.

„Haben Sie das alles hier selbst entworfen? Man merkt, Sie haben viel von der Welt gesehen. Schade, dass wir uns bisher noch nie begegnet sind."

In Almut Strucks Gesicht regte sich immer noch nichts.

„Wir leben hier sehr zurückgezogen. Aber Sie haben recht. Unser Haus ist schon sehr ungewöhnlich für diese bäuerlich-spießige Gegend. Darum wollte ich auch nie im Elternhaus meines Mannes wohnen. Das haben wir verkauft. Es gibt ja nicht wenige Romantiker aus der Stadt, die für solche Bruchbuden auch noch Geld bezahlen."

Corvin nickte beifällig.

„Ja, guter Geschmack ist heute selten geworden."

Sie zog die Mundwinkel etwas nach unten.

„Man muss schon ein bisschen was von der Welt gesehen haben, um ein gutes Gespür dafür zu entwickeln. Wer immer nur hier in dieser Einöde hockt, kann das natürlich nicht. Ich dagegen habe mehrfach den Erdball umkreist."

Corvin tat erstaunt.

„Was Sie nicht sagen. Mehrfach sogar. Ich nehme an, Sie haben mal für eine Fluglinie gearbeitet, sonst wäre das ja gar nicht möglich."

Sie nickte und setzte ein leichtes Lächeln auf.

„Richtig geraten. Sie machen aber auch nicht den Eindruck, als hätten Sie Ihr ganzes Leben hier in der Provinz verbracht. Ich nehme an, Sie sind auch etwas herumgekommen."

Corvin nickte

„Ja, ich war in Staatsdiensten. Aber darüber möchte und darf ich auch nicht viel reden, Sie verstehen?"

Sie schaute ihn verschwörerisch an.

„Ich verstehe. Diplomatischer Dienst nehme ich an. Da haben Sie sicherlich so einiges mitbekommen, über das man nicht reden sollte. Klingt aber sehr interessant."

Corvin wollte noch eins draufsetzen, aber ein freundlicher Mann mittleren Alters platzierte sich zwischen sie.

„Ich sehe, Sie führen gerade ein angeregtes Gespräch mit meiner Frau, da wollte ich mich auch einmal vorstellen …"

In diesem Moment traf ihn ein strafender Blick der Hausherrin, so dass der gemaßregelte Gatte merklich zusammenzuckte und auch einem Außenstehenden sofort klar war, wer in dieser Ehe die Richtlinien bestimmte.

Corvin streckte lächelnd seine Hand aus.

„Herr Struck nehme ich an. Ich bin Erik Corvin, wohne ganz in Ihrer Nähe und habe gerade zu Ihrer charmanten Frau gesagt, wie bedauerlich ich es finde, dass wir uns offenbar noch nie begegnet sind."

Man merkte Martin Struck an, wie dankbar er Corvin war, dass er die Situation sofort überbrückt hatte. Er wollte etwas sagen, aber seine Frau schnitt ihm abermals das Wort ab.

„Herr Corvin war früher im diplomatischen Dienst, darf aber verständlicherweise nicht darüber reden. Ich habe ihm gerade gesagt, wie angenehm ich es finde, einen Mann in der Nachbarschaft zu haben, der einen etwas weiteren Horizont hat als die meisten Dorfdeppen hier. Vielleicht interessiert sich Herr Corvin ja auch für den Rest des Hofes, dann könntest du ihn ja einmal herumführen. Mich entschuldigen Sie bitte, ich bin nämlich gerade mit der finanzplanerischen Seite des Unternehmens beschäftigt. Das erledige ich immer am liebsten allein."

Sie nickte Corvin zu, würdigte ihren Mann keines Blickes und stöckelte die Treppe wieder hinauf.

Martin Struck schaute Corvin etwas kleinlaut an.

„Ja, wenn Sie nichts Besseres vorhaben, zeige ich Ihnen gern den Hof."

Corvin lächelte.

„Aber gern, finde ich sehr interessant."

Martin Struck freute sich sichtlich.

„Meine Frau wirkt auf Außenstehende immer etwas schroff. Der Eindruck täuscht aber. Im Grunde ist sie sehr warmherzig."

Corvin nickte übertrieben heftig.

„Das glaube ich gern. Habe das sofort gemerkt. Wer so ein schönes Haus bauen lässt, muss ja ein gefühlvoller Mensch sein."

Struck lächelte.

„Ja, und sie kann fantastisch mit Geld umgehen. Wie sie es anlegt, verrät sie nicht. Manchmal wundere ich mich selbst, was wir uns alles leisten können."

Zeit, das Thema zu wechseln, dachte Corvin, sonst wird er ausschließlich von seiner genialen Frau reden.

„Wohnen Sie eigentlich allein hier oder gibt es noch einen größeren Familienverband Struck?"

Martin Strucks Gesicht wurde ernst.

„Es gab einen. Aber meine Eltern sind gestorben und mein Bruder ist vor längerer Zeit nach Kanada ausgewandert."

Corvin tat überrascht.

„Oh, nach Kanada. Und – gefällt's ihm dort?"

Struck zuckte mit den Schultern.

„Ich vermute. Er hat nur zweimal geschrieben. Ziemlich am Anfang und ganz euphorisch. Er war in Toronto gelandet und wollte in die Provinz Alberta aufbrechen. Auch nicht gerade eine überlaufene Gegend. Danach habe ich nichts mehr von ihm gehört. Ich habe keine Adresse und sein deutsches Handy ist dort auch nicht erreichbar. Als ich von diesen Waldbränden gehört habe, wurde mir ganz anders. Aber ich hoffe, es geht ihm gut."

Sie gingen noch eine Weile zusammen über den Hof. Struck zeigte ihm die Stallungen mit den edlen Pferden, die Halle mit den großen Maschinen, die sie für teures Geld auch an andere verliehen, und seinen ganzen Stolz, ein eigenes Blockheizkraftwerk, mit dem er Wärme und Strom erzeugen konnte.

Dann verabschiedete man sich mit dem Versprechen, sich demnächst wieder einmal zu besuchen. Seine Frau, so versäumte Struck nicht noch hinzuzufügen, wäre sicher sehr erfreut, endlich mal einen weltläufigen Nachbarn zu haben. Wobei Corvin natürlich verschwieg, dass die weiteste Reise, die er jemals gemacht hatte, als Ziel El Arenal auf Mallorca gehabt hatte.

Am Abend befand Corvin, dass es wieder einmal Zeit war, in die „Wende" zu gehen. Man erfuhr eigentlich immer etwas, auch wenn es meistens nicht so erzählt wurde, wie es sich wirklich zugetragen hatte. Außerdem bemerkte er ein angenehmes Durstgefühl, das sich in seinem Körper ausbreitete. Die „Wende" war, wie immer, gut gefüllt, er grüßte mal in die eine, mal in die andere Richtung, gab Frank Matthes die traditionelle nonverbale Bestellung für ein Bier und stellte fest, dass Andi auf seinem Platz saß, obwohl heute nicht der Tag war, an dem sie sich normalerweise verabredeten.

„Nanu, Andi, habe ich etwas in den falschen Hals bekommen? Sind wir verabredet?"

Andi schüttelte den Kopf.

„Nein, keineswegs. Ich wollte nur ein schnelles Pils zischen und dann nach Hause. Da liegen nämlich inzwischen Berge von Wäsche. Aber da du ja nun mal hier bist, genehmige ich mir noch ein zweites. Setz dich doch. Oder bist du hier verabredet?"

Corvin lachte.

„Nein, ich bin aus demselben Grund hier wie du. Außerdem wollte ich mal hören, was denn die Gerüchteküche so von sich gibt."

Beide lachten und prosteten sich zu.

Erst jetzt bemerkte Corvin, dass am Tisch auf der gegenüberliegenden Seite ein paar Zirkusleute saßen. Er erkannte Jarek, den starken Polen, Milosz, den Messerwerfer und seinen Kollegen Diego, der ihn längst gesehen hatte und ihn unfreundlich fixierte. Corvin bemerkte diesen Blick, ließ sich aber nichts anmerken und winkte lächelnd hinüber. Die beiden anderen winkten ebenso freundlich zurück, nur Diego zog es vor, seinen düsteren Gesichtsausdruck beizubehalten.

Die Tür ging auf und das Ehepaar, das unter dem Namen Müller ein Ferienhaus gemietet hatte, betrat die Schankstube. Sie schauten sich suchend um, endeckten einen freien Tisch für zwei und setzten sich.

Wie er es immer tat, wenn Fremde seine Kneipe betraten, kam Frank Matthes hinter seinem Tresen hervor, trocknete sich seine Hände an seiner blauen Schürze ab und stellte sich neben den Tisch.

„Guten Abend, was kann ich für Sie tun?"

Der Mann lächelte freundlich zurück.

„Guten Abend. Kann man bei Ihnen noch eine Kleinigkeit zu essen bekommen?"

Matthes nickte.

„Oh ja, in Kleinigkeiten sind wir groß. Es gibt Gulaschsuppe, Heringstopf, Frikadellen, Bockwurst in der Semmel und jede Menge Schmalzbrote."

„Dann hätte ich", sagte die Frau, ohne Matthes anzusehen, „gern die Gulaschsuppe und ein kleines Bier."

„Und ich nehme", sagte der Mann, „ein …" Weiter kam er nicht, denn Diegos schneidende Stimme fuhr dazwischen.

„Ich hatte schon vor einer Ewigkeit einen Wein bestellt. Geht es hier nach Schönheit? Dann sind die beiden aber lange noch nicht an der Reihe."

Die Frau hob den Kopf, drehte sich ganz langsam um und sah ihn an.

„Wenn es danach geht, kommen Sie überhaupt nie dran."

Diego sprang auf, verließ seinen Platz und ging auf den Tisch zu, die Augenbrauen zornig zusammengezogen und die Frau fest im Blick seiner schwarzen Augen.

„Was haben Sie gesagt?"

Er hatte den Tisch fast erreicht, als der Mann aufstand und sich zwischen seine Frau und Diego stellte. Dabei glitt seine Hand ganz langsam in die rechte Tasche seiner Jacke.

„Bleib wo du bist, mein Junge, sonst könnte es sehr unangenehm für dich werden."

Das sagte er in einem Tonfall und mit einem Blick, dass Diego stehen blieb und ihn anstarrte.

Aber noch ehe er etwas entgegnen konnte, war Frank Matthes zur Stelle.

„Zuhören, Leute. Dies ist ein friedliches Haus. Und das soll auch so bleiben. Entweder ihr setzt euch jetzt beide sofort wieder hin oder ihr geht nach Hause. Und ich will keinen Ton mehr hören."

Inzwischen war Jarek vom Tisch der Zirkusleute aufgestanden, von hinten an Diego herangetreten und hatte ihm seine Pranke auf die Schulter gelegt.

„Reg dich ab, Diego. Komm, wir gehen jetzt."

Dann wandte er sich an Frank Matthes.

„Sie müssen entschuldigen, aber mein Kollege ist leicht erregbar. Das spanische Blut eben."

„Leicht erregbar bin ich auch", knurrte Frank Matthes und wandte sich ab, „das geht auch mit Blut aus Oldenburg."

Corvin und Andi hatten die Szene genau beobachtet. Andi schob die Brille über die Nase nach oben.

„Hast du das gesehen? Hätte ich dem Biedermann gar nicht zugetraut. Das war sehr professionell."

Corvin nickte.

„Ich hätte gern gewusst, was er in seiner Jackentasche hat."

Andi grinste.

„Du kennst doch die Zirkusleute inzwischen. Wer war denn der Streithammel?"

Corvin grinste zurück.

„Das war einer der Clowns."

Andi riss beide Augen auf.

„Schau an. Scheint ja eine richtige Stimmungskanone zu sein."

Carlo Cornetti zwirbelte die Spitzen seines Schnauzbartes in die Höhe.

„Ich denke mal, mein lieber Enrico, der große Augenblick ist gekommen. Peppino ist der Meinung, dass du jetzt in die Manege kannst. Also: Morgen Nachmittag um sechzehn Uhr geht's los. Na, schon aufgeregt?"

Corvin seufzte.

„Wenn Peppino das meint, wird es wohl stimmen. Natürlich bin ich aufgeregt, aber ich denke, die Kollegen haben mich gut vorbereitet. Ich kann meine Einsätze langsam im Schlaf."

Cornetti nickte zufrieden.

„Jetzt gehst du bitte noch zu Catarina. Sie ist nicht nur eine tolle Schneiderin und Garderobiere, sondern auch eine begnadete Maskenbildnerin. Sie zeigt dir alle Kniffe und Tricks, wie du dein Äußeres verändern kannst, dass deine eigene Mutter dich nicht wiedererkennen würde. Später kannst du es dann selbst."

Corvin runzelte die Stirn.

„Lieber Carlo, ich darf dich daran erinnern, dass wir eine Vorstellung abgemacht haben. Ich will nur einmal spüren, wie das ist, wenn man in der Manege steht und alle Augen auf dich gerichtet sind. Einmal, nur ein einziges Mal."

Cornetti nickte langsam und bedächtig.

„Wir werden sehen. Aber nun geh bitte zu Catarina. Ich habe dich bereits angekündigt. Übrigens kann Catarina auch für dich in die Zukunft sehen. Frag sie, wenn du dich traust."

Corvin verließ den Direktionswagen und durchquerte die Gasse, die sich durch die aufgestellten Wohnwagen gebildet hatte. Wieder fiel ihm der Wagen auf, an dessen Fenster die Jalousien heruntergelassen waren und aus dessen Inneren seltsame Geräusche nach außen drangen. Es klang wie ein Stöhnen, dazwischen wieder, als ob jemand hemmungslos weinte. Er blieb stehen und horchte. Plötzlich war Stille. Nur die Pferde im Auslauf hinter dem Wagen schnaubten bedächtig. Seltsam, dachte er, ich werde Catarina fragen. Sicher hat sie eine Erklärung dafür.

Er stieg die drei Stufen zu ihrem Wagen nach oben. Die Tür stand offen.

„Komm rein", hörte er ihre Stimme, „Carlo hat dich bereits angekündigt. Ich habe schon alles vorbereitet."

Ein Teil des einzigen Raums war hergerichtet wie ein Friseur- oder Beautysalon. Ein drehbarer Ledersessel stand vor einem großen Spiegel, an dessen linker und rechter Seite ein Spalier von Glühbirnen angebracht war. Auf der Konsole davor stand ein Schminktöpfchen neben dem anderen, lagen Pinsel in allen Größen, Lotionen und Puderdosen.

„Setz dich", sagte sie mit ihrer rauchigen Stimme, „jetzt werden wir aus dem hübschen Jungen mal einen richtigen Clown machen. Als Erstes setz mal das Haarnetz auf. Dann sitzt die Perücke nachher besser. Und jetzt werden wir dein nettes Gesicht erst einmal grundieren. Kalkweiß. Dann kommen die anderen Farben besser zur Wirkung. Am besten, du schließt jetzt mal die Augen."

Corvin legte den Kopf auf die Stütze des Ledersessels und Catarina beförderte ihn mit einem Fußpedal in eine liegende Haltung, so dass sie ihre ganze Kreativität an seinem Gesicht auslassen konnte. Er räusperte sich.

„Darf ich dich mal was fragen?"

Catarina hatte sich in der Zwischenzeit eine Zigarette angezündet und sie in eine silberne Spitze gesteckt, die sie im

Mundwinkel behielt, während sie den Rauch wechselseitig aus dem anderen Mundwinkel und der Nase ausstieß.

„Bitte sehr, was willst du wissen?"

„Kurz hinter Carlos Wagen steht einer mit heruntergelassenen Jalousien. Aus dem kommen merkwürdige Geräusche. Kannst du mir sagen, was das ist?"

Catarina nahm die Zigarette samt Spitze aus dem Mund und platzierte sie in einem Aschenbecher.

„Es gibt Dinge, mein lieber Enrico, die sollte man auf sich beruhen lassen. Besonders die, die mit Carlo direkt zusammenhängen. Weißt du, die meisten Leute in diesem Unternehmen verdanken Carlo etwas und darum sind sie gut beraten, alles so zu nehmen, wie es ist, und keine Fragen zu stellen. Verstehst du?"

Corvin hielt seine Augen immer noch geschlossen.

„Nicht ganz. Aber ich merke schon, hier gelten Regeln, die man nicht brechen sollte."

Catarina lachte.

„Braver Junge. Du lernst schnell. Und das kann nur von Vorteil sein. Und noch eins. Den ehemaligen Jahrmarktsboxer Carlo als Freund zu haben, ist wie ein Sechser im Lotto. Aber wehe dir, wenn er dein Feind ist, das kann sehr hässlich werden. Apropos hässlich. Mach mal deine Augen auf."

Corvin öffnete die Augen, schaute in den Spiegel, wollte etwas sagen, doch es versagte ihm die Stimme.

„Ich glaub's nicht."

Das Gesicht, das ihn aus dem Spiegel angrinste, hatte mit seinem nichts mehr zu tun. Es war das eines Wesens aus einer anderen Welt. Grotesk mit einem riesigen roten, immer grinsenden Mund, zwei hinterlistig funkelnden Augen, einer deformierten Nase und einem roten Strubbelkopf. Catarina lachte.

„Wenn du jetzt noch dein Kostüm anziehst, würde deine eigene Mutter dich nicht mehr erkennen. Und so eine Maske ist dabei auch noch ein guter Schutzschild. Du genießt Narrenfreiheit und das im wahrsten Sinne des Wortes. Du kannst machen, was du willst. Dem Mann hinter der Maske nimmt das niemand übel. Du bist kein Mensch mehr, sondern eine Kunstfigur, auf die Mitleid und Schadenfreude projiziert wird, wie es gerade passt. Du weißt doch: Der Mensch ist unerbittlich und Kinder sind es noch viel mehr."

Corvin fand seine Sprache wieder.

„Alle Achtung, liebe Catarina, ich bin sprachlos. Diese Aufmachung lädt ja geradezu dazu ein, etwas zu machen, was man sich sonst nicht traut oder man sonst nicht darf."

Catarina sog an ihrer Zigarette und blies den Rauch an die Decke.

„Genau, mein Lieber, du hast den Clown mit einem Satz begriffen. Der Clown darf alles und sollte man es ihm übelnehmen, kann ihm das herzlich egal sein. So, und nun nehmen wir das Ganze wieder runter und ich zeige dir noch einmal Schritt für Schritt, wie's geht. Spätestens beim dritten Mal kannst du es dann selber."

Corvin schüttelte den Kopf.

„Es wird kein drittes Mal geben. Nicht mal ein zweites. Eine Vorstellung habe ich mit Carlo abgemacht. Nur einmal die Luft in der Manege atmen. Das war mein Wunsch, den er mir erfüllen wollte. Dann bin ich zufrieden."

Catarina drückte die Zigarette im Aschenbecher aus.

„Sei dir da nicht so sicher. Manchmal kommen die Dinge ganz anders, als man denkt."

Corvin wischte sich mit einem Schminktuch den roten Mund ab und grinste.

„Ach ja, Carlo sagte, du kannst in die Zukunft sehen. Auch in meine?"

Catarinas Gesicht verfinsterte sich.

„Ich höre da einen spöttischen Unterton. Das ist nicht gut. Ich weiß, du warst Polizist, das hat sich inzwischen herumgesprochen. Du glaubst nur an das, was du siehst und was du beweisen kannst. Aber glaube mir, es gibt viele Dinge zwischen Himmel und Erde, die mit deiner Realität nichts zu tun haben. Darum solltest du die Finger davon lassen. Nicht glauben heißt nicht, dass etwas nicht existiert."

Corvin sah Catarina fest in die Augen.

„Entschuldige bitte, dass ich offenbar den falschen Ton angeschlagen habe. Ich wollte dich nicht beleidigen. Wenn es noch geht, würde ich gern etwas über meine Zukunft erfahren."

Catarina schaute minutenlang in eine andere Richtung. Dann drehte sie sich zu Corvin um.

„Wenn du es unbedingt willst? Zeig mir deine Hand. Die rechte."

Corvin streckte ihr seine Hand mit der Fläche nach oben entgegen. Sie nahm sie, starrte lange darauf und murmelte etwas, was er nicht verstand. Dann schüttelte sie den Kopf. Corvin schaute sie überrascht an.

„Was siehst du? Ist es so schlimm?"

Sie sagte nichts. Dann starrte sie noch einmal auf seine Hand.

„Du befindest dich in Gefahr. Aber da ist etwas, was dir besonders gefährlich sein wird. Aber das kann doch nicht sein?"

Corvin richtete sich auf.

„Nun sag schon. Was kann nicht sein?"

„Das ist ein – nein, ich irre mich nicht. Es ist ein Tier. Ein Tier mit großen Zähnen. Das ist ein Löwe."

Corvin schaute sie irritiert an.

„Okay, wir sind hier in einem Zirkus. Aber hier gibt es nur Artisten, Zauberer und Messerwerfer. Die einzigen Tiere sind die Pferde, Camilles Pudel und die drei Ziegen. Woher soll denn nun ein Löwe kommen?"

Catarina starrte ein weiteres Mal auf seine Handfläche.

„Ich kann es dir nicht sagen. Aber es ist ein Löwe."

*

In der Nacht vor seinem Auftritt schlief Corvin sehr unruhig. Albträume quälten ihn. Er stand ganz allein in der Manege und im Publikum saßen nur Clowns mit fiesen Visagen, die ihn mit Tomaten und Eiern bewarfen und versuchten, ihn zu Fall zu bringen. Auf einer Empore stand Carlo Cornetti, der ihn entgeistert anstarrte und im Takt der Musik wie ein aufgezogener Plüschaffe beide Hände vors Gesicht hielt. Daneben Camille mit ihren Hunden, der Zauberer, der Messerwerfer, der starke Jarek, die offensichtlich vor Scham das Gleiche taten. Schweißgebadet wachte er auf.

Warum hast du dich darauf eingelassen, dachte er. Du wirst dich höllisch blamieren. Er schaute auf die Uhr. Es war sechs in der Frühe. Noch zehn Stunden.

Etwas benommen ging er ins Bad, duschte heiß und dann eiskalt. Das weckte die Lebensgeister. Mach dir keinen Kopf, dachte er. Da kann eigentlich nicht viel schief gehen. Peppino würde ihm schon die Karten zuspielen, bei Diego war er sich nicht so sicher, ob der ihm nicht doch lieber ein Bein stellen wollte. Aber im Zweifelsfall dachten die Zuschauer, das gehöre dazu. Noch sieben Stunden.

Als er die Treppe herunterkam, hörte er Lilo in der Küche hantieren und dabei ein Liedchen trällern. Gott sei Dank, dachte er, sie hat gute Laune. Jetzt bloß keine Schwäche zeigen. Sie würde sofort merken, dass mit ihm etwas nicht stimmt. Mit einem Lächeln im Gesicht betrat er die Küche.

„Guten Morgen Lilo. Schon so gut aufgelegt heute Morgen?" Sie nickte.

„Weil es, Gott sei Dank, immer noch Menschen gibt, die so viel Positives ausstrahlen, was einen gut über den Tag bringt. Andere sorgen manchmal eher für das Gegenteil. Anwesende nicht ausgeschlossen."

Er ging nicht darauf ein.

„Und so einen Menschen hast du offensichtlich schon in aller Herrgottsfrühe getroffen?"

Sie nickte heftig und ihre Augen begannen zu glänzen.

„Ja, es gibt sie noch, die Männer mit gutem Benehmen. Die wissen, wie man Frauen zu behandeln hat. Mit Anstand und Respekt."

Corvin goss sich Kaffee in seinen Becher.

„Wer war denn der Mustermann und wo hast du ihn getroffen?"

Lilo seufzte.

„Beim Bäcker beziehungsweise davor. Mir war das Portemonnaie heruntergefallen und Carlo war sofort zur Stelle, hat es aufgehoben und mir die Tür aufgehalten, obwohl er vor mir da war. Dann habe ich gesagt, Sie waren doch vor mir da, und er hat geantwortet, schöne Frauen haben bei mir immer den Vortritt."

Corvin ahnte etwas.

„Carlo?"

„Sehr richtig. Direktor Carlo Cornetti. Wollte auch Brötchen kaufen und so sind wir gleich ins Gespräch gekommen. Und dann habe ich ihm gestanden, dass ich noch nie in einem Zirkus war, und da hat er in die Tasche gegriffen und mir zwei Freikarten geschenkt. Ich bin schon ganz aufgeregt. Und dann hat er noch gesagt, ich solle nach der Vorstellung zur Künstlergarderobe kommen. Er würde mir dann alles zeigen. Aber dir muss ich das ja alles nicht erzählen, Hildegard sagt, man habe schon mehrfach gesehen, dass du dort dauernd rumlungerst."

Corvin wurde ärgerlich.

„Ich lungere nicht herum, sondern schwelge in Kindheitserinnerungen. Und außerdem habe ich dem Zirkus meine Weide zur Verfügung gestellt. Da wüsste ich gern, was die da treiben."

Zwei Stunden später hielt ihn nichts mehr zu Hause. Für das Schminken und Umziehen musste er sowieso eine Stunde einplanen. Dann hatte er eine weitere Stunde Zeit, sich auf seinen Auftritt mental vorzubereiten. Das müsste reichen.

Obwohl die meisten Zirkusleute altgediente Routiniers waren, herrschte vor jeder Vorstellung eine aufgeregt-kribbelige Stimmung. Milosz, der Messerwerfer, überprüfte ein weiteres Mal die Schärfe seiner Klingen. Jarek ließ die Eisenstangen durch seine Hand gleiten, damit er auch im Stockdunkeln die erwischte, die in der Mitte eine Speziallegierung aus weicherem Metall hatte, optisch sich aber durch nichts von den anderen unterschied. Lawrence, der Magier, und seine Frau Lily fütterten noch einmal die weißen Tauben, die später aus seinem Zylinder in die Kuppel aufsteigen sollten. Jules, Jim und Colette machten gymnastische Übungen auf dem Boden, Camille ließ ihre Pudel immer wieder auf den Hinterbeinen stehen und Alfredo, der Musiker, der mit seinem Keyboard ein ganzes Orchester ersetzte, probte zum wiederholten Male den „Einzug der Gladiatoren". Nur Carlo war die Ruhe in Person. Auch seine sechs Pferde standen völlig relaxt herum und legten noch in aller Ruhe eine Ladung Äpfel in den Sand.

Corvin schaute sich um. Wo waren seine Kollegen, Peppino und Diego? In der Garderobe waren sie nicht, von dort kam er gerade. Auch Catarina hatte nichts von ihnen gesehen. Noch eine Stunde bis zur Vorstellung.

Plötzlich sah er Peppino. Bereits geschminkt und kostümiert, sonst die Ruhe selbst, irrte er scheinbar ziemlich konfus zwischen den Wagen hin und her. Corvin winkte ihm zu und Peppino kam mit schnellen Schritten, soweit das seine Clownsschuhe erlaubten, auf ihn zu. Er war etwas außer Atem.

„Enrico, hast du Diego gesehen? Wo mag er nur stecken? Er weiß doch, dass wir gleich dran sind. Ich habe ihn gestern

Abend das letzte Mal gesehen."

Corvin zuckte mit den Schultern.

„Camille müsste es doch wissen."

Peppino schüttelte den Kopf.

„Sie haben getrennte Wagen. Diego hat eine Hundehaarallergie. Die macht sich bei Pudeln zwar nicht so schlimm bemerkbar, aber sie schlafen bei Camille mit im Bett und das kann er gar nicht leiden. Aber ich habe sie schon gefragt. Sie hat ihn auch gestern Abend das letzte Mal gesehen. Ich glaube, da stimmt irgendwas nicht, ich werde mal mit Carlo reden."

Es war kurz vor halb vier und die ersten Zuschauer, zur Nachmittagsvorstellung überwiegend Kinder mit ihren Eltern, erschienen am Manege-Rund. Nur die vier Logen hatten nummerierte Plätze, die anderen wurden nach dem Prinzip „Rechtzeitiges-Kommen-sichert-gute-Plätze" vergeben.

Wenige Minuten später spähte Corvin durch den Vorhang, der den hinteren Teil von der Manege trennte, und meinte, dass ihn gleich der Schlag träfe. In der ersten Reihe saß in ihrer ganzen Fülle Lilo in einem großgeblümten Sommerkleid und einem Make-up, wie Corvin es bei ihr noch nie gesehen hatte. Ihre Handtasche hatte sie auf den Knien und sie schien genauso aufgeregt wie die Kinder ringsumher. Neben ihr saß eine etwas verhärmte, dünne Frau in einem grauen Kostüm. Sie trug eine ebenso graue Dauerwelle und eine Brille in Schmetterlingsform. Das musste Hildegard sein. O mein Gott, dachte Corvin, bloß das nicht. Sie würden ihn erkennen und sich für den Rest seines Lebens über ihn lustig machen. Hätten sie nicht in der Abendvorstellung ganz hinten in der Dunkelheit sitzen können? Warum ausgerechnet hier, in einer Entfernung von höchstens zwei Metern?

Eine Hand legte sich auf Corvins Schulter. Blitzschnell drehte er sich um und schaute in Carlos völlig ratloses

Gesicht. Auf dessen Stirn hatten sich Schweißperlen gebildet.

„Enrico, mein Freund, ich muss dich ein zweites Mal um deine Hilfe bitten."

Corvin schaute ihn mit großen Augen an.

„Was ist geschehen?"

Carlo wischte sich den Schweiß von der Stirn.

„Diego ist verschwunden. Einfach so. Und ihr seid doch schon als zweite dran. Gleich nach mir und meinen Pferdchen. Enrico, ihr habt die letzten Tage unentwegt geprobt. Du kennst jetzt Diegos Part genauso gut wie deinen eigenen. Du musst für ihn einspringen, eventuell improvisieren. Schau, Peppino ist nicht mehr der Jüngste, er ist routiniert, aber hat genug mit seiner Rolle zu tun. Ich flehe dich an, hilf uns."

Corvin merkte, wie ihm das Blut in den Kopf schoss.

„Carlo, ich habe nur für dieses eine Mal geprobt. Das dritte Rad am Wagen kriege ich vielleicht gerade so hin, aber die zweite Hauptrolle – das wird nichts."

Carlo schaute nervös auf die Uhr, Speichel floss aus seinen Mundwinkeln.

„Enrico, per favore, bitte, bitte. Du schaffst es, ich weiß es."

Corvin sackte auf einem Strohballen in sich zusammen.

„Ich werde es versuchen."

Er blickte Carlo in die Augen.

„Dann musst du mir aber auch einen Gefallen tun!"

Carlo hob seine Hände in Richtung Zirkuskuppel.

„Jeden, amico mio, jeden!"

Corvin zeigte in Richtung Zuschauerraum.

„Dort in der ersten Reihe sitzt meine Haushälterin. Du hast sie heute Morgen beim Bäcker kennengelernt, sagt sie. Daneben ihre neugierige Freundin. Sie wissen nicht, was ich hier mache. Du musst sie ablenken, damit sie mir nicht zu intensiv zuschauen und mich womöglich erkennen."

Carlo klatschte in die Hände.

„Natürlich, mein Freund, das mache ich. Wenn einer weiß, wie man Frauen erfolgreich ablenkt – dann Carlo. Darauf kannst du dich verlassen. Also – fangen wir an!"

Das Licht im Zuschauerraum erlosch. Sechs Trompeten, virtuell hergestellt von Alfredo auf seinem Keyboard, bliesen eine Fanfare, ein Scheinwerfer flammte auf und in seinem grellen Schein stand Carlo mit Zylinder und Peitsche und begrüßte das Publikum, das frenetisch applaudierte. Am lautesten klatschte Lilo, verzückt die Augen auf Carlo gerichtet und hin und wieder Hildegard ins Ohr brüllend, dass dieser stattliche Mann ihr die Karten geschenkt habe und er ein Kavalier der alten Schule sei.

Dann knallte Carlo mit der Peitsche und sechs auf Hochglanz gestriegelte, mittelgroße Gäule galoppierten in die Manege, mit einem Fächer aus rot gefärbten Straußenfedern auf dem Kopf, gingen auf die Hinterbeine, wechselten die Richtung und drehten sich um die eigene Achse, ganz wie Carlo es wollte.

„Mach dich bereit, gleich sind wir dran", zischte Peppino. „Du hast es hoffentlich behalten. Ich geh' allein raus und rufe dich dann."

Corvin nickte heftig und fühlte sich etwas unbehaglich, weil Catarina hinter ihm kniete und sich an seinem Hinterteil zu schaffen machte.

Die Pferde galoppierten zurück, Carlo, die Ovationen entgegennehmend, blieb noch etwas stehen, bis Peppino an ihm vorbeirannte. Der machte ein Witzchen nach dem anderen, bis auch noch der Letzte zu lachen anfing, und kündigte an, dass er auch „grossser Pfärdedomptörr" sei und nun ein wilder italienischer Hengst in die Manege käme, der ihm aufs Wort gehorche.

„Enrico, zeig was du kannst!"

Auf dieses Stichwort stolperte Corvin in die Manege, der nun die roten Straußenfedern auf dem Kopf trug und einen langen Pferdeschweif, den Catarina am Hinterteil seiner Hose festgenäht hatte. Er versuchte, ein trabendes Pferd nachzumachen, stolperte dann aber über seine überlangen Schuhe und knallte bäuchlings in den Sand, wobei die gewaltige Bauchattrappe verhinderte, dass sein Gesicht ebenfalls dort aufschlug und sein aufwändiges Make-up zerstört wurde.

Für eine Sekunde war Stille im Zelt, dann brüllte das Publikum vor Vergnügen. Und als Corvin mühevoll versuchte, sich wieder aufzurichten, applaudierte es lautstark.

Inzwischen hatte sich Carlo so hingestellt, dass Lilo ihn sehen musste, und auf sein Zeichen richtete sich der Scheinwerfer plötzlich auf Lilo, die gerade von einem Lachkrampf geschüttelt wurde. Kurz darauf richtete der Scheinwerfer sich auf Carlo, der Lilo vom Vorhang aus Kusshändchen zuwarf. Lilo errötete, hörte auf zu lachen und winkte zurück, hatte aber damit den zweiten großen Lacher verpasst, den die beiden Clowns ausgelöst hatten. So ging es mehrfach hin und her und das Publikum glaubte, das gehöre zum Programm, und amüsierte sich königlich. Zumal auch noch Peppino, der ebenfalls über die Ablenkungsmanöver informiert war, der inzwischen völlig Verwirrten Papierblumen in den Schoß warf und sie mit Kusshändchen bedachte, was ihr darüber hinaus noch irritierte und tadelnde Blicke ihrer Freundin Hildegard einbrachte.

*

Zur selben Zeit bekam der Mann, der sich unter dem Namen Kurt Müller ein Ferienhaus am Wald gemietet hatte, eine E-Mail auf sein Handy. Sie war verschlüsselt mit dem System „REDDCRYPT", das vor allem von Rechtsanwälten benutzt wird, die mit ihren Klienten korrespondieren.

Er tippte seine Codes in erstaunlicher Geschwindigkeit in die Tastatur des Smartphones, las die wenigen Zeilen und wandte sich an seine Frau, die uninteressiert in einer Zeitschrift blätterte.

„Da scheint was schief gelaufen zu sein. Das Signal ist entweder abgefallen oder er hat es entdeckt. Sie können uns nur das Planquadrat nennen, in das sie ihn das letzte Mal verfolgt haben. Mit ziemlicher Wahrscheinlichkeit ist das Ziel dort."

Er rief über das Internet die Seite „GeoLife" auf und gab verschiedene Koordinaten ein. Im Bruchteil einer Sekunde war das gewünschte Ergebnis zu sehen.

Er griff in seine Reisetasche, holte einen Faltplan, ein Lineal und einen Stift heraus. „Wendland zwischen Elbtalaue und Salzwedel. Offizielle Radwanderkarte Niedersachsen" stand auf der Titelseite. Nahm den großen Leuchter vom Esstisch und breitete die Karte darauf aus. Verglich das Display mit der Karte und zog mit Hilfe des Lineals gerade Striche zu einem Quadrat. Er schaute seine Frau grinsend an.

„Ich weiß, du hältst mich für altmodisch. Aber im Zweifelsfall halte ich mich lieber an meine Karte. Das Planquadrat ist ziemlich groß, scheint aber überwiegend Waldgebiet zu sein, nur wenige Dörfer. Das vereinfacht die Sache."

Seine Frau zeigte keine Regung, blickte nicht von ihrer Zeitschrift auf.

„Aber vergiss nicht, die Karte zu verbrennen, wenn wir alles erledigt haben."

*

Carlo drückte Corvin, der sich gerade erschöpft die Bauchattrappe abgebunden hatte, fest an seine Brust.

„Enrico! Enrico il Grande! Ich habe es gewusst. In deinen Adern fließt Zirkusblut. Du hast uns ein zweites Mal gerettet. Wie kann ich das jemals wieder gutmachen."

„Indem du mich jetzt bitte loslässt", stöhnte Corvin, der bereits unter Atemnot litt.

Keuchend ließ er sich auf eine Bank sinken.

„Es war ja doch nur dieses eine Mal."

Carlos Gesicht lief rot an.

„Nur dieses eine Mal? Willst du deinen Partner Peppino im Regen stehen lassen? Keine Bange, ich habe bereits einen alten Freund angerufen, der die Rolle übernehmen kann. Er hat schon mal für mich gearbeitet. Aber der braucht mindestens drei Tage, bis er hier ist. So lange musst du es machen. Ich flehe dich an."

Corvin wischte sich mit einem Taschentuch den Schweiß von der Stirn.

„Drei Tage? Das sind mit dem heutigen Abend mindestens sieben Vorstellungen. Und glaubst du denn, dass Diego überhaupt nicht wieder zurückkommt? Er verschwindet einfach? Einfach so, ohne sich von jemandem zu verabschieden? Nicht mal von Camille?"

Carlo schüttelte den Kopf.

„Ich kenne Diego. Es ist nicht das erste Mal, dass er so etwas macht. Du musst wissen, er hat schon mehrfach gesessen. Eigentumsdelikte und Körperverletzung. Wahrscheinlich hat er mal wieder Scheiße gebaut und musste abtauchen. Da kann man sich nicht lange verabschieden. Irgendwann steht er dann wieder vor meiner Tür und will eine neue Chance. Aber diesmal bleibt sie für ihn verschlossen, das sage ich dir."

Corvin stützte seinen Kopf in beide Hände.

„So, wie die Situation ist, kann ich wohl gar nicht anders. Aber bitte, Carlo, drei Tage sind das Maximum."

Inzwischen hatte sich eine ganze Reihe von Zirkus-Artisten eingefunden, die im Halbkreis um die beiden herumstanden und nach Corvins letztem Satz heftig applaudierten. Auch Camille stand zwischen ihnen. Sie machte ein ernstes Gesicht, drehte sich um, schaute dann aber doch noch kurz über ihre Schulter zu Corvin herüber und machte eine Bewegung mit dem Kopf, als solle er ihr unauffällig folgen. Er ließ sie gehen, bis sie außer Sichtweite war, und schlenderte dann betont relaxt in die Richtung, die sie ihm angezeigt hatte.

Schon von weitem sah er, dass sie neben ihrem Wohnwagen stand und ihm ein Zeichen gab, er solle einfach weitergehen. Er begriff sofort und ging an ihr vorbei, ohne sie eines Blickes zu würdigen. Sie folgte ihm mit den Hunden, die Corvin bereits als festen Bestandteil des Zirkusrudels anerkannt hatten und sich nicht mehr laut bellend auf ihn stürzten wie am Anfang seiner circensischen Karriere.

Sie überholte ihn, blieb stehen und lachte.

„Hallo, Enrico. Habe ich dir eigentlich schon unsere neue Nummer vorgeführt? Sie ist ganz neu."

Sie machte eine Kunstpause und sprach mit gedämpfter Stimme.

„Lass es so aussehen wie ein normales Fachgespräch zwischen Zirkuskollegen. Hier haben die Wagen Augen und Ohren."

Sie wandte sich wieder den Hunden zu.

„Also los, Herrschaften, zeigt, was ihr gelernt habt!"

Sie schnippte dreimal mit den Fingern und die beiden Königspudel stellten sich eng nebeneinander auf. Sie schnippte zweimal und zwei der mittelgroßen Pudel sprangen auf die Rücken der großen Hunde, quer zur Rückenlinie. Sie schnippte einmal und der dritte der Mittelgroßen sprang mit einem Satz auf die Rücken der Artgenossen. Nun klatschte sie einmal in die Hände und Cherie, der Zwergpudel, nahm einen Anlauf, benutzte den Aufbau seiner Kollegen wie eine Treppe und stellte sich laut bellend auf die Spitze. Sie schnippte wieder dreimal, der Hundeturm löste sich in Sekundenschnelle auf und die vierbeinigen Artisten umringten ihr Management, das großzügig Leckerlis zur Belohnung verteilte.

Corvin klatschte in die Hände.

„Bravo, bravissimo, ihr seid eine tolle Truppe. Aber bei so einer Chefin ist das auch kein Wunder."

Sie machte eine angedeutete Verbeugung.

„Danke für die Blumen. Ich glaube, jetzt hat auch der letzte der ungebetenen Lauscher und Beobachter begriffen, dass hier nichts Konspiratives stattfindet."

Corvin dämpfte seine Stimme.

„Machst du dir keine Sorgen um Diego?"

Sie schüttelte den Kopf und sprach mit ebenso gedämpfter Stimme zurück.

„Die Wahrheit ist, dass wir schon seit Längerem kein Paar mehr sind. Er wollte das nur nicht wahrhaben und hat mich weiterhin mit seiner Eifersucht gequält. Cherie konnte ihn von Anfang an nicht leiden und wen Cherie nicht mag, den mögen die anderen auch nicht. Die Hunde sind eine gute Versicherung für mich, sonst wäre ohne Zweifel schon etwas Schlimmeres passiert."

Corvin schaute auf die Hundegruppe, die jede seiner Bewegungen beobachtete.

„Hast du denn eine Ahnung, wo er stecken könnte?"

Camille zuckte mit den Schultern.

„Abgetaucht, weil er wieder mal was ausgefressen hat, oder jemand hat ihn umgebracht."

Corvin zog die Augenbrauen hoch.

„Das hältst du für möglich?"

Sie machte ein schnippisches Gesicht.

„Allerdings. Hier im Zirkus gibt es kaum jemanden, der keinen Grund hätte. Und draußen sind es wahrscheinlich noch mehr. Es genügte ja schon der kleinste Anlass, und Diego ist ausgerastet. Er hat sich einfach nicht unter Kontrolle. Carlo hat ihm immer wieder eine Chance gegeben. Und Carlo weiß ja, wie das ist, wenn man sich nicht im Griff hat. Seine Weste ist auch nicht gerade sauber. Außerdem hat er vorhin nicht die ganze Wahrheit gesagt."

Corvin schaute sie irritiert an.

„Und die wäre?"

Camille räusperte sich und dämpfte ihre Stimme noch ein bisschen mehr.

„Ich konnte gestern Abend nicht einschlafen, bin noch einmal aufgestanden und habe mich vor die Tür gesetzt. Es war totenstill. Dann hörte ich plötzlich Stimmen. Zwei, die sich stritten. Zuerst dachte ich, Carlo schimpft mal wieder mit seiner Frau …"

Corvin schnitt ihr das Wort ab und seine Augen weiteten sich.

„Mit wem?"

Camille schaute ihn überrascht an.

„Ach, das weißt du wahrscheinlich noch gar nicht. Carlos Frau ist schwer krank. Sie müsste eigentlich in ein Pflegeheim für psychisch Kranke. Aber das lässt er nicht zu. Er will sie immer bei sich haben und pflegt sie. Allerdings sperrt er sie tagsüber in ihrem Wohnwagen ein, stopft sie mit Beruhigungsmitteln voll und geht nur nachts mit ihr raus. Und da muss er seinem Ärger manchmal Luft machen. Alle wissen es, aber keiner spricht darüber. Aus gutem Grund. Carlo weiß von jedem eine Menge, aber er behält es für sich. Es ist so eine Art stilles Abkommen. Aber gestern Abend, das war nicht seine Frau. Das waren zwei Männer, die sich heftig stritten. Der eine war Carlo."

Corvin schaute sie forschend an.

„Und der andere?"

Camille räusperte sich noch einmal und dämpfte ihre Stimme ein weiteres Mal.

„Das war Diego. Eindeutig."

**10**

Etwas erschöpft, aber auch mit einem vorher nie gekannten Glücksgefühl erwachte Corvin am nächsten Morgen. Die Abendvorstellung hatte genauso gut funktioniert wie die am Nachmittag. Fast noch besser, denn er war etwas sicherer, hatte spontan noch einige Pointen eingebaut und das Auditorium erfolgreich zum Lachen gebracht. Von den Leuten, die er in den ersten Reihen erkennen konnte, kannte er keinen, was ihn zunehmend lockerer werden ließ. Und Peppino schien auch entspannter zu sein, wahrscheinlich dem Umstand geschuldet, dass kein Diego da war, der ihn nach der Vorstellung lautstark auf Fehler hinwies, die er nach dessen Wahrnehmung gemacht hatte.

Dann fielen ihm aber wieder die Sache mit dem Knochen und das seltsame Benehmen der Frau in dem einsamen Haus ein und seine gute Laune begann etwas zu schrumpfen. Sie fiel noch weiter in sich zusammen, als er ein Gepolter unten aus der Küche hörte. Er schaute auf die Uhr. Bereits acht vorbei. Lilo war schon bei der Arbeit und er hatte noch kein Alibi für den gestrigen Tag. Er sprang aus dem Bett, schlich auf Zehenspitzen ins Bad und begann mit der Morgentoilette.

Lilo schien wieder bester Laune zu sein, denn sie summte eine Melodie und wenn man genau hinhörte, hatte das eine gewisse Ähnlichkeit mit dem „Einzug der Gladiatoren". Das Stück, das Alfredo auf dem Keyboard mindestens fünfmal pro Vorstellung spielte.

Als sie Corvin im Türrahmen erspähte, sprudelte es sofort aus ihr heraus.

„Da hast du aber etwas versäumt, mein Lieber. Jetzt bereue ich, dass ich noch nie vorher im Zirkus war. Der Carlo mit den Pferden und dann dieser Messerwerfer. Mir ist ja fast das Herz stehen geblieben. Hildegard musste auch sofort ihre Tropfen nehmen. Und dieser Zauberer! Ich habe doch ganz vorn gesessen, aber ich habe nicht herausbekommen, wie er das gemacht hat. Mit rechten Dingen geht das nicht zu. Und die Dame mit den Pudeln, die hätte dir auch gefallen. Wenn die ihre Kommandos gibt. Alles auf Französisch! Dass die Hunde das verstehen. Aber weißt du, was mir am besten gefallen hat? Das waren die Clowns. Die wollten jede Nummer nachmachen, aber das gelang natürlich nicht. Besonders der eine! Was der auch anfasste, klappte nicht. Ein richtiger Tollpatsch! Ein bisschen hat der mich an dich erinnert, wenn du weißt, was ich meine. Ich könnte ja noch …"

Corvin unterbrach sie.

„Hat sich der Herr Direktor denn auch um dich gekümmert, wie er angekündigt hat?"

Lilo klatschte in die Hände.

„Oja, wenn du mich fragst, fast ein bisschen zu heftig hat er mit mir geflirtet und sogar den Scheinwerfer auf mich richten lassen. Mein Gott, war mir das peinlich. Und der eine Clown hat mir Blumen zugeworfen. Ich meine jetzt den älteren und schlaueren. Nicht den Tollpatsch! Der hätte mich wahrscheinlich nicht getroffen. Dann wollte mich der Herr Direktor ja nach der Vorstellung noch herumführen, aber das hat nicht geklappt. Wegen dringender Termine hat er sich entschuldigt. Aber es klappt sicher ein anderes Mal, hat er ausrichten lassen. Das nächste Mal musst du mitkommen. Wenn der eine Clown mal ausfällt, kannst du die Rolle übernehmen."

Über den nach ihrer Ansicht sehr gelungenen Witz bekam sie erneut einen Lachanfall und Corvin lachte mit, obwohl er die Pointe alles andere als komisch fand.

Sie trocknete die Tränen, die ihr über das Gesicht liefen, mit einem Geschirrhandtuch ab und seufzte dann noch einmal vor Freude.

„Ach, ehe ich es vergesse. Ein Herr …"

Sie griff in ihre Tasche, zog einen zerknüllten Zettel heraus und strich ihn auf dem Küchentisch glatt.

„Richtig. Ein Herr Niko Sander war hier und ich soll dir ausrichten, das Wasser wird morgen um elf eingelassen und du möchtest zu einem Umtrunk kommen. Du wüsstest schon …"

Corvin lächelte und nickte.

„Ja, weiß ich, da werde ich dann mal hingehen."

Lilo zerknüllte den Zettel erneut und warf ihn in den Abfalleimer.

„Aber in den Zirkus musst du auch gehen. Vergiss das nicht."

Corvin schüttelte den Kopf.

„Im Moment sieht es schlecht aus mit meiner Zeit. Aber in drei Tagen werde ich das machen. Bestimmt!"


Corvin stutzte.

„Nanu, Erwin, wie siehst du denn aus?"

Erwin Wohlleben, den die meisten Dorfbewohner so gut wie noch nie ohne seine Arbeitsklamotten gesehen hatten, trug ein schwarzes Sakko, das er sonst nur für Beerdigungen anzog, und darunter ein weißes Hemd. Seine Jeans hatte er anbehalten.

„Ich war mir nicht ganz sicher, was für eine Veranstaltung das wird und so, hab' ich mir gedacht, werde ich allen Konventionen gerecht."

Corvin, der, wie immer an warmen Frühlingstagen, Jeans und Poloshirt trug, lachte, wobei er sich bemühte, nicht gehässig zu wirken.

„Och, ich glaube, das wird ganz relaxt. Komm, gehen wir."

Erwin knöpfte sein Jackett auf, weil ihm beim Gehen warm wurde.

„Hast du die Strucks nun eigentlich kennengelernt?"

Corvin nickte.

„Allerdings. Die sind beide etwas gewöhnungsbedürftig. Sie ganz besonders. Hast du den Bruder eigentlich auch gekannt?"

Erwin zog die Jacke aus und legte sie fein säuberlich über den linken Arm.

„Ja, wenn auch nicht besonders gut. Er ist der Ältere und hat die Pferdezucht seines Vaters damals weitergeführt. Wir haben natürlich angenommen, dass er den ganzen Hof übernehmen wird. Aber dann waren die beiden ja in Kanada und da hat der Lothar wohl Feuer gefangen. Er hat nur noch von diesem Land geschwärmt. Und dann war er ja plötzlich weg und hat wohl geschrieben, dass er so schnell nicht wiederkommt. Daraufhin hat der Martin den Hof übernommen."

Corvin grinste.

„Du meinst, seine Frau hat den Hof übernommen. Aber nun wechseln wir mal das Thema, wir sind gleich da."

Im Vorgarten des alten Hallenhauses, das jetzt Greta und Niko Sander gehörte, war niemand zu sehen. Nur ein Feuerwehrschlauch, der an den Hydranten auf dem Dorfplatz angeschlossen war, lag auf der Straße und verschwand dann in einer Rotbuchenhecke.

Erwin öffnete die Gartentür.

„Komm, wir gehen gleich zum Teich. Dort werden sie sein. Immer dem Schlauch nach."

Er hatte recht. An der Teichgrube standen Niko und Greta Sander mit zwei Männern und einer Frau, die die Uniformen der Freiwilligen Feuerwehr trugen. Das andere Ende des Schlauchs hing schlaff in die Grube hinein. Am Rande der Grube hatten die stolzen Teichbauer einen Tapeziertisch aufgestellt, auf dem Sektgläser und ein paar kleine Schüsseln mit Knabbergebäck standen. Auf dem Boden darunter stand ein Eimer mit Wasser und Eis, aus dem drei Hälse von Sektflaschen ragten.

Corvin hob die rechte Hand.

„Hallo zusammen, da wären wir. Herzlichen Dank für die Einladung."

Sie schüttelten kreuz und quer die Hände, sagten artig ihre Namen, die man sowieso gleich wieder vergaß, und übten sich erst einmal im Smalltalk.

Niko schaute auf seine Armbanduhr.

„Wir warten noch auf Herrn und Frau Struck. Sie wussten noch nicht hundertprozentig, ob sie es schaffen werden, aber wir geben ihnen noch eine Viertelstunde. Im Frühjahr ist immer sehr viel zu tun auf einem so großen Hof."

Corvin war inzwischen an den Rand der Grube getreten.

„Nanu, ist da gar keine Teichfolie drin?"

Niko schüttelte milde lächelnd den Kopf.

„Nein, das war ja die Auflage des Denkmalschutzamtes. Alles wieder so herzustellen, wie es einmal war. Schauen Sie, das Ganze ist ziemlich schlau gemacht. Der Teich liegt an der tiefsten Stelle im Gelände und nach zwei Spatenstichen stoßen Sie auf eine dicke Tonschicht. Wir haben das alles gesäubert und festgestampft. Später wird dann noch Schilf angepflanzt, damit das Wasser sich selbst reinigen kann."

Er dämpfte seine Stimme.

„Und eine Umwälzpumpe werde ich auch noch einbauen. Aber erst nach der Behördenbesichtigung."

Er schaute noch einmal auf seine Uhr.

„So, meine Herrschaften. Das akademische Viertel ist vorbei. Schade, aber jetzt kommen die Strucks wahrscheinlich doch nicht mehr. Darum sollten wir jetzt …"

Eine nicht zu überhörende, schneidende Frauenstimme unterbrach ihn.

„Hallo, da sind wir. Entschuldigen Sie bitte, aber dauernd will noch jemand etwas von uns. Wir kamen einfach nicht los."

Etwas übertrieben aufgekratzt, jeweils eine Flasche Champagner Moët & Chandon schwenkend, tauchten plötzlich

Almut und Martin Struck hinter der Hecke auf. Almut, die diesmal ein blaues Chanel-Kleid trug, stellte ihre Flasche geräuschvoll auf den Tapeziertisch.

„Kommt direkt aus dem Kühlfach und sollte gleich getrunken werden. Ihre Rotkäppchen lassen wir erstmal zu."

Mit einem Knall hatte Martin Struck seine Flasche bereits geöffnet und Greta Sander beeilte sich, die Gläser in einer Reihe zum Befüllen aufzustellen.

Doch bevor Martin Struck den Champagner eingießen konnte, hob Niko Sander seinen Arm.

„Ich bitte für eine Minute um Gehör. Wir freuen uns, dass Sie alle gekommen sind, um auf die Neubelebung des ehemaligen Löschteiches anzustoßen. Bedanken möchten wir uns bei allen, die dabei geholfen haben. Aber ganz besonders bei Erwin, der uns von dem Aushub befreit hat, ohne etwas dafür zu verlangen, und bei der Freiwilligen Feuerwehr, die uns für eine Spende in die Kaffeekasse den Teich befüllen wird. Auch beim Wasserverband, der uns einen Sonderpreis wegen Wiederherstellung von Kulturgut angeboten hat, beim Denkmalschutzamt und nicht zuletzt …"

Bei diesem Satz drehte er sich zur Seite und nahm das Ehepaar Struck fest in den Blick.

„… bei Herrn und Frau Struck, die uns diesen herrlichen Besitz verkauft haben, der ganz sicher mit vielen schönen Erinnerungen und Familiengeheimnissen verbunden ist."

Corvin, der seitlich von den Angesprochenen stand, bemerkte im Gesicht der Almut Struck keine Regung, dafür aber ein nervöses Zucken der Augenlider ihres Gatten, der es plötzlich nicht mehr eilig mit dem Einschenken hatte. Er trat drei Schritte vor und streckte die Hand aus.

„Darf ich das für Sie übernehmen."

Der Blick, den Almut Struck ihrem Mann zuwarf, war kurz, aber hart am Rande der Körperverletzung. Wechselte jedoch im Bruchteil einer Sekunde zu einem antrainierten Lächeln, wie es Stewardessen beherrschen, auch wenn sie den Fluggast in diesem Augenblick lieber ohrfeigen würden.

„Ach, der Herr Corvin, wie immer Gentleman der alten Schule, vielen Dank, dass Sie das machen. Mein Mann ist nämlich oft ein bisschen ungeschickt in solchen Dingen."

Corvin lächelte zurück.

„Geben Sie her. Ich mache das gern."

Wieder hob Niko Sander den Arm.

„Aber bevor wir anstoßen, sage ich: Wasser marsch!"

Auf dieses Kommando hin verschwand der jüngere der Feuerwehrleute eilig hinter der Hecke, die Feuerwehrfrau ergriff die Spritze und der Ältere überwachte den Vorgang. Zog sein Handy, rief den Kollegen am Hydranten an und gab noch einmal das Kommando: Wasser marsch. Perfekte Befehlskette, dachte Corvin.

Plötzlich stutzte er. Für ein paar Sekunden meinte er, eine Bewegung hinter einem Busch, der etwas entfernter wuchs, wahrgenommen zu haben, und sah, wie sich eine hochgewachsene Gestalt mit weißen Haaren eilig entfernte.

Es gab ein gurgelndes Geräusch im Schlauch und dann schoss ein dicker Strahl in die Grube, der die Feuerwehrfrau fast mit in die Tiefe gerissen hätte.

Corvin hatte inzwischen die Gläser verteilt, Niko küsste seine Frau, wischte sich den Mund ab und rief: „Auf den Teich!" Almut Struck, die nur einen winzigen Schluck zu sich nahm, hatte ihr Stewardessenlächeln beibehalten.

„So, wir müssen dann mal wieder. Die Arbeit ruft. Ihnen allen noch einen schönen Tag."

Sie drehte sich eilig um und wäre fast mit Corvin zusammengestoßen, der hinter ihr stand und gerade die zweite Flasche Champagner entkorken wollte. Der machte einen Schritt zurück, behielt das Ehepaar aber fest im Blick.

„Ach, bevor Sie gehen. Was mich schon immer interessiert hat. Warum ist der Teich damals eigentlich zugeschüttet worden?"

Martin Struck zog die Augenbrauen hoch.

„Ach, weil ... äh, ja. Das war ..."

Und wieder traf ihn der giftige Pfeilblick seiner Gattin.

„Das weißt du doch. Lothar hat das noch veranlasst, weil zu der Zeit die Kinder eurer Cousine öfter auf dem Hof spielten. Die waren ja noch so klein. Und Lothar hatte die berechtigte Angst, dass sie in einem unbewachten Augenblick dort ertrinken könnten. Er hat dann noch eine Drainage zum Graben legen lassen, damit das Wasser abfließen konnte. Man braucht ja heute keinen Löschwasserteich mehr."

Sie drehte sich zu den Uniformierten um und setzte ihr Routinelächeln auf.

„Bei einer so tüchtigen Feuerwehr! So, jetzt müssen wir aber wirklich."

Sie griff nach dem Arm ihres Mannes und zog ihn mit sich. Besonders schnell, weil sie ihre Hochhackigen gegen flache Sneakers ausgetauscht hatte. Aber auch die stammten aus dem Hause Chanel.

Die anderen schauten ihnen schweigend nach. Niko Sander stellte sich neben den älteren Feuerwehrmann.

„Ich glaube, Sie können jetzt Feierabend machen. Wir schaffen das schon allein. Auf jeden Fall – ganz herzlichen Dank für Ihre Hilfe. Den Schlauch bringe ich morgen zurück."

Der Feuerwehrmann salutierte.

„Danke auch. Und vergessen Sie nicht, den Zwischenzähler zum Wasserverband zurückzubringen."

Niko übte sich in gleicher gespielter militärischer Pose und hielt die gestreckte Hand an eine virtuelle Mütze.

„Jawohl, Herr Hauptmann, wird gemacht."

Alle Umstehenden lachten pflichtschuldig. Corvin goss die fünf Gläser noch einmal voll und hob seines.

„Dann noch einmal. Auf den Teich und auf gute Nachbarschaft. Ich heiße Erik."

Niko und Greta lächelten verkrampft und nannten ihre Vornamen ebenfalls. Greta räusperte sich.

„Ist es eigentlich wahr, was man sich hier erzählt, dass Sie … ähh … ich meine, dass du auch aus Hamburg kommst und früher bei der Kriminalpolizei warst?"

Corvin nickte.

„Ja, das ist wahr. Ist aber schon ein paar Jahre her und ich möchte damit nichts mehr zu tun haben. Auch nicht darüber reden. Was macht ihr eigentlich beruflich?"

Ganz entspannt wirken die nicht, dachte Corvin, während Niko mal das Gras vor seinen Füßen, mal seine Frau anschaute.

„Also, ich bin Ingenieur, Fachgebiet Elektrotechnik. Ich arbeite für ein Ingenieursbüro in Lüchow, Schwerpunkt alternativ-ökologische Techniken."

Ohne eine Zwischenfrage zuzulassen, schaute er seine Frau an.

„Und Greta ist …"

Die schnitt ihm ärgerlich das Wort ab.

„Das kann ich ja wohl selbst erzählen. Ich bin gelernte Schneiderin. War zuletzt am Schauspielhaus in Hamburg und will mich jetzt hier selbstständig machen. Aber so weit sind wir mit den Räumlichkeiten noch nicht."

Das sagte sie in einem solchen Tonfall, dass Corvin nicht wagte, eine weitere Frage zu stellen. Er setzte sein Glas an den Mund und trank es in einem Zug leer. Erwin merkte, dass das wohl das Zeichen zum Aufbruch war, und tat es ihm gleich.

„So, liebe Nachbarn, dann bedanken wir uns herzlich und machen uns mal wieder auf den Heimweg."

Er warf Corvin einen Blick zu und beide stellten fast gleichzeitig ihre leeren Gläser auf den Tapeziertisch. Da Niko und Greta keine Anstalten machten, sie zum Bleiben zu nötigen, gingen alle geschlossen und schweigend zum Gartentor. Dort blieben sie stehen.

Du musst jetzt noch etwas sagen, dachte Corvin. Wir können nicht einfach schweigend fortgehen. Er räusperte sich.

„Wie gut, dass das Wetter mitgespielt hat."

Greta nickte.

„Ja, es hätte ja auch regnen können."

Erwin schaute nach oben zum Himmel.

„Hoffentlich kommt bald ein bisschen Regen. Ich muss jeden Tag gießen. Habe ich euch eigentlich schon erzählt, wie man Rosen am besten gießt? Also …"

Weiter kam er nicht, denn Corvin packte ihn unsanft am Arm.

„Komm, Erwin, ich denke es wird Zeit. Einen schönen Tag noch!"

Dann drehte er sich auf dem Absatz um und nötigte Erwin mit einem Zangengriff, das Gleiche zu tun, der aber nicht sofort in einen Gleichschritt fiel, sondern fast über seine eigenen Füße stolperte, was Corvin zu einem willkommenen Scherz animierte, um die peinliche Situation zu überbrücken.

„Hoppla, Erwin, der Strucksche Champagner scheint seine Wirkung zu tun. Aber keine Sorge, ich bringe dich sicher nach Hause."

Damit hob er seinen Arm und winkte noch einmal nach hinten. Kurz darauf riss sich Erwin aus der unbequemen Umklammerung.

„Sag mal, spinnst du? Ich kann sehr wohl allein gehen. Hältst du mich für betrunken?"

Corvin ließ ihn los und grinste.

„Nein, auf keinen Fall. Aber hast du nicht bemerkt, wie froh die waren, dass wir jetzt endlich gehen?"

Erwin nickte.

„Natürlich habe ich das. Aber warum laden die uns denn überhaupt ein?"

Corvin blieb stehen und schaute Erwin mit hochgezogenen Augenbrauen an.

„Als sie das taten, wussten sie vielleicht noch nicht, dass sie einen ehemaligen Bullen einladen. Sie haben sich in der Zwischenzeit offenbar über mich erkundigt. Und wenn jemand froh ist, dass einer wie ich wieder weg ist, dann hat er in meiner Gegenwart irgendwie ein mulmiges Gefühl, aus welchem Grund auch immer."

Erwin dachte eine Weile nach.

„Magst du recht haben. Darüber habe ich noch gar nicht nachgedacht."

Corvin knirschte mit den Zähnen.

„Möchte bloß mal wissen, bei wem die sich über mich erkundigt haben?"

Erwin blieb stehen und schaute auf seine Schuhspitzen.

„Ich fürchte, Erik, das war ich."

Corvin riss die Augen auf. Seine Stimme wurde etwas lauter.

„Was? Ausgerechnet du? Du wolltest doch, dass wir dieser merkwürdigen Knochengeschichte mal auf den Grund gehen. Mit solchen Aktionen erschwerst du die Recherche aber gründlich. Wahrscheinlich hast du gesagt: Der Corvin, der kriegt alles raus. Damit hast du die beiden aber ziemlich erschreckt. Das war deutlich zu spüren."

Erwin schüttelte den Kopf.

„Da irrst du dich. Ich will die Sache gar nicht weiterverfolgen. Und was ist denn daran schlecht, wenn man die Fähigkeiten eines Freundes lobt?"

Corvin atmete tief ein.

„Entschuldige, Erwin, da habe ich wohl ein bisschen überreagiert. Ich sehe es ein. Es ehrt mich natürlich, wenn ein Mann, wie du es bist, mich lobt. Aber andererseits: Fandest du es nicht auch merkwürdig, wie die Strucks sich benommen haben? Da stimmt doch in beiden Fällen was nicht."

Erwin blickte wieder auf und sah Corvin in die Augen. Erst schweigend, dann fand er zu seinem typischen Grinsen zurück.

„Ich glaube, nicht ich, sondern du willst der Geschichte auf den Grund gehen. Deine angeborene Spürnase arbeitet doch schon wieder auf Hochtouren. Ich seh's dir an."

Sie gingen schweigend weiter und waren kurz darauf an Erwins Gartentor angekommen. Erwin legte Corvin die Hand auf die Schulter.

„Wie ich dich kenne, hast du gerade einen Plan entworfen, wie du weiter vorgehen willst. Wenn du mich dazu brauchen kannst, lass es mich wissen."

# 11

Die Frau, die sich Marion Müller nannte und mit ihrem Mann ein Ferienhaus im Wendland gemietet hatte, machte zum ersten Mal einen zufriedenen Eindruck.

„Der Käsekuchen ist wirklich ausgezeichnet. Wo hast du den denn in dieser Ödnis aufgetrieben?"

Ihr Ehemann, der gerade auf seinem PC die Website von „Google Earth" aufgerufen hatte, lächelte.

„Am Anfang der Umgehungsstraße in Lüchow habe ich eine hervorragende Bäckerei gefunden. Die backen auch das Dinkelbrot, das du so gern magst. Habe ich auch gleich mitgebracht. Ganz frisch. Ist noch warm. Möchtest du noch eine Tasse Kaffee?"

Sie lächelte erneut.

„Ja, gern. Du bist eben noch ein Kavalier der alten Schule. Findet man immer seltener. Dieser Prolet da gestern Abend in dem Gasthof zum Beispiel. Was für ein Idiot. Der kann froh sein, dass ich ihm nicht seine dämliche Visage zwischen den Ohren rausgeschossen habe."

Der Mann nickte.

„Das war auch gut so. Vielleicht treffen wir ihn ja noch einmal, wenn wir alles erledigt haben. Dann kannst du ihn noch als Nachtisch haben. Jetzt hätte uns das nur Ärger bereitet."

Die Frau, die schon seit einer Viertelstunde neben ihrem Käsekuchenteller ihre Beretta 1934 Brevettato 9mm in Einzelteile zerlegte, reinigte gerade die Schlagfederstange mit einem weichen Tuch, auf das sie einen winzigen Tropfen Ballistol Waffenöl geträufelt hatte. Zum Schutz der polierten Nussbaumtischplatte hatte sie die Häkeldeckchen abgenommen, sie über die Lehne des Sessels im altdeutschen Stil gelegt und sie durch zwei Geschirrtücher ersetzt. Sie grinste.

„Das musst du gerade sagen. Du hattest doch den Finger schon am Abzug."

Er schüttelte langsam den Kopf.

„Hatte ich nicht. Ich hatte überhaupt nichts in der Tasche. Aber der Trick funktioniert immer. Man muss nur diesen Blick und den Tonfall haben. Habe ich zum ersten Mal als junger Mensch bei Corleone gesehen und gehört. Hat mir sehr imponiert. Wirkt besonders gut bei jemanden, dem du das Vorstrafenregister schon auf hundert Metern Entfernung ansiehst."

Sie lachte.

„Du bist immer noch ein cooler Typ, mein alter Stratege. Und? Kommst du weiter?"

Er nickte bedächtig.

„Ich schreibe gerade eine Liste der Häuser zusammen, die in Frage kommen. Die suchen sie ja immer nach demselben Schema aus. Ich glaube, die Liste wird nicht sehr lang. Noch ein Stück Käsekuchen?"

*

Ungefähr zur gleichen Zeit bemerkte Corvin, dass zumindest eine Weissagung Catarinas stimmte. Die Maske des Clowns wirkte wie ein Schutzschild, der sein Lampenfieber in Grenzen hielt. Das war nicht er. Das war sein Alter Ego, das lange verschüttet war.

„Mein Avatar", sagte er mit gedämpfter Stimme zu sich selbst, denn manchmal hatte er das Gefühl, er stünde neben sich und würde sich selbst in der neuen Rolle beobachten.

Hinzu kam auch, dass er sich langsam an die veränderten Bewegungsabläufe gewöhnt hatte. Er beherrschte sie nicht nur, sondern benutzte sie auch für weitere Lacherfolge, wenn er sich beim absichtlichen Hinfallen von der Bauchattrappe zurückfedern ließ, als sei er auf ein Trampolin gefallen.

Peppino ließ sich von der offensichtlichen Spielfreude seines neuen Partners anstecken und auch er fand neue Lust an Situationskomik und spontaner Improvisation.

Der Funken sprang auf das Publikum über, die Mundpropagandamaschine lief wie am Schnürchen und schon die Nachmittagsvorstellungen waren ausverkauft.

Fast bedauerte Corvin, als der dritte und letzte Tag unweigerlich anbrach, dass er zurück in sein altes Leben musste, aber die rationale Seite in seinem Kopf sagte ihm, dass es ihm unter anderem so gut gefiel, weil ein Ende abzusehen war und er keinen Zwängen unterlag. Am Morgen war der neue Proficlown eingetroffen. Carlo, Peppino und Sebastiano, wie sein Künstlername lautete, kannten sich schon lange und brauchten nicht viele Worte. Profi Sebastiano kannte sich aus in seinem Metier.

Und so kam denn die letzte Vorstellung, für die Corvin sich vorgenommen hatte, noch einmal so richtig aufzudrehen. Carlo war noch mit seinen Pferden in der Manege, aber in wenigen Minuten würde er seinen Gäulen das Zeichen für den Rückzug geben. Wie immer spähte Corvin durch den Spalt im Vorhang, ob sich vielleicht irgendein bekanntes Gesicht im Publikum befand. Und im selben Augenblick erstarrte er.

In der ersten Reihe saßen Andi, sein Vorgesetzter, Hauptkommissar Winkelmann, und neben dem ein ihm unbekannter älterer Mann, der sich in Abständen zu Winkelmann hinüberbeugte und mit ihm tuschelte.

Reiß dich zusammen, dachte er. Was kann schon passieren? Es ist ja deine letzte Vorstellung. Und strafbar ist es auch nicht.

Und so legte er sich mächtig ins Zeug, dass das Publikum heftig applaudierte und mit den Füßen trampelte. Aus den

Augenwinkeln konnte er aber sehen, dass sich in den Gesichtern der drei Männer in der ersten Reihe nichts tat. Nur Andi konnte sich hin und wieder ein Lachen nicht verkneifen, was sein Vorgesetzter jeweils mit einem strafenden Blick quittierte und Andi sofort wieder ernst dreinschauen ließ. Einmal hatte er das Gefühl, dass der ältere Mann auf ihn zeigte und Winkelmann hinter vorgehaltener Hand etwas ins Ohr flüsterte. Der darauf nickte und eine noch düsterere Miene bekam.

Corvin hatte beschlossen, sich nicht davon irritieren zu lassen, und zum Schluss legte er sich noch einmal so richtig ins Zeug, so dass er und Peppino nach dem Schlussbild noch dreimal in die Manege zurückmussten, um sich zu verbeugen. Die Plätze, auf denen die drei Männer gesessen hatten, waren leer.

Bin mal gespannt, was Carlo sich für meinen Abschied ausgedacht hat, dachte Corvin, als er erschöpft, aber glücklich in seine Garderobe zurückgehen wollte. Carlo kam ihm mit ausgebreiteten Armen entgegen. Aber nicht, wie er zunächst dachte, um ihn zu umarmen, sondern um ihn aufzuhalten.

„Bleib bitte hier, Enrico. Da sind drei Herren von der Kriminalpolizei, die dich sprechen wollen."

Ehe er etwas entgegnen konnte, hatte sich Winkelmann dazwischen gedrängt. Gleich darauf erschienen der ältere Mann und Andi. Winkelmann drehte sich zu ihm um.

„Ist das der Mann, der Sie gestern Abend überfallen hat?"

Der Mann nickte heftig.

„Ja, das ist er."

Corvin schaute sich nach allen Seiten um und lachte.

„So, Carlo, das ist also deine Abschiedsüberraschung. Und nun sag schon: Wo sind die Kameras? Und vor allem: Wie hast du diesen notorischen Miesepeter dazu gekriegt, bei dem kleinen Scherz mitzumachen?"

Winkelmann lief rot an, die anderen schauten entgeistert. Besonders Andi, denn er hatte die Stimme seines Freundes längst erkannt, konnte es aber immer noch nicht glauben. Winkelmann wurde laut.

„Diego Sanchez oder wie immer Sie heißen mögen. Ich verhafte Sie wegen des dringenden Tatverdachts, gestern Abend gegen neunzehn Uhr die Tageskasse des ‚Ideal'-Supermarktes in Lüchow geraubt und dabei mit einer Schusswaffe einen der Wachleute lebensgefährlich verletzt zu haben. Sie können …"

Corvin wurde zornig und schnitt ihm das Wort ab, denn er hatte jetzt begriffen, dass das kein Scherz war.

„Halten Sie die Klappe, Winkelmann. Sie haben wie immer den Falschen erwischt. Ich bin nicht Diego Sanchez."

Winkelmann schluckte.

„Wer zum Teufel sind Sie dann?"

Corvin hatte sich etwas beruhigt und grinste ihn an, was in der Maske besonders teuflisch wirkte.

„Ob Sie es nun glauben oder nicht. Mein Name ist Erik Corvin."

Winkelmann bekam Schnappatmung. Er brüllte hemmungslos.

„Jetzt reicht es aber. Kollege Feindt, legen Sie ihm Handschellen an."

Andi schüttelte den Kopf.

„Er sagt die Wahrheit, Chef. Er ist wirklich Erik Corvin. Ich habe ihn auch nicht gleich erkannt, aber er ist es."

Winkelmann konnte sich nur schwer beruhigen.

„Und was machen Sie …"

Jetzt fiel ihm Carlo ins Wort.

„Lassen Sie mich das erklären, Herr Kommissar. Herr Corvin hat uns zweimal aus einer großen Verlegenheit geholfen. Zum einen hat er uns sein Grundstück zur Verfügung gestellt und zum anderen ist er für einen Kollegen eingesprungen. Wir sind Herrn Corvin zu großem Dank verpflichtet."

Winkelmann atmete schwer.

„Aber wir haben ihn doch auf der Überwachungskamera gesehen. Es war derselbe Clown. Zumindest vom Kopf her. Er hatte keinen so dicken Bauch und trug normale Klamotten. Alles in Schwarz."

Corvin lachte höhnisch auf.

„Wenn Sie jahrelang als Clown beim Zirkus arbeiten, werter Herr Kollege, dann sind Sie durchaus in der Lage, eine identische Maske herzustellen. Führen Sie bitte Herrn Cornetti das Video vor. Der wird Ihnen sagen können, ob er diesen kriminellen Clown kennt oder nicht."

Winkelmann begann zu schwitzen.

„Okay, dann fahren wir jetzt alle ins Revier. Und Sie, falls Sie wirklich Corvin sind, behalten die Maske erst einmal drauf, damit wir vergleichen können. Sie können sich auch dort abschminken."

Corvin grinste.

„Aber meinen Bauch und die Schuhe kann ich wohl hierlassen. Die sind wirklich nicht sehr bequem und werden auch nicht zur Wahrheitsfindung beitragen. Oder sind Sie anderer Meinung?"

Kurze Zeit später standen alle auf der Polizeiwache um Andis Schreibtisch, der den größten externen Bildschirm hatte.

Winkelmann war nervös und ungeduldig.

„Nun machen Sie schon. Worauf warten Sie noch?"

Seine Nervosität übertrug sich auf Andi, der im Zickzack mit der Maus auf unzähligen Ordnern, die mit Zahlenkombinationen beschriftet waren, hin und her fuhr.

„Ah, das ist es."

Auf dem Bildschirm erschien eine tätowierte Frau mit einem gewaltigen Busen, die sich zum hektischen Beat eines Rappers gerade ihrer ohnehin schon winzigen Unterwäsche entledigte. Winkelmann gab ein ersticktes Gurgeln von sich, Andi lief rot an und hämmerte in rasender Schnelle auf beide

Maustasten. Die Frau verschwand, dafür erschien ein kleines Fenster mit dem Hinweis „System wird heruntergefahren" und den Auswahlbuttons „OK" und „Abbrechen". Andi klickte nervös auf „Abbrechen", worauf die Tätowierte wieder erschien, diesmal bereits völlig entkleidet.

Winkelmanns Beherrschung war am Ende. Er brüllte los.

„Nun machen Sie schon, Sie Idiot, sonst sind Sie ab morgen im uniformierten Außendienst und überprüfen Lastenfahrräder!"

Endlich hatte Andi den gesuchten Ordner mit den Aufzeichnungen der Überwachungskameras gefunden.

Auf dem Bildschirm erschien ein körniges Video in Schwarz-Weiß ohne Ton, das einen Ausschnitt des Parkplatzes am Supermarkt „Ideal" in Lüchow zeigte. Das einzige Fahrzeug, das man sehen konnte, war ein Kleintransporter mit der Aufschrift „Security Harms". Eine Minute verging, eine quälende weitere. Auf dem Bildschirm tat sich nichts.

Corvin grinste, was ihm durch die Maske erneut einen teuflischen Ausdruck verlieh.

„Ist das eventuell ein Standbild?"

Jetzt wurde Andi ärgerlich.

„Nun wart's doch ab. Gleich passiert was."

In diesem Augenblick kamen zwei Mitarbeiter der Securityfirma, die mit uniformähnlichen Hemden und Hosen bekleidet waren, ins Bild. Der eine trug einen Metallkoffer, der andere öffnete die Seitentür des Transporters. Sekunden später lief eine Gestalt von der rechten Seite ins Bild. Der Mann oder die Frau – das war in dieser Position nicht erkennbar – hielt mit beiden ausgestreckten Armen eine Pistole in den Händen, die auf die beiden Securitymänner gerichtet war. Die Person war zwar nicht frontal, sondern im Halbprofil zu sehen, war aber erkennbar wie Corvin geschminkt und trug die gleiche Strubbelperücke wie er. Offensichtlich hatte die Person etwas gebrüllt, denn die

Männer drehten sich fast gleichzeitig in deren Richtung und der eine zog eine Schusswaffe aus einem Holster. Aus der Pistole des Räubers kam ein kurzer Feuerblitz, der Mann mit der Waffe, die ihm aus der Hand fiel, stolperte gegen das Auto und sackte in die Knie, während der andere die Hände hochnahm.

„Halten Sie mal an!" brüllte Winkelmann. „Jetzt kann man ihn sehr gut sehen. Herr Confetti, was sagen Sie?"

Carlo machte ein beleidigtes Gesicht.

„Cornetti, bitte sehr. Direktor Carlo Cornetti. Ich finde, das könnte jeder sein. Herr Corvin ist es auf keinen Fall."

Er zeigte auf die mitlaufende Uhrzeit.

„Neunzehn Uhr achtzehn. Um diese Zeit saß Herr Corvin mit Sicherheit in der Maske. Sonst hätte er ja gar nicht auftreten können. Und das können zweihundert Zuschauer bezeugen."

Winkelmann kniff die Augen zusammen.

„Aber Sie haben doch gerade selbst gesagt: Das könnte jeder sein. Wer kann denn bezeugen, dass es Herr Corvin war, der da in der Manege herumsprang? Nicht mal sein ältester Freund hat ihn erkannt."

Jetzt rastete Corvin aus.

„Sagen Sie mal, haben Sie sie noch alle? Wieviel hat der Kerl denn erbeutet?"

Andi schaute auf seine Notizen.

„Rund zwanzigtausend Euro."

Corvin setzte noch mal nach.

„Und Sie glauben, wegen zwanzig Riesen riskiere ich ein paar Jahre Knast? Soll ich Ihnen mal meinen letzten Einkommenssteuerbescheid zeigen?"

Winkelmann winkte ab.

„Warum klaut eine Millionärsgattin im Schreibwarengeschäft einen Bleistift? Weil Sie sich langweilt und den Kick braucht. Das müssten Sie doch am besten wissen."

Plötzlich ließ er von Corvin ab und wendete sich an Carlo.

„Und Ihr Kollege? Der, für den Corvin eingesprungen sein soll? Wo ist der, wenn ich fragen darf?"

Carlo blieb die Ruhe selbst.

„Ach, Sie meinen Diego. Der ist im Urlaub. Muss ja auch mal sein. Wo er ist, kann ich Ihnen nicht sagen. Wahrscheinlich bei seiner Familie in Spanien."

Winkelmann trommelte mit den Fingern auf der Tischplatte.

„Anschrift, Telefonnummer. Feindt, nehmen Sie das mal auf."

Dann zog er die Augenbrauen hoch und schaute jeden Einzelnen an.

„Okay, Sie können jetzt gehen. Aber halten Sie sich zur Verfügung. Sie dürfen in den nächsten acht Tagen den Landkreis nicht verlassen."

Schweigend verließen Corvin und Carlo die Polizeiwache. Dann räusperte sich Carlo.

„Tut mir leid, Enrico, dass dein letzter Akt so enden musste. Ich wollte euch alle noch zu einem Glas Champagner einladen. Aber ich glaube, dir ist die Lust vergangen."

Corvin lachte.

„Überhaupt nicht. Natürlich trinken wir noch einen. Ein altes Schlachtross wie mich haut so schnell nichts um. Und überhaupt: Das war doch die außergewöhnlichste Abschiedsvorstellung, die man sich vorstellen kann. Aber sag mal – warum hast du nichts gesagt? Das war doch eindeutig Diego."

Carlo blieb stehen und sah Corvin an wie ein Vater, dessen unreifer Sohn gerade eine sehr dumme Frage gestellt hatte.

„Das ist Zirkusehre, mein lieber Enrico. Wir verpfeifen uns nicht. Wir nehmen das selbst in die Hand."

*

Almut Struck war zufrieden. Sie lehnte sich in ihrem Schreibtischsessel, den sie sich aus London hatte kommen lassen, mit
einem Seufzer zurück und streckte ihre Arme aus, so dass man
ein leises Knacken der Gelenke hören konnte. „Alles erledigt",
sagte sie zu sich selbst und gähnte darauf laut und herzhaft.
So, wie sie es sich nur erlaubte, wenn sie sicher war, dass sie
ganz allein war.

Aber dafür hatte sie gesorgt. Sobald sie dieses Zimmer
betrat und die Tür hinter sich schloss, wagte niemand mehr,
sie zu stören. Schon gar nicht Martin. Der hatte es einmal versucht, aber danach hätte er eigentlich Bedarf für eine psycho-
therapeutische Behandlung gehabt, so sehr hatte sie ihm klar
gemacht, was für eine arme Kreatur er sei und dass er dieses
Leben nur führen konnte, weil sie so tüchtig war. Nur ihre
geschickten Aktionen auf den Finanzmärkten hätten den
Luxus, in dem sie lebten, möglich gemacht. Sein armseliger
Bauernhof würde gerade die Kosten decken, die er selbst verursachte. Danach hatte Martin nie wieder gewagt, seine Frau
in ihrem Arbeitszimmer zu stören und auch allen anderen,
die etwas von ihr wollten, eingeschärft, ihr Vorhaben auf
einen späteren Termin zu verlegen.

Ach Martin, dachte sie, er war lieb und nett, trug sie auf Händen, blickte aber überhaupt nicht durch. Natürlich warf der Hof
etwas ab. In guten Erntejahren sogar einiges. Aber das musste er
gar nicht wissen. Solange er wie ein englischer Lord herumspa-
zieren konnte, sich über seine Automobile, seine Reitpferde
freute und mit einer Frau zusammen war, die alles im Griff hatte, war er mit dem Leben zufrieden. Dass die körperliche Anzie-
hungskraft im Laufe der Jahre auf null geschrumpft war, nahm
er offenbar dafür in Kauf. Und auch, dass sie regelmäßig alle
zwei bis drei Wochen nach Hamburg fuhr und dort auch über
Nacht blieb. Die Begründung, sie werde ihre Finanzen doch
nicht der örtlichen Sparkasse überlassen, sondern brauche zwei,
drei richtige Banken, mit denen sie ihr Investmentbusiness

abwickeln könne, hatte ihm gereicht. Sie reckte sich ein zweites Mal und gab wohlige Laute von sich. Cleveres Mädchen, dachte sie, das hast du alles sehr gut gemacht.

Und weil es ihr so gut ging, gab sie dem edlen und nicht gerade billigen britischen Schreibtischstuhl einen Schwung, um sich aus purer Lebensfreude einmal um die eigene Achse zu drehen. Dabei fiel ihr Blick auf die Schubladenkommode im Renaissancestil, in die sie immer die Post vorsortierte. Auf der Kommode lag ein Stapel aus ungeöffneten Briefumschlägen aller Größen und Formate.

„Scheiße!" entfuhr es ihr. Die heutige Post. Total verschwitzt. Jetzt konnte sie wieder von vorn anfangen. Sie dachte einen Augenblick nach. Etwas Wichtiges erwartete sie nicht. Wahrscheinlich nur die üblichen Schreiben von Behörden, Zulieferern und diese lästigen Angebote von irgendwelchen Investmentfirmen, deren Umschlägen sie bereits ansah, ob sie seriös waren oder eher das Gegenteil. Sie stand auf, griff sich den Stapel, ließ sich seufzend in den Sessel zurückfallen und knallte die Briefe auf die Mahagoniplatte ihres dem Barock nachempfundenen Schreibtisches.

Sie legte die Umschläge auf Stoßkante, ausgerichtet an der linken unteren Ecke, und begann zu sortieren. Da es wieder einmal reine Routinepost war, konnte sie bereits am Absender erkennen, was zur Bearbeitung Zeit hatte und was ungeöffnet in den Papierkorb wanderte.

Das ging rasend schnell und sie war hocherfreut, dass nichts dabei war, was der sofortigen Bearbeitung bedurfte, als ihr Blick auf den letzten DIN-A4-Umschlag fiel.

Es war einer, wie man ihn in jedem Supermarkt kaufen kann. Er war ordnungsgemäß frankiert, abgestempelt und an Herrn Martin Struck und Frau Almut Struck gerichtet. Ein Absender war nicht zu sehen.

Sie drehte den Umschlag auf die Rückseite, die vollkommen unbeschrieben war.

Sie zuckte mit den Schultern und griff zu dem kleinen Jagddolch, den ihr Martin vor Jahren geschenkt hatte und den sie als Brieföffner benutzte.

Mit spitzen Fingern griff sie in den Umschlag. Nur ein Blatt im selben Format war da drin. Sie zog es heraus, legte es auf den Schreibtisch, zuckte zusammen und wurde kreideweiß.

Die schwarz-weiße Abbildung war nicht besonders gut ausgeleuchtet und auch nicht besonders scharf. Doch konnte man mit einem Blick erkennen, dass es sich um ein menschliches Skelett handelte, dessen Knochen nicht mehr zusammenhingen, sondern auf einer grauen Wolldecke in Anordnung gebracht worden waren.

Darunter stand nur ein Satz in derselben Schriftart.

„Wir wissen, wer das ist."

Sie merkte, wie ihr Herz zu rasen begann und das Blut zurück in den Kopf schoss. Jetzt nur nicht die Nerven verlieren, dachte sie. Jetzt wird erst einmal überlegt, was zu tun ist.

Das ist, dachte sie, die ziemlich plumpe Ouvertüre zu einer Erpressung. Wer dahinter steckte, konnte sie sich leicht vorstellen. Darum waren die Sanders gestern so seltsam reserviert. Wahrscheinlich hatten sie geglaubt, der Brief wäre schon angekommen. Also, erst einmal in Ruhe abwarten, was die Leute eigentlich wollen. Natürlich Geld, aber wieviel? Das war die Kardinalfrage. Sie dachte noch einmal nach. Wahrscheinlich war sie wesentlich gerissener, führte sie doch schon jahrelang dieses komfortable Leben, ohne dass jemand ihr auf die Schliche gekommen war. Und das sollte auch so bleiben. Keiner würde ihr das streitig machen. Und wenn doch, dann lebte der ziemlich gefährlich.

*

Langsam kam er wieder zu sich. Er fühlte diesen dumpfen Druck im Kopf und den stechenden Schmerz im Bein. Dieses verdammte Mistvieh. Warum hatte er es nicht einfach überfahren? Musste wohl ein Instinkt oder Reflex sein. Und da stand natürlich ausgerechnet dieser Baum. Er hatte noch versucht, das Steuer herumzureißen, aber der Wagen hatte ihm überhaupt nicht mehr gehorcht. Dann dieser Knall und plötzlich war alles dunkel. Wie lange war er eigentlich weggetreten? Er versuchte, das Handy aus der Hosentasche zu ziehen. Vergeblich, jede Bewegung verursachte höllische Schmerzen. Erst jetzt merkte er, dass er eingeklemmt war. Durch den Aufprall war der ganze Motorblock nach hinten geschoben worden, die verdammten Airbags waren nicht herausgesprungen, um ihn zu schützen. Die Kiste war ja auch verdammt alt und in die Werkstatt hatte er den Wagen auch nie gebracht. Es war ja auch immer jemand da, der sich auskannte und wusste, was zu machen war, wenn die alte Gurke nicht mehr lief.

Die Halterung des Rückspiegels war total verbogen. Er stöhnte laut auf, als er versuchte, den Arm danach auszustrecken, aber er biss die Zähne zusammen und nach ein paar schmerzhaften Versuchen gelang es ihm doch, den Spiegel wieder zurechtzubiegen. Er zuckte zurück.

Was ihn da aus dem halb zersprungenen Spiegelglas anstarrte, hatte mit einem Gesicht nur noch wenig zu tun. Die Schminke war verschmiert und hatte sich mit dem Blut vermischt, das von der Wunde am Kopf hinuntergelaufen und an den meisten Stellen schon verkrustet war. Die rote Strubbelperücke war bei dem Aufprall weggerissen worden, das Haarnetz saß fest und hatte sich an den Rändern mit dem Blut verklebt. Ein Auge war fast komplett zugeschwollen. Obwohl ihm nicht zum Lachen zumute war, musste er grinsen. Mit dieser Visage kannst du in jedem Horrorfilm mitspielen, ohne in die Maske zu müssen, dachte er.

Langsam setzten sich die zerrissenen Erinnerungen in seinem Kopf wieder zusammen. Er war in diese Nebenstraße durch den Wald abgebogen, um die Fahrt auf der Bundesstraße zu vermeiden. Wahrscheinlich suchten sie ihn schon. Und dann stand plötzlich dieses Reh auf der Straße. Nein, halt. Stopp. Was war, bevor er ins Auto gestiegen war? War der Mann, auf den er geschossen hatte, tot? Als er ihm den Koffer aus der Hand riss, hatte er noch gestöhnt. Der andere hatte die Arme hochgerissen und war erstarrt. Und er war gerannt. Bis zum anderen Ende des Parkplatzes. Dort hatte er das Auto abgestellt. Plötzlich durchzuckte es ihn. Der Koffer! Er versuchte sich umzudrehen. Stieß einen kurzen Schrei aus, weil ein aufgerissenes Blech ihm in das Bein schnitt. Noch einmal griff er stöhnend zum Rückspiegel, drehte ihn so lange, bis er den Rücksitz sehen konnte. Der Koffer war nicht mehr da. „Verdammte Sch…", zischte er zwischen Zähnen.

Er musste irgendwie mit den Beinen hier herauskommen. Vielleicht könnte er den Sitz etwas nach hinten schieben. Da er nicht sehr groß gewachsen war, müsste da noch Spielraum sein. Es gelang ihm, den Arm zwischen den Beinen nach unten durchzuschieben. Er stöhnte dabei vor Schmerzen, zog den Bügel, der die Arretierung des Sitzes öffnete, und versuchte, ihn nach hinten zu drücken. Der Sitz rührte sich nicht. Irgendetwas hatte sich verklemmt. Der Koffer, schoss es ihm durch den malträtierten Kopf, das musste der Koffer sein. Er bog den Innenspiegel noch weiter nach unten. Tatsächlich. Eine Ecke des Metallkoffers war zu sehen. Trotz aller Schmerzen spürte er Erleichterung und schöpfte neuen Lebenswillen. War doch nicht alles umsonst gewesen. Plötzlich fiel es ihm ein. Die Liegesitze. Die alte Kiste hatte ja noch Liegesitze. Er tastete nach dem Bedienungsknopf, der die Rücklehne absenkte. Drückte mit aller Kraft darauf. Nichts rührte sich. Er beugte sich nach vorn und warf sich dann mit der ganzen Kraft, die in ihm noch übrig war, und einem Schmerzensschrei nach hinten. Die Lehne gab nach, wurde aber auch von dem Koffer abgebremst. Er atmete heftig. Das ist deine letzte Chance, sagte er zu sich. Der Winkel müsste reichen. Er stemmte sich mit beiden Armen auf die Sitzfläche und versuchte, sich nach hinten zu drücken. Das scharfkantige Blech schnitt weiter in seinen Oberschenkel. Die Schmerzen waren höllisch, aber er biss die Zähne zusammen. Jahrelang hatte er seinen Körper trainiert, er musste das schaffen. Und endlich merkte er, dass die eingeklemmten Oberschenkel langsam Spielraum bekamen. Jetzt noch ein Ruck und er konnte die Knie bewegen. Denk einfach, du willst einen Handstand machen, hämmerte es in seinem Kopf. „Eins, zwei …", zählte er laut und mit einem letzten Kraftakt bäumte er sich auf und stieß vor Schmerzen einen Schrei aus, der nichts Menschliches mehr hatte. Dann wurde es Nacht um ihn.

Lilo war außer sich und ließ die Zeitung sinken.

„Man hält es nicht für möglich. Wie schlecht und verdorben muss einer sein, um sich so etwas auszudenken?"

„Mit wem redest du?", fragte Corvin, der gerade in die Küche kam und sich nach allen Seiten umsah.

„Oder führst du wieder mal Selbstgespräche?"

Lilo antwortete nicht, sondern setzte ihren Monolog fort.

„Da bringt einer einen anderen Menschen in Verruf, der den Leuten Spaß und Freude schenkt, nur um sich zu bereichern, und tötet dafür auch noch einen Menschen."

Corvin sah sie verständnislos an.

„Wovon redest du?"

Lilo schlug mit der flachen Hand auf den Küchentisch.

„Hast du etwa noch nichts davon gehört? Da hat einer beim ‚Ideal' einen Geldboten überfallen und war maskiert wie der Clown aus dem Zirkus. Und dann hat er auch noch den Geldboten erschossen. Nun steht dieser arme Clown unter Verdacht und der Zirkus wird geschlossen, bis die Sache aufgeklärt ist. Was gibt es nur für Scheißtypen. Schrecken noch nicht mal vor Mord zurück."

Corvin hatte inzwischen die Meldung, die noch nach Redaktionsschluss ins Blatt gehoben worden war, überflogen.

„Wieso Mord? Hier steht doch „… wurde schwer verletzt und ins Krankenhaus nach Dannenberg gebracht."

Lilo schüttelte den Kopf.

„Hildegard sagt, der kommt nicht durch."

Corvin zuckte mit den Schultern, bezog aber keine Stellung. Die Weissagungen Hildegards der Allwissenden zu bezweifeln, zog erfahrungsgemäß ein Streitgespräch der etwas längeren Art nach sich, und das wollte Corvin auf alle Fälle vermeiden.

Er konnte auch gar nicht mehr darauf antworten, denn sein Handy meldete sich, was ihm sehr gut passte. Am anderen Ende war Andi.

„Wann kannst du am Platz sein?"

Corvin zuckte mit den Schultern.

„Wenn du willst, fahre ich gleich los."

Der „Platz", wie ihn die beiden Freunde in ihrer Kürzelsprache nannten, war ein Parkplatz an der B 216 kurz vor dem Kreisverkehr, von dem aus man entweder nach Dannenberg oder nach Lüchow abbog. Auf dem parkte höchstens mal ein Trucker, um ein Nickerchen zu machen. Immer, wenn etwas zu besprechen war, bei dem man unerwünschte Zuhörer auf jeden Fall vermeiden wollte, trafen sie sich hier, nahmen entweder Corvins oder Andis Wagen und fuhren „einmal um den Pudding", wie Andi die Strecke nannte, die etwa zehn Minuten in Anspruch nahm und wieder auf dem Parkplatz endete.

Corvin stand noch nicht einmal fünf Minuten dort, als er im Rückspiegel Andis alten Golf kommen sah. Wenig später saß Andi auf dem Beifahrersitz und Corvin fuhr los.

Andi lachte.

„Von wegen Spanier. Dein Diego ist genauso wenig Spanier wie du und ich. Sein richtiger Name ist Hugo Schlüter und geboren wurde er in Recklinghausen. Dass er der Räuberclown war, steht jetzt eindeutig fest. Seine Mutter heißt Gesine Schlüter, der Vater ist unbekannt. Hat ein hübsches Vorstrafenregister, gilt als intelligent, aber auch als cholerisch und brutal. Die Fahndung läuft, bisher ohne Erfolg. Ist uns entwischt und versteckt sich irgendwo. Aber den kriegen wir schon."

Corvin dachte nach.

„Komisch, er sah aber ganz aus wie ein Spanier. Und das leicht Aufbrausende passte auch ganz gut dazu. Könnte doch sein, dass sein Vater ein Spanier war. Vielleicht auch ein Zirkusmann, der auf der Durchreise war."

Andi nickte.

„Kann alles sein. Ich wollte dir nur mitteilen, dass die Untersuchungen gegen dich eingestellt werden. Du bekommst das noch irgendwann schriftlich, aber du weißt ja, wie lange das manchmal dauern kann. Aber sag mal: Wie hast du dich eigentlich gefühlt, als du da in der Manege den dummen August gegeben hast?"

Covin lächelte.

„Das siehst du falsch. Das ist nicht der dumme August, das ist eine Identifikationsfigur. Der ewige Verlierer. Weil die meisten Menschen sich in ihm wiedererkennen. Und weil in seinem Kopf ständig der gute und der böse Engel miteinander kämpfen. Andererseits können Clowns auch etwas Unheimliches haben, weil man nie weiß, was sie im nächsten Augenblick machen werden. Das soll witzig sein, kann aber auch als bedrohlich empfunden werden."

Andi pfiff leise durch die Zähne.

„Vielen Dank, Herr Professor. Ich wollte aber gar keine philosophischen Erläuterungen. Ich habe dich gefragt, wie du dich gefühlt hast."

Corvin lächelte ein weiteres Mal.

„Ich habe mich in meinem Leben selten so gut gefühlt."

*

Der silbergraue Porsche 911 mit dem DAN-Kennzeichen fuhr mit etwas überhöhter Geschwindigkeit die Hamburger Alsterkrugchaussee entlang, die geradewegs zum Flughafen führt. Kurz davor bog er in eine kleine Seitenstraße ab und verschwand in der Tiefgarage eines Apartmenthauses.

Almut Struck verstaute die Chipkarte, die sie zum Öffnen des Garagentors benötigte, wieder in ihrer Gucci-Handtasche und steuerte den Parkplatz mit der Nummer 47 an. Sie stieg aus dem Wagen, ließ die Schlösser per Funkfernsteuerung einrasten und öffnete eine Metalltür, die zu den Aufzügen führte. Sie betrat die Fahrstuhlkabine und drückte auf die Taste mit der Nummer 5. Ohne an einem anderen Stockwerk zu halten, beförderte sie der Aufzug in die gewünschte Etage.

Der lange Flur war mit einem hochwertigen und schallschluckenden blauen Teppichboden ausgelegt. Vor der Tür mit derselben Nummer, unter der auch der Parkplatz registriert war, blieb sie stehen und nahm einen Schlüssel aus ihrer Handtasche. In diesem Moment öffnete sich die Tür des gegenüberliegenden Apartments und eine Putzfrau erschien mit ihrem Arbeitswagen auf dem Flur. Sie sah Almut Struck und lächelte.

„Guten Tag, Frau Struck, wünsche einen schönen Aufenthalt. Ihres habe ich schon gestern fertig gemacht."

Die Angesprochene hauchte ein „Dankeschön", schloss die Tür auf und ging hinein.

Das Apartment bestand aus einem winzigen Flur, einem geräumigen Wohnzimmer mit geschmackvollen Möbeln im skandinavischen Stil und einer Pantry, einem Bad sowie einem kleinen Schlafzimmer mit einem französischen Doppelbett und einem eingebauten Kleiderschrank, der sich über eine Wand erstreckte.

Sie gab einen Seufzer von sich, feuerte ihre teuren, aber unbequemen Schuhe in den Raum und ging auf Strümpfen ins Schlafzimmer. Dort entledigte sie sich ihrer Kleidung und schlüpfte in einen weißen Bademantel, der im Kleiderschrank hing.

Sekunden später stand sie unter der Dusche, ließ das warme Wasser wohlig über ihren Körper rauschen und schloss dabei die Augen. Sie hatte zwar bereits am Morgen zu Hause geduscht, aber dies war mehr ein Ritual, eine Art Reinigungsprozess, den sie stets durchführte, wenn sie in ihrem Parallelleben angekommen war. Sie trocknete sich ab, cremte sich vor dem Spiegel ein und stellte dabei prüfend fest, dass sie mit ihrem Körper immer noch ganz zufrieden war. Sie hängte ihre Kleidungsstücke, die sie achtlos aufs Bett geworfen hatte, sorgfältig in den Schrank und entnahm ihm frische Wäsche sowie einen dunkelblauen Hosenanzug. Nachdem sie im Bad ihre Frisur und das Makeup gerichtet hatte, schob sie eine Kapsel in die kleine Maschine und nahm sich eine Tasse aus dem Hängeschrank. Eine Minute später saß sie in einem der bequemen Sessel, hatte die Füße auf den Tisch gelegt und genoss den heißen Kaffee.

Kurz darauf klingelte ihr Handy. Sie meldete sich mit einem gedämpften „Hallo?", horchte einen Augenblick hinein und räusperte sich.

„Ja, du kannst gleich kommen. Ich bin jetzt hier."

Eine halbe Stunde später gab der Summer an der Tür einen Brummton von sich. Sie erhob sich von ihrem Sessel, ging zur Eingangstür und drückte auf einen Knopf an der Gegensprechanlage.

„Ja, bitte?"

Eine Männerstimme antwortete.

„Lässt du mich rein?"

Sie lächelte und drückte einen weiteren Knopf, mit dem die Haustür geöffnet wurde. Kurz darauf klingelte es erneut an der Wohnungstür.

Vor der Tür stand ein mittelgroßer Mann mit kurzgeschnittenen braunen Haaren, der die Uniform eines Flugbegleiters und ein Paket unter dem rechten Arm trug, und strahlte sie an.

„Hallo Ali, da bin ich. Fast pünktlich auf die Minute."

Sie öffnete die Tür ein Stück weiter und lächelte ihn an.

„Hallo Thommy, schön dich zu sehen. Komm rein."

Er betrat den Flur, beugte sich zu ihr hinunter und hauchte ihr rechts und links einen Kuss auf die Wange. Dann nahm er das Paket, das in Geschenkpapier gewickelt war, und hielt es ihr mit fragendem Blick hin. Sie zeigte ins Wohnzimmer.

„Leg es da einfach auf den Tisch. Woher kommst du jetzt?"

„Bogota via Frankfurt."

Sie ging in das Schlafzimmer, nahm aus ihrer Handtasche einen Briefumschlag, ging zurück ins Wohnzimmer und legte ihn vor ihm auf den Tisch. Wortlos steckte er ihn in die Seitentasche seiner Uniformjacke.

„So. Und wie geht's jetzt weiter mit uns beiden?"

Sie lächelte hintergründig.

„Kommt darauf an, wie lange du Zeit hast."

*

Als er wieder zu sich kam, war es schon hell. Er merkte, dass der feuchte Waldboden seine Kleidung, oder was davon übriggeblieben war, völlig durchnässt hatte. Der Versuch, sich aufzurichten, endete abrupt. Ein furchtbarer Schmerz hinderte ihn daran und ließ ihn einen Schrei ausstoßen. Er wälzte sich stöhnend auf die Seite und schaffte es aus dieser Stellung langsam, eine Sitzposition einzunehmen. Er schaute sich um. Überall dichter Wald mit viel Unterholz. Erst jetzt sah er den hinteren Teil seines Autos und ihm wurde klar, dass er gestern eine Böschung hinuntergerast und dann gegen einen Baum geknallt war. Von der Straße aus war der Wagen nicht zu sehen.

Der Koffer, dachte er. Du musst den Koffer aus dem Wagen holen. Ohne ihn ist das alles hier völlig sinnlos. Sein Blick fiel auf den langen Ast einer Eiche, der unmittelbar neben ihm lag. Er zog ihn zu sich heran, drückte ihn in den weichen Waldboden und versuchte, sich daran hochzuziehen. Wieder schoss der Schmerz durch seinen ganzen Körper, aber er biss die Zähne zusammen und nach zwei qualvollen Minuten stand er aufrecht. Der Ast hatte eine Gabelung, die ungefähr unter seinen linken Arm passte, so dass er sein verletztes Bein nicht aufstützen musste. Damit konnte er sich langsam fortbewegen. Er versuchte, in die Nähe seines Autos zu kommen, immer darauf bedacht, nicht zu stürzen. Jetzt sah er, dass beide Türen auf der linken Seite offen standen. Der Koffer lag, halb von Laub bedeckt, davor. Er musste gestern in der Nacht noch versucht haben, ihn herauszuholen, konnte sich aber an nichts mehr erinnern. Er zog den Koffer zu sich heran, ließ sich langsam auf dem Waldboden nieder und öffnete ihn. Drinnen lagen gebündelte Geldscheine, seine Pistole, eine Makarow, die ein Freund ihm in Berlin auf dem russischen Schwarzmarkt besorgt hatte, und ein zweites, gefülltes Magazin. Er steckte die Pistole und das Magazin in seine Jackentaschen, schloss den Koffer und brachte sich wieder in eine aufrechte Position.

Er musste jetzt irgendeine Möglichkeit finden, sich zu säubern und womöglich seine Kleider zu wechseln. In dieser Gegend kannte er sich zwar nicht aus, aber sicher gab es hier irgendwo Ferienhäuser, die zu dieser Zeit leer standen. Er musste auf die Suche gehen, auch wenn es äußerst strapaziös war. Erst jetzt spürte er diesen brennenden Durst, sein Rachen war wie ausgetrocknet.

Er zog sein Handy aus der Hosentasche. Es war heil geblieben, hatte aber nur noch eine Akkukapazität von fünfzehn Prozent. Er rief die App „Google Maps" auf. Es war zwar nur schwach, aber Netz war vorhanden. Das nächste Dorf mit dem Namen Gutfeitzen war rund fünf Kilometer entfernt. Würde er das schaffen? Du musst es schaffen, sagte er trotzig zu sich selbst, stützte sich wieder auf den Ast, nahm den Koffer in die andere Hand und machte sich auf den beschwerlichen Weg. Er biss die Zähne zusammen. Du musst es schaffen oder du kannst dich gleich erschießen.

*

Missmutig war Corvin auf sein Fahrrad gestiegen und einfach losgeradelt. Er wollte jetzt allein sein, möglichst niemanden treffen und vor allem keine Gespräche führen. Er hatte gegenüber Carlo den Eindruck erwecken wollen, es mache ihm alles nichts aus. Aber das stimmte nicht. Er hatte gemerkt, wie Carlo unter der Tatsache litt, dass einer aus seiner Familie, wie er seine Zirkustruppe gern nannte, ihn so hintergangen hatte. Und er, der sich selbst immer als harten Hund einstufte, war dünnhäutiger, als er zugeben wollte. Diese drei wunderbaren Tage und dann dieser hässliche Abschluss. Das bohrte in ihm. Winkelmann hatte erwirkt, dass der Zirkus bis zum Ende der Spurensicherung und der Zeugenbefragung geschlossen wurde, und das war ein schwerer Schlag für alle. Finanziell und mental. Damit, hatte Carlo beklagt, werden mal wieder alle Vorurteile bestätigt, dass dem fahrenden Volk nicht zu trauen sei. Und das würde sich empfindlich auf die Zuschauerzahlen niederschlagen. Für die Presse war das ein gefundenes Fressen. „Gangsterclown überfällt Geldtransport." Was für eine tolle Schlagzeile. Sofort waren Fotografen und Kamerateams aufgetaucht, die aber erst einmal an der menschlichen Mauer aus dem starken Jarek und den anderen Artisten gescheitert waren. Camille hatte sich gänzlich zurückgezogen. Mit Sicherheit war die Sensationspresse gierig auf Details zu ihrem Verhältnis mit der „Bestie mit dem Clownsgesicht", wie Diego im Internet schon genannt wurde.

Ärgerlich trat Corvin in die Pedale und bog, ganz in seinen düsteren Gedanken versunken, in den Weg ein, den er eigentlich meiden wollte, nachdem er von der blonden Frau aus dem Wald solch eine Abfuhr bekommen hatte. Er war schon eine Weile gefahren, als er merkte, dass er diesen Vorsatz gerade gebrochen hatte. Er bremste und stieg ab. Sollte er jetzt wieder zurückfahren? Ein bisschen kindisch wäre das schon. Es wäre auch ein großer Zufall, wenn er sie nun noch ein drittes Mal treffen würde. Er hatte den Wald bereits hinter sich gelassen und stand jetzt neben der großen Pferdeweide, die sich vom Waldrand bis zu ihrem Haus erstreckte.

In diesem Moment bemerkte er, dass das Gatter halb offen stand und ein Pferd seine Vorderhufe bereits auf die Straße gesetzt hatte. Gefolgt von drei weiteren Artgenossen. Er wusste zwar nicht, wem die Tiere gehörten, aber es war mit Sicherheit nicht in dessen Sinne, dass sie erkunden wollten, wie es wohl hinter der Weide aussehe. Er lehnte das Fahrrad gegen einen Baum und lief dem erstaunten Tier laut in die Hände klatschend entgegen. Da Pferde zu den Fluchttieren gehören, besann sich der Gaul augenblicklich auf seine Bestimmung, zog sich auf die Weide zurück und brachte sich mit einem Kurzgalopp in Sicherheit. „Braves Tier", rief Corvin ihm nach, schloss das Gatter und ging zurück zu seinem Fahrrad.

Bereits nach hundert Metern musste er feststellen, dass der Zufall manchmal auch im falschen Moment zur Stelle ist, denn er sah die Frau, der er nicht mehr so gern begegnet wäre, genau auf ihn zukommen. Sie winkte schon von weitem und als sie näher kam, merkte er, dass sie ziemlich atemlos war.

„Entschuldigung, können Sie mir bitte helfen?"

Er bremste, stieg vom Fahrrad und konnte sich ein bisschen Ironie nicht verkneifen.

„Ach ja? Sind Sie sicher, dass Sie ausgerechnet meine Hilfe wollen?"

Erst jetzt schien sie ihn zu erkennen.

„Oje, Sie sind das. Sorry, ist mir ziemlich peinlich, aber ich kann es Ihnen jetzt nicht erklären. Ich brauche erst einmal Ihre Hilfe."

Corvin schwankte zwischen „Beleidigter Leberwurst" und „Rettender Engel". Der Engel siegte.

„Und womit kann ich Ihnen helfen?"

Sie drehte sich auf dem Absatz um.

„Kommen Sie schnell. Vor meinem Gartentor steht ein Pferd und lässt mich nicht ins Haus."

Corvin blieb stehen.

„Ein Pferd? Wollen Sie mich veralbern?"

Sie blieb stehen, drehte sich um und sah ihn flehentlich an.

„Ja, ein Pferd. Und ich habe doch so eine Heidenangst vor Pferden, seitdem ich als Kind von einem gebissen worden bin. Als ich Reiten lernen wollte. Das habe ich nie überwunden. Bitte! Ich muss unbedingt ins Haus."

Dann drehte sie sich wieder um und ging los. Corvin folgte ihr und schob sein Rad.

Vor dem Gartentor stand seelenruhig ein Apfelschimmel, hatte seinen Hals über den Zaun gebeugt und fraß dort mit Genuss Giersch und Brennnessel, die dort üppig wucherten und in Pferdekreisen als Delikatessen gelten. Corvin ging auf das Tier zu, das hob kurz den Kopf, setzte dann aber seine Mahlzeit fort. Er sprach ruhig und klopfte dem Gaul mit der flachen Hand leicht gegen den Hals.

„So, mein Lieber …"

Er brach seinen Satz abrupt ab, bückte sich, schaute kurz unter den Bauch und stellte fest, dass es sich um eine Pferdedame auf Abwegen handelte.

„Oh, Entschuldigung. Meine Liebe natürlich. Die Mittagspause ist beendet und wir müssen jetzt zurück."

Da das Pferd einen Halfter trug, griff er kurzerhand an den Kehlriemen und zog es vom Gartentor weg.

„Komm, meine Schöne, deine Freunde vermissen dich bereits."

Willig ging der Gaul noch kauend neben ihm her. Corvin drehte sich zu der Frau um.

„Ich denke, ich weiß, wo es hingehört. Ich bin gleich zurück. Passen Sie bitte auf mein Fahrrad auf."

Als er zurückkam, stand sie in der offenen Haustür. Sein Fahrrad hatte sie außen gegen den Gartenzaun gelehnt.

„Tausend Dank, Sie haben mir sehr geholfen. Und für meine Umgangsformen bei den letzten Begegnungen entschuldige ich mich."

Corvin zuckte mit den Schultern.

„Warum hatten Sie es denn so eilig, ins Haus zu kommen? Hatten Sie die Milch auf dem Herd stehen lassen oder hat Ihr Mann Ihnen Gespräche mit anderen Männern verboten?"

Sie schüttelte den Kopf.

„Das ist nicht mein Mann. Der sorgt sich nur um mich. Noch mal danke."

Sie trat einen Schritt zurück, schloss die Tür und ließ Corvin etwas ratlos auf dem Weg vor dem Haus stehen. Seltsam, dachte er, ich wüsste gern, was für eine Geschichte hinter diesem merkwürdigen Benehmen steckt.

Er war schon einige Minuten unterwegs, als sein Blick auf das Klarsichtfutteral am Lenker fiel, in das er sein Handy schieben konnte, wenn er es als Navi benutzte. Dort hatte jemand ein mehrfach gefaltetes Papier platziert. Er stutzte, hielt an und stieg ab. Zog das Papier heraus und strich es glatt. Die Schrift war winzig klein.

„Ich weiß nicht warum, aber ich vertraue Ihnen. Wenn Sie mich umbringen wollten, hätten Sie schon mehrfach Gelegenheit dazu gehabt. Außerdem glaube ich, dass ich weiß, wer Sie sind. Sie haben damals als Polizist in Hamburg gegen Tamir ausgesagt. Was tun Sie hier? Ihr Kollege kommt mehrfach Tag und Nacht hier vorbei und ich werde durch Kameras bewacht. Es gibt aber einen Punkt, den die Kameras nicht erfassen. Kommen Sie heute Abend um dreiundzwanzig Uhr zum hinteren Ende des Grundstücks. Dort steht an der äußeren linken Ecke ein großer Holunderbusch. Bleiben Sie dahinter stehen. Ich erkläre Ihnen alles."

Corvin überflog den Zettel noch ein zweites Mal. Tamir, Tamir? Wieso kommt mir der Name so bekannt vor? Er schlug sich mit der flachen Hand gegen die Stirn. Natürlich. Tamir Mousa, Clanchef mit hoher krimineller Energie, aber stets reingewaschener Weste. Sie dachten damals, sie könnten zwei seiner Jungs wegen des Überfalls auf einen Hamburger Juwelier überführen, aber er hat sie mit einem Bataillon von Rechtsanwälten wieder rausgepaukt. Daher kam die Frau ihm so bekannt vor. Die Haare, natürlich, die Haare! Die waren damals lang und schwarz. Jetzt waren sie kurz und blond. Und außerdem war das ein paar Jährchen her. Sie war so etwas wie Mousas Sekretärin gewesen. Sie hatte einen unaussprechlichen Namen und wurde von allen – wie doch gleich – ja, Nora wurde sie genannt. Dich hier zu sehen, muss sie total überrascht haben. Kein Wunder, dass sie sich so seltsam benommen hat. Und jetzt wird sie hier wahrscheinlich versteckt. Konnte das Treffen im Schutze des Holunderbusches eine Falle sein? Nein, wahrscheinlich war sie genauso neugierig auf ihn wie er auf sie.

Kurz vor dreiundzwanzig Uhr hatte Corvin seinen Wagen an der Kuhweide hinter dem Haus geparkt, war über den Zaun gestiegen und ging im Dunkeln auf die Rückseite des Grundstücks zu. Hin und wieder trat er in etwas Weiches und hoffte, dass es nur nasser Boden war. Die Weide war sehr groß und er brauchte mehr als fünf Minuten, bis er den beschriebenen Holunderbusch entdeckt und schließlich erreicht hatte. Nachdem er einen Augenblick ins Dunkel gelauscht hatte, meinte er ein Rascheln der Blätter zu hören. Er räusperte sich leise und sprach mit gedämpfter Stimme.

„Nora, sind Sie da?"

Sie sprach sehr leise und schien am Boden zu kauern oder zu sitzen.

„Ja, ich bin es. Und Sie sind der Polizist, der damals gegen Tamirs Leute ausgesagt hat? Was tun ausgerechnet Sie hier? In wessen Auftrag sind Sie hier? Und warum weiß Ihr Kollege vom BKA offenbar nichts davon?"

Corvin horchte noch einen Augenblick, um sicher zu gehen, dass sie auch wirklich allein war.

„Nein, das ist alles ganz anders. Es stimmt, ich bin der Polizist, der damals in Hamburg ausgesagt hat. Allerdings hat Mousa seine Leute wieder mal mit einem Bataillon von teuren Anwälten freibekommen. Dass wir uns jetzt hier wieder getroffen haben, ist reiner Zufall. Ich bin schon lange kein Polizist mehr und lebe ziemlich zurückgezogen in einem alten Bauernhaus ganz in der Nähe. Vermute ich richtig, dass Sie hier vor ihm und seinen Leuten versteckt werden? Ist das so eine Art Zeugenschutzprogramm?"

Er hörte, wie sie tief einatmete.

„Ja, genau das ist es. Die Kameras sind rund um die Uhr in Betrieb, es gibt ein Alarmsystem und der BKA-Mann kommt in gewissen Abständen und schaut nach mir."

Corvin war nun auch in die Hocke gegangen, weil er meinte, sie so besser zu verstehen.

„Habe ich das richtig in Erinnerung, dass Sie so etwas wie seine Sekretärin waren? Da haben Sie sicher eine Menge mitbekommen, was für ihn sehr unangenehm werden kann."

„Nein, ganz so ist das nicht. Ich war so etwas wie sein Mädchen für alles. Ich habe alles das erledigt, was auch in einem normalen großen Haushalt so anfällt. Von Schulangelegenheiten der Kinder bis zur Überweisung der Stromrechnung."

„Man hat damals gesagt, Sie hätten ein Verhältnis mit ihm. Das wäre für ihn jetzt ja auch nicht gerade angenehm."

Sie unterdrückte ein Lachen.

„Ach was, was denken Sie? Ob Sie es nun glauben oder nicht, Tamir ist ein überzeugter Familienmensch, der seine Frau und seine Kinder liebt. Aber er hat eine sehr eigenwillige Auffassung von Recht und Ordnung. Und von Loyalität. Wer ihm widerspricht, ist sein Feind, der beseitigt werden muss.

Hinzu kommt, dass er sehr jähzornig ist. Eine explosive Mischung. Und so war ich unfreiwillig Zeugin, wie er eigenhändig einen Menschen getötet hat. Das war zu viel und ich bin auf und davon. Habe mich dann an die Polizei gewandt."

„Und wie haben die reagiert?"

„Die haben sofort das BKA informiert, weil die Staatsanwaltschaft mal wieder etwas gegen ihn vorbereitet. Und da kam ich ihnen natürlich gerade recht. Ich musste dann aber sofort von der Bildfläche verschwinden, denn bis es zum Prozess kommt, kann es noch länger dauern."

Corvin atmete tief ein.

„Das klingt ziemlich ungemütlich. Ich denke, dass Mousa seine Leute bereits losgeschickt hat, Sie zu finden."

„Das denkt das BKA auch. Und darum soll ich so unsichtbar wie möglich sein. Die offizielle Version ist, dass ich Schriftstellerin bin, die hier ungestört an einem Buch arbeiten will."

Schau an, dachte Corvin, da lag Hildegard, die Allwissende, doch gar nicht so falsch.

„Und warum, wenn ich mir die Frage erlauben darf, haben Sie sich mit Ihrem Bewacher so heftig gestritten?"

„Ach, es ist immer wieder das Gleiche. Er will, dass ich am besten das Haus überhaupt nicht verlasse, und ich kriege hier langsam einen Koller. Ich muss manchmal raus, auch wenn es nur für zehn Minuten ist. Schon unsere Unterhaltung heute Abend tut mir gut. Manchmal kommen mir Zweifel, ob es richtig war, dass ich mich bereit erklärt habe, gegen Tamir auszusagen. Auch wenn es ihm tatsächlich an den Kragen geht. Ich werde mein Leben lang auf der Flucht sein."

Corvin räusperte sich leise.

„Ich kann Ihnen auch nichts anderes raten als der Kollege vom BKA. Es geht ja um Ihre Sicherheit."

„Ich weiß, aber er spielt sich auf, als ob ich der Verbrecher bin. Tut mir leid, das sagen zu müssen, aber er ist mir nicht gerade sympathisch. Können wir nicht in Kontakt bleiben? Telefonieren darf ich ja nicht. Können wir nicht ein Zeichen verabreden, wenn ich Sie brauche?"

Corvin überlegte einen Augenblick.

„Okay, aber nur, wenn es nicht anders geht. Und wie wollen Sie das anstellen?"

„Habe ich mir gerade überlegt. Zur Haustür führt eine Treppe mit drei Stufen. Auf der unteren links steht ein Tontopf mit einem kleinen Buchsbaum. Wenn er auf der mittleren steht, ist es dringend, wenn er auf der oberen steht – sehr dringend. Dann sind Sie um diese Uhrzeit wieder hier. Versprochen?"

„Versprochen!"

„Okay, dann gehe ich jetzt wieder ins Haus."

„Einen Moment noch. Wir kennen uns ja kaum. Wieso haben Sie so viel Vertrauen zu mir?"

Sie überlegte nicht lange.

„Zum einen fand ich Sie schon damals sehr bemerkenswert, als Sie so bestimmt aufgetreten sind. Immerhin schrecken seine Leute auch nicht davor zurück, einen Polizisten zu beseitigen. Und zum anderen glaube ich, über eine gute Menschenkenntnis zu verfügen. Und die sagt mir, dass Sie ein vertrauenswürdiger Mann sind. Aber jetzt muss ich dringend zurück."

\*

Er war erschöpft. Diego saß auf dem Waldboden und atmete heftig. Mit seinem lädierten Bein kam er nur sehr langsam voran und außerdem hatte er seit einem Tag und einer Nacht nichts gegessen und getrunken.

Du darfst jetzt nicht müde werden, dachte er. Du bist durchtrainiert und zähe. Und denk an das Geld. Damit kann man schon eine Menge anfangen. Mit Hilfe des Astes, den er immer noch bei sich trug, brachte er sich wieder in eine aufrechte Position und begann sofort, sich mit kleinen Schritten vorwärts zu bewegen.

Plötzlich nahm er Stimmen wahr, die relativ schnell näher kamen. Hektisch schaute er sich nach einem Versteck um. Wenige Meter weiter hatten Waldarbeiter zerkleinerte Baumstämme aufgeschichtet. Die standen nun da wie eine hölzerne Mauer und gaben ihm Deckung. Für sein verletztes Bein waren sie allerdings in weiter Ferne. Er nahm alles, was von seiner Kraft noch übrig war, und humpelte in die Richtung. Jetzt konnte er bereits hören, dass es zwei Frauen waren, die miteinander sprachen. Noch wenige Meter und er hatte es geschafft. Mit letzter Kraft erreichte er den Holzstapel und brach dahinter zusammen. Biss die Zähne fest zusammen, um nicht zu stöhnen.

„Warte mal", hörte er die eine sagen. „Halt mal eben an." Er konnte sie zwar nicht sehen, aber an den Geräuschen war zu erkennen, dass es zwei Radfahrerinnen waren. Wahrscheinlich zwei Frauen, dachte er, die in grellbunten Trikots auf Mountainbikes durch die Wälder rasen.

„Ich muss mal eben was trinken."

Er hörte, wie sie eine Flasche aufdrehte und dann mit glucksenden Geräuschen daraus trank, und spürte jetzt doppelt so stark, dass sein Hals total ausgetrocknet war.

„Und ich muss das Gegenteil", hörte er die andere sagen. „Ich geh' mal eben hinter den Holzstapel."

Er schluckte, seine Hand fuhr in die Jackentasche und tastete nach der Pistole. Er hörte, wie sie ein Fahrrad gegen das Holz lehnte und ihre Schritte auf dem Waldboden näher kamen. Er hatte bereits den Finger am Abzug, als die andere Frau plötzlich etwas rief.

„Nee, lass das mal. Nicht so direkt am Weg. Dahinten kommt ein Auto."

Er hörte den Motor eines kleineren Fahrzeugs, das sich schnell näherte und auf der Höhe des Stapels stehen blieb.

„Na, meine Damen", ertönte eine sonore Männerstimme. „Alles in Ordnung?"

„Kein Grund zu irgendeiner Beanstandung", zwitscherte die eine.

Der Mann lachte.

„Aber immer hübsch auf den Wegen bleiben. Nicht, dass ihr mir mein Wild aufschreckt."

Beide Frauen lachten.

„Jawohl, Herr Oberförster, wir halten uns streng an die Regeln und wünschen Ihnen einen schönen Tag."

Der Mann gab Gas und das Motorengeräusch verschwand.

„Komm", hörte er die andere Frau sagen, „wir fahren noch ein Stück. Dahinten ist eine Schonung. Da kannst du in aller Ruhe pinkeln."

Beide lachten, stiegen auf ihre Räder und sagten noch etwas. Aber da waren sie schon so weit entfernt, dass Diego es nicht mehr verstand.

Der silbergraue Porsche fuhr von der Bundestraße 216 in den Kreisverkehr und verließ ihn an der Ausfahrt Richtung Lüchow. Während ihres Aufenthaltes in Hamburg hatte Almut Struck es erfolgreich verdrängt, aber nun kreisten ihre düsteren Gedanken wieder massiv um den anonymen Brief, in dem zwar von Erpressung noch keine Rede war, auf die es aber ohne Zweifel hinauslaufen würde.

Nach einer Fahrtzeit von einer guten Viertelstunde verließ sie die Bundesstraße, fuhr ein Stück die Landstraße entlang und bog dann in die Auffahrt zu ihrem Haus ein. Stets hatte sie sich bei der Rückkehr über den Anblick des Hauses gefreut, war stolz darauf, dass niemand auch nur annähernd ein Anwesen sein Eigen nennen durfte, das so beeindruckend war. Allein die Säulen links und rechts vom Eingang, die den mächtigen Balkon mit den Löwenfiguren auf der Balustrade trugen. Es war zwar kein Marmor, sondern Kalksandstein, aber dennoch – welch ein imposanter Anblick. Doch diesmal wollte keine rechte Freude aufkommen. Zu düster waren die Vorahnungen und sie hasste es, wenn sich irgendetwas zusammenbraute, das sich bereits in der Entstehungsphase ihrer Kontrolle entzog.

Martin, der gerade aus dem Stall gekommen war, strahlte und öffnete die Tür ihres Wagens.

„Wie schön, dass du wieder da bist. Waren deine Geschäfte erfolgreich?"

Sie stieg mit unbewegtem Gesicht aus dem Wagen. Einem Kuss, den er ihr auf die Wange geben wollte, wich sie aus.

„Ja, alles bestens. Ich muss aber gleich an meinen Schreibtisch. Ist die Post schon gekommen?"

Er behielt das Lächeln im Gesicht und schloss die Wagentür.

„Ja, ist sie. Liegt auf deiner Kommode.“

Ohne ihn eines weiteren Blickes zu würdigen, ging sie mit energischen schnellen Schritten über den mit Basalt gepflasterten Weg, stieg die vier breiten Stufen zum Eingangsportal hinauf und verschwand im Haus.

Mit einem Griff nahm sie den Stapel aus Briefumschlägen von der Kommode, knallte ihn auf die Schreibtischplatte und ließ sich in den Chefsessel fallen. Hastig sortierte sie die eingegangene Post und nach wenigen Sekunden hatte sie den erwarteten Umschlag in der Hand. Sie griff zu dem kleinen Dolch, riss an dem Umschlag, rutschte ab und stach sich in den Finger. Mit einem Fluch feuerte sie den Dolch quer durch das Zimmer, hielt die blutende Fingerkuppe an den Mund und gab einen wütenden Laut von sich. Sie riss den letzten Rest der angeklebten Umschlaglasche mit der rechten Hand auf und zerrte den Briefbogen heraus. Wieder war das Skelett auf der Wolldecke abgebildet, darunter drei Zeilen in der üblichen Schrift.

„Zahlen Sie 100 Tsd. Euro in gebrauchten Scheinen. Sie haben für die Beschaffung drei Tage Zeit, nicht eine Minute länger. Sonst geht dieses Foto mit weiteren Informationen an die Polizei. Anweisungen folgen.“

„Einhunderttausend“, murmelte sie und las die Zeilen fast ungläubig noch einmal. Wie billig. Sie hatte mit mehr gerechnet. Mit mindestens einer Million. Das mussten Leute sein, für die das wahnsinnig viel Geld war. Leute, die alles in Raten zahlen müssen und ihr Haus ein Leben lang abbezahlen. Ein Verdacht keimte in ihr auf. Wer auch sonst könnte das Skelett gefunden haben? Sie griff nach dem Brief. Blut tropfte auf das Papier. Aber das beachtete sie nicht, denn in ihrem Kopf formierte sich langsam ein Plan.

*

Das Ehepaar, das sich unter dem Namen Müller ein Ferienhaus gebucht hatte, stapfte seit fast einer halben Stunde durch den Wald.

Die Frau machte einen eher unwilligen Eindruck.

„Bist du sicher, dass wir noch auf dem richtigen Weg sind?"

Der Mann grinste.

„Ich weiß, lange Spaziergänge waren noch nie dein Fall, aber ich sag's gern noch einmal: Wir müssen uns vor allem einen Überblick verschaffen, in welchem Areal die Häuser liegen und wie man sie am schnellsten erreicht."

Sie lachte höhnisch.

„Du meinst, wie man sich am schnellsten wieder entfernt. Die letzten vier, die wir besichtigt haben, passten jedenfalls nicht in das Schema. Was machen wir eigentlich, wenn keines da hineinpasst?"

Er blieb stehen und zuckte mit den Schultern.

„Das weiß ich noch nicht. Aber wir haben noch zwei Objekte und solange wir die noch nicht gestrichen haben, mache ich mir darüber auch keine Gedanken."

Durch die Stille des Waldes drang plötzlich ein Brummton, der immer lauter wurde und sich als das Motorgeräusch eines kleinen Geländewagens der Marke Polaris Ranger entpuppte, jener legendäre Offroader, der vor allem von Jägern und Förstern benutzt wird. In dem Wagen saß ein korpulenter Mann mittleren Alters mit einem roten Gesicht, der das typische Outfit in Lodengrün und den dazu passenden Hut trug.

Er hielt an und stellte den Motor ab, weil dessen Lautstärke eine Unterhaltung nicht zuließ.

„Guten Tag", sagte er im schönsten Aquavit-Bariton, „haben Sie sich verlaufen?"

Das Paar war inzwischen stehen geblieben. Der Mann schüttelte den Kopf.

„Wünsche auch einen guten Tag. Nein, wir haben uns nicht verlaufen. Warum fragen Sie?"

Der Mann wischte sich über den Mund.

„Sie sehen nicht gerade aus wie Wanderer."

Der Mann lächelte.

„Wir sind auch keine Wanderer. Wir sind Musiker auf der Suche nach einem etwas abgelegenen geräumigen Haus, das aber straßenmäßig gut erreichbar ist und einen schönen Weitblick hat. Wo wir in Ruhe üben können."

Der Rotgesichtige deutete auf den flachen, länglichen Koffer, den der Mann trug.

„So, so. Musiker sind Sie. Was haben Sie denn da drin?"

Der Mann hob den Koffer etwas an.

„Was ich da drin habe? Ein Fagott in zwei Teilen. Ein sehr empfindliches Instrument."

Der Jäger lachte.

„Und ich dachte schon, das wäre eine Schrotflinte. Sowas gibt es nämlich auch in zwei Teilen zum Zusammenschrauben. Wussten Sie das?"

Der Mann schüttelte den Kopf.

„Nein, wusste ich nicht. Waffen interessieren mich auch nicht. Ich bin Künstler."

Der Grünrock schaute die Frau an.

„Und Sie? Was spielen Sie? Kontrabass wird es ja wohl nicht sein. Das würde sogar ich erkennen."

Er lachte laut über seinen vermeintlich guten Witz. Das Gesicht der Frau blieb unbewegt.

„Was ich spiele? Piccoloflöte. Die passt ganz gut hier in meine Handtasche. Aber noch mal zum Haus. Kennen Sie eins mit solchen Voraussetzungen, das man mieten kann?"

Der Jäger dachte nach.

„Ja, so etwas kenne ich. Gar nicht weit von hier. Aber das nützt Ihnen nichts. Das ist nämlich gerade vermietet worden. Langfristig, wie man hört. An eine einzelne Dame. Eine Schriftstellerin, die nicht gestört werden will, sagt man."

Der Mann zog die Augenbrauen hoch.

„Ach, das ist ja schade. Meinen Sie, man kann es sich trotzdem einmal ansehen?"

Der Jäger nickte.

„Von außen kann man das sicher. Bleiben Sie immer auf diesem Weg. So fünfzehn bis zwanzig Minuten. Wenn der Wald zu Ende ist, beginnt eine große Viehweide. Und dahinter liegt es gleich."

Der Mann hob die Hand.

„Verbindlichsten Dank und einen schönen Tag noch."

Der Lodengrüne grüßte zurück.

„Keine Ursache. Und seien Sie schön ruhig im Wald. Nicht, dass Sie mein Wild stören. Habe gerade zwei Radfahrerinnen darauf hingewiesen, die hier laut schwatzend durch den Forst fuhren."

Daraufhin drehte er den Zündschlüssel und der Motor startete geräuschvoll den Betrieb. Mit lautem Knattern fuhr der Wild- und Waldschützer davon.

Der Mann grinste seine Frau an.

„Das hört sich doch schon sehr vielversprechend an."

Die Frau nickte, ohne das Gesicht zu verziehen.

„Das denke ich auch."

*

Noch vor wenigen Tagen hatte sich Corvin jedes Mal darauf gefreut, wenn er einen Grund hatte, die Zirkusleute auf seiner Weide zu besuchen. Er hatte dort stets einen quirligen Haufen von interessanten und außergewöhnlichen Menschen getroffen. Menschen, die viel erlebt und die immer etwas zu erzählen hatten.

Nun war er das erste Mal nach dem abrupten Ende wieder da und es war ihm, als sei das ganze Gelände von einem Schleier überzogen worden, unter dem sich schlechte Laune und Apathie festgesetzt hatten. Es gab sicher einige, die hatten

Diego nie gemocht und es war ihnen auch ziemlich egal, was mit ihm passierte, aber nicht sie bestimmten, welche Stimmung auf dem Zirkusgelände herrschte, sondern Carlo. Wenn der charismatische Chef des Unternehmens schlechte Laune hatte, dann beeinflusste das sofort die ganze Mannschaft. Jetzt noch Witze zu machen oder gar gute Laune zu haben, das war in solchen Zeiten völlig fehl am Platze. Und darum beschränkten sich alle in der Kommunikation auf das Notwendigste.

Der Erste, den Corvin sah, war Peppino, der auf dem Treppchen vor seinem Wagen saß und etwas an seinem Kostüm ausbesserte. Er blickte hoch und als er Corvin erkannte, huschte ein Lächeln über sein Gesicht.

„Enrico, wie schön, dich zu sehen. Ich hatte schon befürchtet, du lässt dich überhaupt nicht mehr blicken. Gründe, sauer zu sein, hättest du ja reichlich."

Corvin winkte ab.

„Nein, sauer bin ich nicht. Es tut mir nur unendlich leid, dass sich diese sorglose Fröhlichkeit so plötzlich ins Gegenteil verdreht hat."

Peppino machte ein bedauerndes Gesicht. Plötzlich hellte sich seine Miene auf.

„Etwas Positives gibt es doch. Man hat uns vorhin mitgeteilt, dass die Polizeisperre aufgehoben ist. Spurensicherung und Zeugenvernehmung sind wohl abgeschlossen. Carlo musste noch mal aufs Revier. Wollten wohl noch irgendwas von ihm wissen."

Corvins Miene hellte sich auf.

„Dann kann's ja wieder losgehen."

Peppino wiegte den Kopf hin und her.

„Das muss Carlo entscheiden. Erstmal hat er einen Suchtrupp zusammengestellt. Jarek, Milosz und noch ein paar andere. Die sollen ihn finden. Camille wollte mit ihren Hunden auch mitmachen, aber das wollte Carlo nicht."

„Warum nicht?"

Peppino machte ein sorgenvolles Gesicht.

„Ich glaube, du kannst dir unschwer vorstellen, was sie mit ihm machen, wenn sie ihn kriegen. Er hat die Ehre der Familie aufs Schlimmste beschmutzt."

In diesem Moment kam Camille mit den Hunden zwischen den Wagen hervor. Die Hunde stürzten sich freudig auf ihn und schnüffelten an seinem Hosenbein. Cherie sprang wie ein Gummiball an ihm hoch. Camille strahlte.

„Enrico, wie schön. Wir dachten schon …"

Corvin unterbrach sie.

„Ja, ja, das hat Peppino auch gerade gesagt. Ich habe mir nur Sorgen gemacht, wie das mit euch hier weitergehen soll."

Camilles Lächeln verschwand.

„Das fragen wir uns auch. Carlo hat jetzt nur ein Ziel. Diego finden und ihn bestrafen. Das ist für ihn eine Frage der Ehre. Und das steht vor allem. Ich fürchte, so denken viele der anderen auch."

Corvin dachte nach.

„Das gefällt mir alles gar nicht. Und der Polizei wird das erst recht nicht gefallen. Ich glaube, ich sollte noch mal mit ihm reden, wenn er wieder da ist."

Peppino nickte.

„Das kannst du gleich machen. Ich habe eben sein Auto zurückkommen sehen."

Kurz darauf klopfte Corvin an die Tür von Carlos Wagen. Die Stimme, die aus dem Innenraum kam, klang nicht besonders freundlich.

„Ja, was ist denn?"

Corvin öffnete die Tür.

„Hallo Carlo, ich bin's. Hast du mal ein paar Minuten?"

Carlos finstere Miene hellte sich für ein paar Sekunden auf, verdüsterte sich aber rasch wieder.

„Enrico, ja, natürlich, komm bitte rein und mach die Tür hinter dir zu."

Corvin schloss die Tür hinter sich und setzte sich an Carlos Schreibtisch. Carlo wollte etwas sagen, aber Corvin kam ihm zuvor.

„Carlo, wir müssen jetzt keine Höflichkeiten austauschen. Ich wollte dir nur sagen, dass ich mir Sorgen mache."

Carlo zog die Augenbrauen hoch.

„Sorgen? Warum?"

Corvin blickte ihm starr in die Augen.

„Weil du auf dem besten Weg bist, alles kaputt zu machen, was du sorgsam aufgebaut hast."

Carlo lehnte sich zurück.

„Wie darf ich das verstehen?"

Corvin atmete tief ein.

„Wie ich höre, hast du einen Suchtrupp zusammengestellt. Und ich kann mir unschwer vorstellen, was ihr mit Diego macht, wenn ihr ihn tatsächlich findet. So etwas nennt man Selbstjustiz und ist strafbar. Die Polizei sucht ihn auch. Und wenn ihr ihr zuvorkommt, dann bekommt ihr ganz großen Ärger. Dann kannst du deinen Zirkus endgültig dichtmachen."

Carlo lachte etwas verkrampft.

„Mein lieber Enrico. Du magst etwas von Polizeiarbeit und Gesetzen verstehen, aber von unseren Gesetzen verstehst du überhaupt nichts. Schau, mein Lieber, dies ist ein schöner Beruf und ich mache es gern, aber so ein Unternehmen besteht aus vielen bunten Vögeln, die dazu neigen, über die Stränge zu schlagen. Wenn du die nicht mit eiserner Hand zusammenhältst, dann geht bald gar nichts mehr."

Corvin musste sich bemühen, nicht laut zu werden.

„Und wenn du das machst, was du vorhast, dann geht auch nichts mehr. Wenn du so eine Dummheit machen willst, bitte sehr, das ist deine Sache. Aber zieh doch nicht deine Leute auch noch mit in den Abgrund."

Jetzt wurde Carlo etwas lauter.

„Enrico, ich schulde dir einiges, aber das geht zu weit. Du hast überhaupt kein Recht, mir vorzuschreiben …"

In diesem Moment klopfte jemand heftig an die Tür und im nächsten Augenblick wurde sie aufgerissen. Das scharfkantige Gesicht von Milosz, dem Messerwerfer, war zu sehen.

„Carlo, wir haben sein Auto gefunden. Er hatte einen schweren Unfall. Überall Blutspuren. Offenbar ist er verletzt. Weit gekommen ist er sicherlich nicht."

Carlo schaute ihn mit offenem Mund an.

„Verletzt, sagst du? Okay, dann trommle die anderen zusammen. Sie sollen sich sofort vor meinem Wagen versammeln."

Milosz nickte und genauso schnell, wie er aufgetaucht war, verschwand er wieder.

Corvin hob die Hand.

„Okay, Carlo, ich sehe, du lässt dich nicht umstimmen. Ich kenne mich aus in solchen Situationen. Lass bitte zu, dass ich mitkomme."

Carlo schüttelte energisch den Kopf.

„Auf keinen Fall. Das ist einzig und allein unsere Sache. Du solltest dich da raushalten. Und das ist keine Bitte, sondern eine Warnung."

# 14

Immer deutlicher merkte Diego, wie seine Kräfte nachließen und dass er bald den Punkt erreicht haben würde, an dem es nicht mehr weiterging. Auch, wenn er sich noch so zusammenrisse.

Doch der Wald lichtete sich und kurz darauf konnte er das Dach eines Hauses erkennen. Ziemlich nah, aber für ihn immer noch verdammt weit weg. Der Wald lag hinter ihm und ging in eine Weide über, auf der fünf Pferde grasten. Auf der anderen Seite des Weges erstreckte sich ebenfalls eine Wiese, abgegrenzt durch eine Hecke wildwachsender Büsche. Er humpelte so weit wie möglich an diese grüne Mauer heran, jederzeit bereit, sie als Deckung nutzen zu können. Jetzt war er nahe genug an das Haus herangekommen, so dass ihm nicht entging, dass die Eingangstür geöffnet wurde. Heraus traten ein Mann und eine Frau, die sich offenbar stritten. Verstehen konnte er nichts, nur aus den hektischen Handbewegungen schloss er, dass sie eine Meinungsverschiedenheit hatten.

Er duckte sich unter ein Gebüsch aus Feldahorn und Haselnusssträuchern und blieb regungslos stehen. In die Hocke zu gehen oder sich hinzuknien wagte er nicht, weil er fürchtete, nicht wieder hochzukommen. Die Frau blieb an der Haustür stehen, der Mann stieg die drei Stufen hinunter, drehte sich noch einmal um und sagte etwas. Dann ging er zu einem silberfarbenen Audi, den er in der Einfahrt neben dem Haus geparkt hatte, stieg ein und fuhr rückwärts durch die Pforte auf den Weg. Gab Gas und war in wenigen Sekunden aus dem Blickfeld verschwunden. Die Frau hatte kurz darauf die Haustür zugeschlagen. Mit solcher Wucht, dass man den Knall auch aus der Entfernung hören konnte.

Diego kam langsam aus seiner Deckung hervor, musste aber augenblicklich zurück in diese Position, weil sich die Haustür ein zweites Mal öffnete. Wieder trat die Frau heraus, sah sich nach allen Seiten um und stapfte energisch die Stufen hinunter. Auch wenn man nicht wusste, worum es in dem Streitgespräch gegangen war, konnte man dennoch erkennen, dass sie ziemlich wütend war.

Sie hatte die Gartenpforte fast erreicht, als ihr offensichtlich noch etwas einfiel. Sie ging zurück, bückte sich und stellte den Tontopf mit dem kleinen Buchsbaum von der untersten auf die oberste Stufe. Dann verließ sie den Garten und ging mit schnellen Schritten in Richtung Wald. Den Mann im Ahorngebüsch sah sie nicht. Er wartete einen Augenblick, schaute sich in alle Richtungen um und schleppte sich dann, so schnell es ihm möglich war, auf das Haus zu.

Die Frau hatte die Eingangstür zwar nicht abgeschlossen, aber das Schloss war eingerastet und statt einer Türklinke gab es nur einen Knauf. Er fluchte leise und dachte nach. Mit dem entsprechenden Werkzeug hätte er die Tür im Nu geöffnet, aber er hatte kein Werkzeug und in seinem jetzigen Zustand hätte er nicht mal eine Zigarrenkiste aufbekommen. Es musste doch wohl noch eine Hintertür geben.

Er wankte auf dem Kiesweg um das Haus herum und sah, dass es eine Küchenterrasse mit einer Tür gab. Die Tür hatte außen eine Klinke. Er drückte sie hinunter und zu seiner Erleichterung ließ sie sich mit einem knarrenden Laut öffnen.

So schnell er konnte, betrat er die Küche und schloss die Tür hinter sich. Sein erster Blick fiel auf den Wasserhahn über der Spüle. Er drehte ihn auf, öffnete den Mund und hielt den Kopf schräg darunter, so dass der kalte Strahl ihm direkt in den Mund schoss. Er schluckte heftig und bekam einen Hustenanfall, wischte sich den Mund ab, verschmierte dabei die Reste des Make-ups und torkelte ins Wohnzimmer.

Er musste irgendwas zum Anziehen finden, mit den zerrissenen Lumpen am Leib kam er nicht weit. Dann fiel sein Blick auf einen der großen, bequemen Sessel. Er zögerte einen Augenblick, aber dann konnte er nicht widerstehen. Der unterdrückte Schrei, den er ausstieß, war eine Mischung aus Schmerz und Wonne, als er sich in die weichen Polster fallen ließ. Sekunden später war er eingeschlafen.

Ein gellender Schrei riss ihn aus seinem traumlosen Schlaf und er öffnete die verklebten Augenlider.

Vor ihm stand eine Frau mit aufgerissenen Augen, die sich die Hand vor den Mund hielt und offenbar starr vor Schreck war. Sie war seit Tagen darauf gefasst, dass hier irgendjemand auftauchen und ihr Angst einflößen würde, aber auf eine Gestalt, die direkt aus dem Reich der Zombies zu kommen schien, war sie nicht vorbereitet.

„Verlassen Sie sofort mein Haus", schrie sie mit sich überschlagender Stimme, „sonst hole ich die Polizei."

Er streckte ihr beide Arme abwehrend entgegen.

„Bitte, ich will Ihnen nichts tun. Ich hatte einen Unfall. Ich muss mich säubern. Lassen Sie mich in Ihr Bad. Bitte!"

Sie starrte ihn an. Brachte zunächst kein Wort heraus. Dann sammelte sie sich und zeigte energisch in Richtung Tür.

„Es tut mir leid, aber Sie können hier nicht bleiben. Verschwinden Sie augenblicklich."

Er schüttelte den Kopf, griff in seine Jackentasche und zog die Pistole heraus.

„Es tut mir auch leid, aber es geht nicht anders."

Sie riss erneut die Augen auf, starrte auf die Pistole und machte zwei Schritte rückwärts.

„Ob Sie mir das nun glauben oder nicht. Dieses Haus wird überwacht. Ich bin selbst so eine Art Gefangene. Ob ich jetzt etwas tue oder nicht. In wenigen Minuten wird ein Polizist hier sein."

Sie wusste, dass das nicht der Wahrheit entsprach, denn der Beamte, der ihr gerade einen Kontrollbesuch abgestattet hatte, war sicher noch nicht wieder an seinem Platz, wo er die Monitore sehen konnte, die die Geschehnisse im und am Haus zeigten. Er konnte sie unterwegs auch auf seinem Handy sehen, aber das tat er nie. Und da er sie hasste, wie sie glaubte, würde er sowieso keine Eile damit haben.

Diego schüttelte den Kopf.

„Tut mir leid, es geht nicht anders. Dann sind Sie eben meine Geisel."

Er hörte auf zu sprechen und dachte nach.

„Das ist sogar noch besser. Sie sind die Garantie für meinen sicheren Abgang. Kommen Sie."

Er richtete die Pistole auf sie und machte mit dem Lauf eine wedelnde Bewegung, die bedeutete, dass sie voran gehen sollte. Dann erhob er sich stöhnend aus dem Sessel.

Er trieb sie auf den Flur.

„Wo ist das Bad?"

Sie zeigte nach oben.

„Die Treppe hinauf."

Er öffnete die ihm gegenüberliegende Tür, hinter der eine Kellertreppe nach unten führte. Er ging einen Schritt nach vorn und schaute hinunter. In diesem Moment machte die Frau einen Satz und wollte die Haustür aufreißen, doch im nächsten Augenblick krachte ein Schuss und eine Kugel zerfetzte die Querleiste des Türrahmens. Seine Stimme klang atemlos.

„Machen Sie das nicht noch einmal, das ist kein Spaß. Treten Sie zurück."

Voller Angst drückte sie sich an die Wand. Er humpelte an ihr vorbei, drehte den Schlüssel im Schloss, zog ihn ab und steckte ihn in die Jackentasche. Er drehte sich zur Seite und riss die Tür neben dem Eingang auf. Hinter der Tür befand sich ein winziger Raum mit einem Handwaschbecken und der Gästetoilette. Oben bemerkte er ein kleines Fenster, das aber von außen vergittert war. Von einer Kamera war nichts zu sehen.

„Los, geben Sie mir Ihr Handy und gehen Sie da rein."

Widerwillig folgte sie seiner Anordnung.

Er steckte das Handy in die Tasche, zog den Schlüssel aus dem Schloss, schlug die Tür zu und schloss sie von außen ab.

Er stolperte in die Küche und schloss auch dort die Tür ab, die in den Garten führte. Du musst jetzt unbedingt etwas essen, dachte er. Du musst wieder zu Kräften kommen. Er öffnete eine Schranktür. Darin befand sich nur ein Besen, ein Staubsauger, ein dreistufiger Klapptritt und eine Werkzeugkiste. Mit einem Ruck riss er die Tür des Kühlschranks auf. Er griff wahllos hinein und beförderte alles auf den Küchentisch. Wurstaufschnitt in allen Variationen, geschnittener Käse, ein Camembert, ein Glas Gewürzgurken, eingelegte Bratheringe, Oliven und Tomaten. In dem Türfach stand eine Reihe mit Flaschen. Er griff sich eine mit angebrochenem Weißwein, stellte sie aber gleich wieder zurück und nahm stattdessen eine Flasche mit Mineralwasser. Jetzt bloß keinen Alkohol, dachte er. Du hast einen leeren Magen, bist sofort betrunken und verlierst die Übersicht.

Kurz darauf war ihm schon wohler. Er lehnte sich zurück, rülpste laut und schaute sich in der Küche um. Dann sah er die Kamera an der Decke. Überlegte einen Augenblick, stand auf, holte den Klapptritt und den Werkzeugkasten aus dem Besenschrank. Den Klapptritt stellte er unter die Kamera, links und rechts einen Stuhl mit der Lehne nach innen, damit er sich festhalten konnte. Aus dem Werkzeugkasten nahm er sich einen Schlosserhammer, stieg qualvoll die drei Stufen empor und schlug mit dem Hammer so heftig gegen das Kameragehäuse, dass die Splitter gegen die gegenüberliegende Wand prasselten. Obwohl es für ihn eine äußerste Kraftanstrengung bedeutete, führte er die Zerstörungsaktion auch im Flur und im Wohnzimmer durch.

Nora hämmerte von innen gegen die Tür.

„Was machen Sie da? Lassen Sie mich hier raus."

Er reagierte nicht, sondern begann, die Treppe langsam hinaufzusteigen. Mit der Linken hielt er den Klapptritt, mit der Rechten klammerte er sich ans Geländer. Den Hammer hatte er mit dem Stiel zwischen Gürtel und Hose geschoben. Endlich hatte er es geschafft, erreichte das Schlafzimmer und ließ sich in den völlig verschmutzten Klamotten auf das Bett fallen. Sein Atem ging stoßweise, die Augen hatte er geschlossen.

Jetzt nur nicht einschlafen, dachte er, obwohl er sich in diesem Augenblick nichts Schöneres vorstellen konnte als einen erholsamen Schlaf auf einer bequemen Matratze, bedeckt von einem weichen Federbett. „Steh auf, du Idiot", murmelte er und brachte sich mit Mühe wieder in eine aufrechte Sitzposition. Er wankte zum Kleiderschrank mit den deckenhohen Schiebetüren und musterte den Inhalt.

„Nur Weiberklamotten", knurrte er, fand dann aber doch noch ein grün-schwarz kariertes Holzfällerhemd in Männergröße und eine Jogginghose aus äußerst dehnbarem Material. Er war schon wieder auf dem Flur, als er merkte, dass er etwas vergessen hatte. Drehte sich um, ging zurück ins Schlafzimmer und klappte den Tritt unter der Kamera an der Decke auf. Eine Minute später flogen auch hier die Splitter quer durch den Raum. Kurz darauf passierte dasselbe im Flur und im Badezimmer. Die Scherben im Bad sammelte er sorgsam auf, weil er wenig Lust verspürte, sich auch noch Splitter in den Fuß zu treten.

Als das warme Wasser aus der Dusche über sein Gesicht und seinen strapazierten Körper rann, seufzte er laut.

Wenig später fühlte er sich fast wie ein neuer Mensch. Die Schmerzen, die ihn gequält und gemartert hatten, waren zwar immer noch vorhanden, schienen ihm aber erträglicher als vorher. Langsam und vorsichtig ging er die Treppe hinunter. Am unteren Ende sah er an der gegenüberliegenden Wand den Sicherungskasten. Er öffnete ihn und sah sofort, was er vermutet hatte. Neben den üblichen automatischen Sicherungen war noch ein zusätzlicher Schaltkasten für die Außenüberwachung wie Kameras, Lichtschranken und Bewegungsmelder eingebaut worden.

Er fand sofort den Hauptschalter und stellte ihn auf null. Es war ihm klar, dass er durch die Beseitigung des gesamten Sicherheitsapparates einen sofortigen Polizeieinsatz provozierte. Aber er hatte den Trumpf in der Hand. Die Frau schien aus irgendeinem Grund für die Polizei wichtig zu sein. Niemand würde riskieren, dass ihr irgendetwas passierte. Und solange sie in seiner Gewalt war, käme niemand an ihn heran.

Er schloss die Tür der Gästetoilette auf und öffnete sie.

„Sie können jetzt rauskommen."

\*

Verdeckt durch eine Hecke saß Corvin in Andis altem Golf und wartete. Immer seine Wiese im Blick, die er dem Zirkus zur Verfügung gestellt hatte. Bereits wenige Minuten, nachdem Carlo ihm gedroht hatte und er grußlos und wütend aus dessen Wagen gestürmt war, hatte er Andis Nummer gewählt und ihn dringlich darum gebeten, unauffällig und so schnell wie möglich dorthin zu kommen. Andi war dann auch in kürzester Zeit erschienen und Corvin hatte ihn gebeten, die Autos zu tauschen. Sein Mercedes sei im Zirkus bekannt, er brauche einen unauffälligen Wagen, der dort keinem auffällt. „Wenn alles so läuft, wie ich denke", hatte er gesagt, „kann ich dich in Kürze auf die Spur des Geldräubers mit der Clownsmaske bringen." Andi kannte seinen Freund lange genug und wusste, dass Corvin mehr dazu nicht sagen würde, aber ziemlich genau wusste, was er da tat. Also tauschten sie die Fahrzeuge und Andi fuhr mit Corvins Mercedes davon.

Bereits während er Carlos Wohnwagen verließ, hatte Corvin beschlossen, dessen Aufforderung, sich rauszuhalten, nicht zu befolgen. Er ahnte, dass das böse enden würde und Carlo in seinem Zorn seine Leute mit hineinziehen würde. Das musste er auf alle Fälle verhindern. Zirkusehre hin, Zirkusehre her.

Kurz darauf verließen vier Autos hintereinander das Zirkusgelände, Carlos alter weißer Volvo Kombi an der Spitze. Corvin wartete eine Minute, dann fuhr auch er los. Er folgte dem Konvoi, achtete immer darauf, dass er die nötige Distanz behielt.

Nach gut fünfzehn Minuten bremste der Konvoi und hielt an einem Waldrand. Auch Corvin blieb in gehöriger Entfernung stehen, konnte aber erkennen, dass Milosz aus Carlos Wagen ausstieg und in den Wald schräg nach unten zeigte. Auch die anderen waren inzwischen ausgestiegen. Mit Carlo und Milosz, zählte Corvin, waren es sechs Männer. Im Halbkreis standen sie an der Stelle, die Milosz angezeigt hatte. Sie schienen etwas zu diskutieren, teilten sich in drei Gruppen auf und verschwanden im Wald. Corvin wartete noch einen Augenblick, dann fuhr er los. An den parkenden Autos vorbei bis hinter eine Kurve. Dort ließ er das Auto stehen und ging auf der Straße zurück. Jetzt erst merkte er, dass die Straße anstieg und es zum Wald eine Böschung hinunterging. Und dann sah er ihn. Das musste Diegos Wagen sein, der offenbar von der Straße abgekommen war, ein Stück die Böschung hinuntergerast und dann gegen einen Baum geprallt war. Die beiden Türen an der Fahrerseite standen weit auf und auch die Heckklappe war aufgesprungen. Von der Straße aus konnte man das verunglückte Fahrzeug nicht erkennen.

Vorsichtig ging Corvin näher heran. An der geborstenen Windschutzscheibe und am Armaturenbrett klebte Blut, Corvin ging in die Knie. Unter der Lenksäule war ein Blech aufgerissen und scharfkantig umgebogen. Da muss er sich ziemlich am Bein verletzt haben, dachte er. Er überlegte. Mit einer Verwundung wird er versuchen, möglichst ohne Hindernisse weiterzukommen. Also wird er einen begehbaren Weg dem Unterholz im Wald vorziehen. Er fummelte sein Handy aus der Tasche und rief auf „Google Maps" seinen Standort auf. Jetzt erst wurde ihm klar, wo er sich befand. Nicht weit von hier stand das Haus, wo Nora, die Kronzeugin gegen den Clanchef Tamir Mousa, von der Polizei versteckt wurde. Corvin war bisher immer von der anderen Seite gekommen und danach abgebogen. Von dieser Seite hatte er das noch nie gemacht.

Er musste Nora warnen, dass ein wahrscheinlich zu allem entschlossener Mann auf der Flucht war und sie ihn auf keinen Fall ins Haus lassen dürfe. Aber das hatte ihr die Polizei bestimmt auch eingeschärft und sie würde so etwas auch niemals tun. Aber ganz sicher war er sich da auch nicht. Er ging ein Stück auf dem Weg in den Wald hinein, blieb stehen und horchte. Etwas entfernt hörte er die Stimmen von Carlos Männern, die offenbar den Wald links und rechts vom Weg durchkämmten. Einen Augenblick blieb er stehen und überlegte, ob es richtig war, in ihrer Nähe zu bleiben. Aber solange er die Stimmen der Männer hörte, konnte er ungefähr bestimmen, wo sie waren und sich auf Distanz halten.

*

Eine halbe Stunde vorher hatte Diego die Gästetoilette wieder aufgeschlossen und Nora aufgefordert herauszukommen. Sie war auf den Flur getreten und in zweifacher Hinsicht überrascht. Zum einen, dass sich hinter der Zombieverkleidung ein gar nicht mal so unattraktiver Mann von Mitte dreißig versteckt hatte und zum anderen, dass dieser Mann nicht aggressiv, sondern eher verunsichert wirkte.

„Es tut mir leid", hatte er gesagt, „dass ich Sie da mit hineinziehe, aber ich habe leider keine andere Wahl. Wir wollen sehen, wie wir das Beste daraus machen."

„Sie sind offenbar", das hatte Nora sofort kombiniert, „auf der Flucht vor der Polizei. Und ich werde hier von der Polizei bewacht. Das ist kein günstiger Ort, den Sie sich da ausgesucht haben."

Er wollte etwas entgegnen, aber dazu war es nicht mehr gekommen, denn jemand hatte laut gegen die Küchentür zum Garten geklopft. Er hatte sich sofort gegen die Wand gedrückt und sie aufgefordert nachzusehen, wer das sei, und sie hatte geantwortet, dass sie sich das sehr genau vorstellen könne, denn ihrem Bewacher müsste inzwischen aufgefallen sein, dass sein Sicherheitssystem nicht mehr funktioniert.

Dann war sie in die Küche gegangen, hatte gesehen, dass es tatsächlich ihr amtlicher Beschützer war, der da mit gezogener Pistole auf der Küchenterrasse stand, aber auch bemerkt, dass der Schlüssel im Schloss der Küchentür fehlte. Sie hatte „einen Augenblick bitte" gesagt, war dann zurückgegangen und hatte Diego wütend zur Herausgabe des Schlüssels aufgefordert. Nachdem sie die Tür aufgeschlossen hatte, war ihr Bewacher hereingestürmt, hatte die zerstörte Kamera in der Küche gesehen und sie gefragt, was das denn wohl solle. Sie hatte versucht, ihm durch ihre Mimik klarzumachen, dass da noch jemand sei, und er war mit der Pistole im Anschlag durch die Küche gegangen, und hatte die Tür, die nach außen aufging, mit einem Tritt geöffnet. Als er auf den Flur trat, hatte er immer noch nicht bemerkt, dass Diego hinter der Tür gestanden hatte, ebenfalls mit seiner Pistole im Anschlag. Als er ein Geräusch hinter sich wahrnahm, hatte sich der Bewacher blitzschnell umgedreht, war aber doch etwas zu langsam, denn Diego hatte sofort abgedrückt und ihn zu Boden gestreckt.

Nora stürzte mit aufgerissenen Augen in den Flur.

„Mein Gott, Sie haben ihn umgebracht!"

Diego beugte sich zu dem am Boden Liegenden hinunter und hielt ihm zwei Finger an den Hals. Dann schüttelte er den Kopf.

„Nein, er lebt noch. Er ist nur etwas weggetreten."

Er sah sich um.

„Wir sperren ihn in den Keller. Los, helfen Sie mir."

Er öffnete die Kellertür, packte den Bewusstlosen an den Füßen und zog ihn dorthin. Dabei rutschte das Handy des Beamten aus seiner Hosentasche. Diego griff es sich.

„Das lassen wir mal hier."

Nora war unfähig, etwas zu tun. Stöhnend zog Diego den Mann zur Kellertreppe und ging selbst dabei rückwärts die Stufen hinunter. Als er den Oberkörper auf die erste Stufe gezogen hatte, kam der schwere Mann ins Rutschen und glitt die Stufen hinunter. Diego konnte sich gerade noch am Geländer festhalten. Mit einem dumpfen Laut prallte der Polizist auf den Kellerboden. Stöhnend zog sich Diego am Geländer wieder hoch und schloss die Tür von außen ab. Nora rang nach Luft.

„Wollen Sie ihn tatsächlich da unten liegen lassen?"

Diego zuckte mit den Schultern.

„Was soll ich sonst machen? Wenn er schneller gewesen wäre, hätte er mich erschossen."

Nora schüttelte den Kopf.

„Egal. Wenn er sich nicht meldet, werden seine Kollegen sowieso ziemlich schnell hier sein."

Diego horchte auf.

„Wenn sie das Haus stürmen wollen, drohe ich, Sie zu erschießen. Das werden die auf keinen Fall riskieren. Also müssen wir Zeit gewinnen. Wie und wo hat er sich denn normalerweise gemeldet?"

Nora dachte nach.

„Er hat mir mal erzählt, dass er eine Kennziffer eingibt und sie über eine Art App alle vier Stunden an die Zentrale gibt. Dann wissen die, dass alles in Ordnung ist."

„Und? Kennen Sie die Ziffer?"

Nora schüttelte den Kopf.

„Nein. Das heißt doch. Er hat mir auch noch erzählt, dass er Schwierigkeiten hat, sich solche Nummern zu merken. Darum nimmt er immer seinen Geburtstag."

Auf Diegos Stirn bildete sich eine tiefe Falte.

„Genau das mache ich auch immer. Aber woher, verdammt noch mal, sollen wir seine Geburtsdaten kennen?"

Im selben Augenblick schlug er sich mit der flachen Hand gegen die Stirn.

„Sein Ausweis! Der Kerl muss ja wohl einen Ausweis bei sich haben. Ich gehe noch mal runter und hole ihn."

Er nahm seine Pistole in die linke Hand, schloss mit der anderen die Kellertür auf und horchte nach unten. Es war nichts zu hören. Er machte das Licht über der Treppe an und ging vorsichtig Stufe für Stufe hinunter.

Eine Minute später hörte Nora einen Aufschrei.

„Verdammte Scheiße!"

Sie eilte von der Küche zur Kellertür.

„Was ist los?"

Seine Stimme klang wütend.

„Er ist weg. Sie haben mir nicht gesagt, dass der Keller eine Außentür hat."

„Das wusste ich selbst nicht", schrie sie hinunter.

„Weit kann er nicht sein", schrie Diego zurück. Gleich darauf sah sie ihn wieder unten an der Treppe. Er keuchte.

„Wo parkt er normalerweise sein Auto?"

„Gleich neben der Küche, kann man von dem kleinen Fenster links sehen. Da steht es aber nicht. Er hat sich vorhin von hinten an das Haus geschlichen. Dann hat er es wahrscheinlich auch dahinten irgendwo abgestellt."

Inzwischen war Diego wieder aus dem Keller zurück, hatte die Pistole noch immer in der Hand.

„Dann will er wahrscheinlich auch dahin wieder zurück."

Er machte einen Schritt in die Küche und schaute durch das große Fenster in den Garten. Plötzlich weiteten sich seine Augen.

„Da!"

Sie hatte mit dem Rücken zum Fenster gestanden und drehte sich blitzschnell um. Beide starrten in den Garten. Ganz hinten auf der weitläufigen Rasenfläche sahen sie den Mann. Er hatte Mühe sich fortzubewegen und schleppte sich mühsam voran. Im Nu war Diego auf der Terrasse, merkte aber sofort, dass er ihn wegen seiner eigenen Behinderung nicht würde einholen können. Er machte noch ein paar Schritte nach vorn, dann hob er die Pistole mit beiden Händen, zielte und drückte ab.

*

Corvin hatte den Schuss gehört, war aber noch nicht so dicht am Haus, dass er lokalisieren konnte, von wo genau er gekommen war. Wer konnte da geschossen haben? Bei den Zirkusleuten hatte er keine Schusswaffen bemerkt. Oder war Diego etwa in Panik geraten und hatte abgedrückt?

So langsam kamen ihm Zweifel, ob das richtig war, was er hier machte. Diego in diesem großen Waldgebiet zu finden, war ohne Hunde oder andere technischen Hilfsmittel ziemlich aussichtslos. Das würden bald auch Carlo und seine Leute einsehen müssen. Er beschloss, noch bis auf Sichtweite zu dem Haus zu gehen, in dem die Kronzeugin unter Polizeischutz stand, um sich davon zu überzeugen, dass alles in Ordnung war, und dann wieder zurückzugehen.

Kurz darauf lichtete sich der Wald, ging in eine Feld- und Wiesenlandschaft über und bald konnte er das Haus sehen. Von außen schien alles wie immer, nichts Ungewöhnliches war zu sehen oder zu hören. Noch ein paar Schritte und er konnte den Eingangsbereich des Hauses erkennen. So entging ihm auch nicht, dass der Tontopf mit dem Buchsbaum auf der oberen Stufe stand. Sie will dir also dringend etwas mitteilen, dachte er. Das bedeutete, er würde sich heute Abend um dreiundzwanzig Uhr am Holunderbusch einfinden und hören, was sie zu sagen hatte. Dann könnte er sie auch gleichzeitig warnen. Aber so blöd, jemanden in das Haus zu lassen, war sie höchstwahrscheinlich nicht. Und ein Eindringling würde sehr schnell merken, dass das Haus unter Polizeischutz stand, und einen großen Bogen darum machen.

Corvin beschloss, den Rückweg anzutreten. Als er wieder im Wald war, zog er sein Handy aus der Tasche und rief Andi an.

„Hör zu, wenn du es zeitlich einrichten kannst, fahr mir doch ein Stück entgegen, dann muss ich die ganze Strecke nicht noch einmal laufen. Danach können wir dann wieder die Autos tauschen. Du findest mich …"

Schon kurz darauf sah Corvin seinen alten Mercedes auf sich zu fahren. Er stieg ein und Andi wendete auf dem Waldweg. Er lachte.

„Ist zwar auch nicht mehr das neueste Modell, aber ein ganz anderes Fahrgefühl als mein oller Golf. Könnte ich mich dran gewöhnen. Aber du wolltest mir doch was zeigen."

Corvin nickte.

„Ja, aber fahr bitte noch ein Stück. So einen Kilometer schätze ich."

Dort, wo der Weg auf die Straße traf, ließ er Andi anhalten. Sie stiegen aus. Corvin zeigte nach links zur Böschung, die von der Straßenkante abfiel.

„Schau mal, da hat unser Gangsterclown seine Karre etwas unsanft abgestellt."

Andi kratzte sich am Kopf.

„Heiliger Strohsack und ich bin hier schon einmal längs gefahren und habe nichts gesehen."

Sie näherten sich dem Unfallfahrzeug. Andi ging in die Knie und schaute in das Innere des Wagens.

„Klarer Fall für die Spusi. Werde ich gleich mal anrufen."

Corvin tippte ihm auf die Schulter.

„Und eine Hundestaffel solltest du auch gleich anfordern, solange die Spuren noch relativ frisch sind."

Andi nickte.

„Hast völlig recht. Werde ich gleich mal tun."

Corvin hob die Hand.

„Einen Moment noch. Ich muss dich noch was fragen. Wisst ihr eigentlich, dass hier in der Nähe vom BKA ein Haus angemietet wurde, um ein Zeugenschutzprogramm durchzuführen? Die Zeugin wird vor der Rache eines Clanchefs geschützt, gegen den sie aussagen will. Mit denen hatte ich früher auch schon mal zu tun. Keine besonders angenehmen Leute."

Andi ließ sein Handy wieder sinken.

„Ja, wir wurden informiert zusammen mit dem zarten Hinweis, das sei ausschließlich Sache des BKA. Wenn man unsere Hilfe braucht, würde man uns das wissen lassen. Ansonsten sollten wir uns da raushalten. Und das tun wir doch nur zu gern, wenn du weißt, was ich meine."

Drei Tage und nicht eine Minute länger hatte in dem Brief gestanden. Almut Struck trommelte mit vier Fingern ihrer rechten Hand auf der Schreibtischplatte. Hunderttausend Euro waren kein Problem, aber die lagen nicht irgendwo herum, so dass sie nur zugreifen musste. Und einfach so zur Sparkasse gehen und sich die Summe auszahlen zu lassen, war auch keine gute Idee. Erstens war das zu auffällig und zweitens hatten sie wahrscheinlich gar nicht so viel Bargeld vorrätig und mussten es erst bei der Zentrale bestellen. Und das waren dann auch neue Scheine mit fortlaufenden Seriennummern. Außerdem war das meiste Geld langfristig angelegt und es würde ohnehin zu lange dauern, es auf das Girokonto zu befördern und dann in bar abzuheben. Rund zwanzigtausend hatten sie im Haus. Sicher im Safe verwahrt. Sie bezahlte die Aushilfskräfte immer gern in bar. Wenn das über die Konten und Bücher lief, wurden auch die Sozialabgaben fällig und die wollte sie gern vermeiden. „Das fehlte noch", pflegte sie zu sagen, „dass ich diesen Faulpelzen auch noch ihr Krankfeiern vorfinanziere. Sollen die sich doch selbst versichern."

Nein, die einzige Möglichkeit, das Geld möglichst unauffällig zu besorgen, war bei einer der größeren Banken in Hamburg, wo sie auch Konten unterhielt. Da war Anonymität gewährleistet. Sie überlegte noch einmal und formulierte im Kopf bereits die Ausrede, mit der sie Martin klar machen musste, warum sie, gerade zurückgekehrt, nun schon wieder dorthin fahren musste. Wenn er zu hartnäckig fragte, musste sie ihm eine Szene machen, dann gab er meistens schnell auf und stellte keine weiteren Fragen. Sie nahm ihr kleines in braunes Schlangenleder gebundenes Notizbuch, schlug es auf, griff zu ihrem Handy und tippte eine Nummer ein.

Am anderen Ende meldete sich eine Computerstimme, die sie aufforderte, ihre Kontonummer und ihr Kennwort zu nennen. Besonders akzentuiert sprach sie die Ziffern und das Kennwort ins Telefon, damit die Spracherkennung alles richtig erfasste und die ganze Prozedur nicht mehrfach wiederholt werden musste.

Offensichtlich war sie richtig verstanden worden, denn nun befand sie sich umgehend in einer musikalischen Warteschleife. Nachdem das ebenfalls computergenerierte Kammerorchester ihr sechzehnmal die Kurzfassung der Morgenstimmung aus der Peer-Gynt-Suite Nr. 1 von Edvard Grieg vorgespielt hatte und sie zunehmend eine aufsteigende Aggressivität in sich spürte, meldete sich ihre Kontoführerin.

„Guten Tag, willkommen bei der Hypocreditgirozentrale Hamburg-Papenburg. Sie sprechen mit Anna-Mareike Hemmelburg-Nüsslein. Was kann ich für Sie tun?"

Im Normalfall hätte Almut jetzt einen lautstarken Vortrag gehalten über Service an Kunden, die siebenstellige Beträge auf ihren Konten gelagert hatten, und der Doppelnamigen das Fürchten gelehrt, aber in diesem Fall schien es ihr angebracht, sich möglichst freundlich und damit unauffällig zu verhalten.

„Guten Tag, hier ist Almut Struck. Ich benötige einhunderttausend Euro in bar."

Obwohl es die Kontoführerin natürlich gar nichts anging, glaubte Almut dafür eine Begründung abgeben zu müssen, die den Bargeldbedarf hinreichend erklärte, damit nicht der geringste Verdacht aufkam, sie benötige das Geld für die Forderung eines bescheidenen Erpressers.

„Ja, wir brauchen dringend einen neuen Traktor für unseren Betrieb und können günstig einen privat erwerben. Der

Verkäufer will natürlich Bargeld. Sie wissen ja, wie das ist auf dem Lande."

Die Servicefachkraft wusste das natürlich nicht, weil sich solche Fragen in ihrem Zweizimmerapartment in den Grindelhochhäusern nur selten stellten, fiel aber nach einem schnellen Blick auf den Kontostand wieder in den Tonfall der personifizierten Dienstleistung.

„Selbstverständlich, Frau Struck, der Betrag steht Ihnen ab morgen früh, neun Uhr, zur Verfügung."

Almuts Stimme überschlug sich fast.

„Morgen früh? Warum geht das denn nicht sofort?"

Die Servicefachkraft legte eine Nuance der Trauer auf ihre Stimme.

„Das tut mir sehr leid, Frau Struck, aber nach sechzehn Uhr ist der Tresorraum geschlossen. Morgen früh steht alles für Sie bereit. Ich hoffe, Sie haben dadurch keine Unannehmlichkeiten und wünsche Ihnen einen angenehmen Abend."

„Verdammt noch mal!" entfuhr es Almut, nachdem die Verbindung getrennt war. Dadurch verlor sie mehr als einen halben Tag und sie wusste noch nicht einmal, wie sie mit dem Geld verfahren sollte.

Sie hätte sich nun natürlich Zeit lassen können, aber da Almut Struck eine Frau war, die immer das tat, was sie sich vorgenommen hatte, wich sie nicht von ihrem Plan ab, sofort loszufahren. Sie zog sich um und eine halbe Stunde später stand sie mit ihrem Aktenkoffer in der Hand in der Diele. Martin schaute sie verwundert an.

„Nanu, Almut. Du bist doch gerade erst gekommen. Wo willst du denn hin?"

Almut schaute ihn streng an.

„Ich habe wichtige Bankunterlagen in Hamburg vergessen. Darum muss ich noch einmal zurück. Bin so schnell wie möglich wieder da."

Sie hatte sich auf Widerworte eingerichtet, einen Streit erwartet, um sich Gelegenheit zu einem starken Abgang zu geben, aber nichts dergleichen geschah.

Martin zuckte mit den Schultern.

„Wie unangenehm für dich, kann man aber wohl nichts machen."

Dann schlurfte er zurück zu seinem Sessel und setzte sein Studium der Regionalliga-Ergebnisse im Sportteil der Elbe-Jeetzel-Zeitung fort.

Auch gut, dachte Almut, setzte sich in ihren Porsche und rauschte davon.

Ziemlich genau vor der Haustür ihres Apartmenthauses war, was selten vorkam, eine Parklücke frei. Zwar hatte sie ihren eigenen Parkplatz in der Tiefgarage, aber so eine Gelegenheit war einfach zu schade, um sie nicht zu nutzen. Ganz so, wie sie es vor über zwanzig Jahren in der Fahrschule gelernt hatte, hielt sie parallel zu dem parkenden Wagen vor der Lücke, legte den Gang ein und fuhr dann rückwärts hinein. Allerdings ist man auf dem Lande in dieser Technik wenig geübt, weil sich dort die Suche nach einer Parklücke nie ergibt. Wohin man auch kommt, ist das Areal um den Zielpunkt eine einzige, riesengroße Lücke, in der man jedes Fahrzeug zurücklassen kann. Auch wenn man einen Traktor mit zwei Anhängern fährt. In diesem Fall hatte sie mangels Übung die Entfernung zum Hintermann, ein luxuriöser und nagelneuer BMW Z4, falsch eingeschätzt, gab zu viel Gas und sorgte dafür, dass beide Stoßstangen sich wie zwei in Rangkämpfen befindliche Moschusochsen gebärdeten. Sie knallten ungebremst und lautstark aufeinander.

Für ein paar Minuten blieb Almut regungslos im Wagen sitzen. Niemand stieg aus dem Wagen hinter ihr aus, kein Fenster öffnete sich, kein Passant blieb stehen. Da sich nichts rührte, stieg sie aus, nahm ihren Koffer und stolzierte zur Eingangstür. Ist ja nichts passiert, sagte sie sich.

Eine knappe halbe Stunde später, sie wollte gerade ihrem Reinigungsritual nachgehen und hatte sich bereits in ein großes Badetuch gewickelt, klopfte es an der Tür. Nicht leise und zaghaft, sondern laut und energisch. Auf nackten Füßen ging sie vorsichtig zur Tür und schaute durch den Spion. Vor der Tür standen zwei uniformierte Polizisten. Sie öffnete die Tür um einen Spalt.

„Ja, bitte?"

Der größere der Polizisten tippte an seine Mütze.

„Sind Sie die Halterin des silbergrauen Porsches, der direkt vor der Tür steht?"

Sie nickte und hielt dabei krampfhaft das Handtuch zu.

„Ja, das bin ich."

Der Beamte schaute in sein Notizbuch.

„Sie werden beschuldigt, das hinter Ihnen parkende Fahrzeug angefahren und beschädigt zu haben und darauf Fahrerflucht begangen zu haben. Es gibt dafür einen Zeugen."

Sie lächelte.

„Fahrerflucht? Das ist doch lachhaft. Ich bin nicht geflüchtet, ich wohne doch hier. Ich war gerade dabei, einen Zettel zu schreiben und den am Scheibenwischer zu befestigen."

Der Kleinere schaute sie von oben bis unten an.

„Sie wollten einen Zettel befestigen und haben sich dann vorher ausgezogen?"

Der Größere winkte ab.

„Egal. Wenn Sie hier wohnen, wie kommt es eigentlich, dass weder Sie noch Ihr Fahrzeug hier gemeldet sind? Wir haben Sie erst über mehrere Einwohnermeldeämter und dann nach eingehender Suche hier im Haus ausfindig machen können."

Ihr solltet lieber Einbrecher, Vergewaltiger und vor allem Erpresser jagen, dachte Almut, entschied sich aber nach kurzer Einschätzung ihrer Situation dafür, das Lächeln beizubehalten.

„Das ist ja auch nicht mein Hauptwohnsitz. Das hier ist nur eine gelegentliche Unterkunft."

Der Kleinere grinste.

„Und zu welchen Gelegentlichkeiten nutzen Sie diesen Nebensitz?"

Der Größere hob die Hand.

„Egal. Sie haben nicht nur einen Verkehrsunfall mit Fahrerflucht begangen, sondern auch gegen das Hamburger Meldegesetz verstoßen. Außerdem erfüllt Ihr Verhalten den Tatbestand der Steuerhinterziehung, denn der Steuersatz für Zweitwohnungen beträgt acht von hundert von der Nettokaltmiete."

Bei diesem Wort stellte Almut fest, dass ihr langsam kalt wurde, bekam aber noch einmal Wärmezufuhr durch einen wütenden Adrenalinstoß.

„Wieso Miete? Das hier ist mein Eigentum."

Der Größere schüttelte den Kopf.

„Egal, das ist eine kalkulatorische Größe."

Er blickte wieder in sein Notizbuch.

„Wir haben den Geschädigten ausfindig machen können. Er befindet sich zurzeit nicht in Hamburg, sondern auf einer Dienstreise. Solange er nicht begutachtet hat, welche Schäden an seinem Fahrzeug entstanden sind, haben Sie sich zur Verfügung zu halten. Das heißt, Sie dürfen die Wohnung bis zu diesem Zeitpunkt nicht verlassen, solange das Ausmaß des Schadens nicht eingeschätzt wurde."

Nun konnte Almut nicht mehr an sich halten.

„Welches Ausmaß? Entschuldigen Sie bitte, aber es handelt sich hier um zwei Stoßstangen, die sich etwas zu nahe gekommen sind, was aber nicht weiter schlimm ist, weil das der Sinn ihres Daseins ist."

Der Größere schaute sie streng an.

„Ich bitte Sie, diesen ungebührlichen Ton zu unterlassen. Außerdem war die Stoßstange ihres Unfallgegners in Wagenfarbe lackiert und die ist erheblich beschädigt worden. Also, halten Sie sich bereit und verlassen Sie die Wohnung nicht. Wir kontrollieren das. Einen schönen Abend noch."

Darauf drehten sie sich auf dem Absatz um und marschierten im Gleichschritt zum Treppenabsatz. Almut horchte, bis sie hörte, wie die Haustür ins Schloss fiel. Dann stieß sie einen wütenden Schrei aus, griff nach einem Leuchter aus Meissener Porzellan, der auf dem Couchtisch stand, und warf ihn gegen die Wand.

*

Zur selben Zeit versuchte Andi, eine Großfahndung nach dem entkommenen Gangsterclown in Gang zu setzen. Er brauchte dringend ein paar Spürnasen, die den Flüchtenden in dem unübersichtlichen Waldgebiet ausfindig machten. Folgerichtig wählte er die Nummer von Heinz Forster, der bei der Feuerwehr eine Hundestaffel leitete.

Die Stimme klang ziemlich brummig, was Andi sofort als ein schlechtes Omen wertete.

„Moin Heinz, hier ist der Andi. Ich brauche dringend deine Spürnasen. Kriegen wir das hin?"

Forster hustete so laut, dass Andi das Telefon zehn Zentimeter vom Ohr entfernte, um nicht sein Trommelfeld zu schädigen.

„Tut mir leid, aber ich fürchte, damit kann ich im Moment nicht dienen. Zwei Führer sind krank, drei sind mit ihren Hunden zur Endausscheidung der Leistungsschau in Müden an der Örtze, bleiben drei und unter vier Hunden gehen wir nicht raus. Das ist mein Prinzip."

Andi bemühte sich, verzweifelt zu klingen.

„Und wann, denkst du, sind sie wieder vollzählig und einsatzbereit?"

Forster überlegte.

„Übermorgen. Vielleicht."

Andi begann zu jammern.

„Aber wo bekomme ich denn jetzt Suchhunde her?"

Forster hustete erneut.

„Frag doch mal in der Zentrale. Aber die können auch nicht schneller."

Andi wurde ärgerlich.

„Woher weißt du denn das?"

Forster wurde pampig.

„Sind auch viele krank oder zur Leistungsschau in …"

Andi unterbrach ihn.

„Ja, ich habe kapiert. In Müden an der Örtze. Vielen Dank für deine Auskunft. Einen schönen Tag noch."

Was für ein Mist, dachte Andi. Da fiel ihm plötzlich etwas ein und er wählte Corvins Nummer.

„Hör mal, ich brauche dein Gedächtnis. Du hast dir doch mal vor einiger Zeit einen Suchhund ausgeliehen, der so super gewesen sein soll. Weißt du noch, wie der hieß und wo ich ihn finde?"

Corvin musste nicht lange überlegen.

„Ach, du meinst Paula, den Bloodhound von Hansen aus Trebel."

Andis Stimme bekam einen positiven Klang.

„Ja, genau den meine ich. Das ist doch ein Spitzensuchhund."

Corvins Stimme wurde von einem Trauerflor bedeckt.

„War, mein lieber Andi, war. Paula befindet sich bereits im Hundehimmel. Hatte Krebs und musste eingeschläfert werden."

Andis Stimme verdüsterte sich wieder.

„Verdammt noch mal. Es muss doch irgendwo einen Spurenschnüffler geben, der …"

Corvin unterbrach ihn.

„Warte mal. Camille hat mir erzählt, dass ihre Hunde universell einsetzbar sind. Auch als Suchhunde. Ich werde sie mal fragen."

Andi klang wieder positiv.

„Klingt gut, aber wer ist Camille?"

„Das ist die Frau vom Zirkus mit ihren Hunden. Hast du doch auch gesehen."

Andi schluckte.

„Die Pudel? Die auf den Vorderbeinen laufen können? Und auf den Hinterbeinen hüpfen wie ein Känguru? Willst du mich veralbern?"

Corvin wurde ärgerlich.

„Hör mal, Pudel werden immer und überall unterschätzt. Nur weil die Menschen sie zu affigen Modehunden gemacht haben. Dabei ist es eine uralte Hunderasse, die für alles einsetzbar ist. Ein richtiges Allroundtalent. Schon in Goethes Faust ..."

Andis Stimme klang beschwichtigend.

„Schon gut, mein Alter, reg dich nicht auf. Dann frag sie doch mal, deine Camille. Besser ein Pudel als gar kein Hund. Hauptsache, er läuft beim Suchen nicht auf den Vorderbeinen."


Nachdem Corvin sich überzeugt hatte, dass Carlo mit seinem Suchtrupp noch nicht zurückgekehrt war, hatte er sich von hinten an Camilles Wohnwagen angeschlichen und der völlig Überraschten sein Anliegen vorgetragen.

Die machte keinen begeisterten Eindruck.

„Ich kann das nicht machen. Carlo hat mir strengstens verboten, mich an der Suche zu beteiligen, und daran muss ich mich halten. Und das mit den Hunden ist so eine Sache. Wenn man sie alle einsetzt, halten sie das für ein Spiel, wer die interessanteste Spur findet. Und da kann es dann schon sein, dass deine Suche an einem Fuchsbau endet. Die feinste Nase hat Cherie und wenn sie von den anderen nicht abgelenkt wird, findet sie alles. Sie hat auch damals Carlos Frau gefunden, als sie ihm entwischt war und nicht wieder nach Hause fand. Ich glaube, sie hat auch Vertrauen zu dir. Wenn du willst, kann ich sie dir ausleihen."

Corvin seufzte.

„Wir können es ja mal versuchen."

Andi staunte zwar nicht schlecht, als er Corvin mit dem winzigen Vierbeiner an der Leine kommen sah, aber er sagte sich: Hundenase ist Hundenase, ganz gleich wie groß das darum gebaute Tier ist. Cherie setzte sich und schaute die beiden Menschen erwartungsvoll an, als wolle sie sagen: Na, nun sagt schon. Was wollt ihr von mir?

Corvin nahm sie mit einer Hand hoch und stieg vorsichtig zu dem verunglückten Auto hinab. Dann setzte er den kleinen Hund auf den Fahrersitz. Damit sie verstand, was er wollte, ging er selbst in die Knie und begann, an dem Sitz zu schnüffeln, was in ihm fast einen Brechreiz auslöste. Cherie schaute ihn zuerst verständnislos an, dann schien sie zu begreifen und tat es ihm nach. Eine halbe Minute später schaute sie ihn fragend an: Und was nun?

Corvin richtete sich wieder auf.

„Und nun such, mein Schätzchen!"

Das ließ sich die Kleine nicht zweimal sagen und preschte in einer Geschwindigkeit los, wie man es den kurzen Beinen niemals zugetraut hätte. Die lange Schleppleine, die Camille Corvin mitgegeben hatte, raste durch seine Hand und hinterließ einen brennenden Schmerz. Aber darauf konnte man jetzt keine Rücksicht nehmen. Im Laufschritt drehte er sich zu dem verblüfften Andi um.

„Los, komm. Steh da nicht rum."

Andi rannte hinter ihm. Schon nach fünfzig Metern stand ihm der Schweiß auf der Stirn. Und wieder einmal beschloss er, sich im Lüchower Fitnesscentrum unverzüglich als Mitglied einzutragen.

Cherie ließ im Tempo nicht nach und bald entwickelte Corvin die Theorie, dass kleine Hunde zur Spurensuche geeigneter sind als große, weil sie mit der Nase sowieso dem

Erdboden näher sind und den Kopf nicht so weit herunterbeugen mussten. Ob das stimmte, wusste er nicht, aber die Theorie gefiel ihm.

Das Haus, das Nora als Schutzraum diente, kam in Sicht. Der Hund ließ im Tempo immer noch nicht nach, wurde immer aufgeregter und steuerte geradewegs auf das Gebäude zu. Corvin blieb keuchend stehen, um auf Andi zu warten, der weit abgeschlagen hinter ihnen lief, und erntete dafür einen bösen Was-soll-das-jetzt-Blick von Cherie. Corvin nickte ihr zu.

„Gleich geht's weiter, Schätzchen. Einen Augenblick bitte."

Andi, der fast nicht mehr sprechen konnte, kam keuchend heran. Corvin hob die Hand.

„Bleib kurz stehen, Andi. Am Haus vorbei musst du den Hund nehmen. Ich verdrücke mich durchs Gebüsch. Sollte er wirklich im Haus sein und aus dem Fenster sehen, würde er mich sofort erkennen, dich kennt er nicht. Für ihn bist du irgend so ein Penner mit seinem Köter."

Andi und Cherie sahen ihn mit beleidigtem Gesicht an.

„Oh, Entschuldigung. So war das nicht gemeint, ich meinte, irgend so ein … ach, ist ja auch egal."

Corvin drückte Andi die Leine in die Hand und verschwand hinter dem Gebüsch auf der anderen Seite des Weges. Andi nickte der kleinen Hündin zu.

„Na, denn mal los!"

Das ließ sich Cherie nicht zweimal sagen und preschte los. Geradewegs auf die Gartenpforte zu. Sie stellte sich auf die Hinterbeine und kläffte, was die Stimmbänder hergaben. Für einen Augenblick glaubte Andi, eine Bewegung hinter der Gardine wahrzunehmen. Er setzte den harmlosesten Gesichtsausdruck auf, zu dem er fähig war, lächelte Cherie an, zog sie von der Pforte weg und sprach mit lauter Stimme.

„Komm, mein Schätzchen, lass die Katze. Wir müssen jetzt weiter."

Mit straffer Leine zog er die Hündin hinter sich her und sie schaute ihn verärgert an, als wolle sie sagen: Was soll das? Ich habe ihn gefunden und ihr habt kein Interesse mehr. Verstehe einer die Menschen.

Zweihundert Meter weiter traf er wieder auf Corvin.

„Gut gemacht, Andi, jetzt ist die Polizei am Zug. Wie wollt ihr vorgehen?"

Andi schüttelte den Kopf.

„Gar nicht. Wir sollen uns da nicht einmischen, das ist ausschließlich Sache des BKA."

Corvin dachte nach.

„Aber das ist ja zumindest zur Hälfte euer Fall. Dann musst du sie eben informieren. Habt ihr dort einen Ansprechpartner?"

Andi schüttelte erneut den Kopf.

„Nicht direkt. Nur eine Telefonnummer. Die sollen wir anrufen, wenn irgendwas unklar ist. Moment, ich mach's mal gleich. Habe die Nummer vorsichtshalber gespeichert."

Er fischte sein Handy aus der Tasche und gab eine Zahlenkombination ein. Die Stimme am anderen Ende klang mürrisch.

„Ja?"

„Guten Tag, hier spricht Andreas Feindt, Polizei Lüchow-Dannenberg. Es handelt sich um die Dame, die bei Ihnen im Zeugenschutzprogramm steht."

„Na, und? Was ist mit ihr?"

„Wir haben den begründeten Verdacht, dass ein einer Straftat verdächtigter Täter in das Haus eingedrungen ist und sich dort aufhält."

„So? Und wie begründen Sie den Verdacht?"

„Wir haben seine Spur durch einen Suchhund verfolgen lassen und der hat vor dem Haus angeschlagen."

„So, so. Und zu welcher Staffel gehört dieser Hund?"

„Zu welcher Staffel er gehört? Eigentlich zu keiner direkt."

„Was heißt das?"

„Es ist mehr ein privater Suchhund. Den haben wir genommen, weil die Staffel gerade nicht zur Verfügung stand."

„So, so, und um was für einen Hund handelt es sich?"

„Ja – äh – es ist ein, so ein Pudel, ein Zwergpudel."

„Ein was?"

„Ein Zwergpudel. Aber mit einer sehr feinen Nase."

„Und der gehört Ihnen?"

„Nein, der gehört zu einem Zirkus."

„Zu einem Zirkus, ich verstehe. Und Ihr Verdächtiger gehört wohl auch zu einem Zirkus."

„Ja, stimmt genau. Es ist der Clown."

Für einen Augenblick war Stille in der Verbindung. Dann hörte Andi die Stimme des Mannes wieder, die jetzt ein gereiztes Timbre hatte.

„Hören Sie zu, Mann. Ich weiß nicht, was Sie heute Vormittag schon alles getrunken haben, aber ich rate Ihnen dringend, sich ein bisschen hinzulegen und Ihren Rausch auszuschlafen. Und halten Sie sich von dem Haus fern. Das geht Sie überhaupt nichts an. Das wird von uns rund um die Uhr überwacht und alles ist in bester Ordnung. Haben Sie mich verstanden?"

„Ja, habe ich. Und einen schönen Tag noch."

Andi ließ sein Handy sinken.

„Ich glaube, die nehmen uns nicht ernst."

Corvin sah ihn fragend an.

„Hat er gesagt, was wir machen sollen?"

Andi nickte.

„Ja, nichts."

Corvin zuckte mit den Schultern.

„Na gut. Die müssen wissen, was sie tun. Vielleicht erfahre ich bei meiner Verabredung heute Abend mehr."

Kurz vor dreiundzwanzig Uhr schlich Corvin sich wieder an die hintere Grenze des Grundstücks, dort, wo der Holunderbusch stand. Er wartete einen Augenblick und horchte ins Dunkel. Nichts rührte sich.

„Nora, sind Sie da?", fragte er mit gedämpfter Stimme. Keine Antwort. Irgendwas oder irgendwer hinderte sie daran, die Verabredung einzuhalten. Sollte sich Diego tatsächlich im Haus befinden? Oder war er nur über das Grundstück geflohen? Man hätte den Hund weitersuchen lassen sollen, dachte er, dann wären wir jetzt schlauer. Durch die Büsche und Bäume konnte er sehen, dass im Haus Licht brannte. Alles schien ruhig. Er musste versuchen, näher an das Haus heranzukommen, aber da hatten die Sicherheitskräfte wahrscheinlich jede Menge technische Überwachung installiert. Als er weiter über seine Möglichkeiten nachdachte, war ihm, als hätte er aus den Augenwinkeln eine Bewegung in einem Gebüsch an der Längsseite des Grundstücks bemerkt. Eine Luftbewegung war das nicht gewesen, denn es war vollkommen windstill. Es war eine ruckartige Bewegung gewesen, so als habe sich irgendein Lebewesen in dem Gebüsch versteckt. Da – wieder hatte sich etwas bewegt. Für den Bruchteil einer Sekunde nahm er den Schein eines grünlichen Lichts wahr und kurz darauf huschte ein kleiner roter Laserpunkt über die Grasfläche. Dann war alles wieder dunkel.

Sieh an, dachte Corvin, da interessiert sich noch jemand für das Haus und wahrscheinlich ganz besonders für seine Bewohnerin. Und technisch gut ausgerüstet ist er auch. Sollte der Clanboss sie tatsächlich aufgespürt haben? Dann hatten seine Leute ein besonderes Interesse daran, möglichst unauffällig zu bleiben.

Er erhob sich und rief mit lauter Stimme:

„Okay, hier ist nichts. Geh du nach links, ich gehe noch mal hier herum. Wir treffen uns vorm Haus."

Er horchte ins Dunkel und meinte zu hören, dass sich irgendetwas mit ziemlicher Eile aus seinem Wahrnehmungsbereich entfernte.

# 16

Almut Struck war wütend und verwirrt zugleich. Wütend, weil sie durch einen Kratzer auf einer Stoßstange viel Zeit verloren hatte und eine überflüssige Reihe von Unannehmlichkeiten und dummen Fragen ertragen musste. Verwirrt, weil sich ihr „Unfallgegner" als ein cooler und nonchalanter Jungpilot der Deutschen Lufthansa entpuppte, der den Schaden mit einem lässigen „Geschenkt!" abgewinkt hatte. Viel größeres Interesse hatte er an der Unfallverursacherin selbst gezeigt und sie in sein Apartment, das überraschenderweise unter ihrem lag, zu einem Versöhnungsdrink eingeladen. Die Versöhnung fiel dabei so heftig aus, dass sie später einige Kleidungsstücke erst nach längerem Suchen wiederfand.

Sie war wütend auf sich, denn nun hatte sie selbst zerstört, was sie bis zum gestrigen Tag immer sorgsam gehütet hatte: die Anonymität ihres zweiten Lebens. Das Apartment war jetzt behördlich registriert, polizeilich war sie eine Gesetzesbrecherin und fiskalisch eine Steuerhinterzieherin. Und außerdem war sie, die stets so Disziplinierte, Opfer ihrer eigenen Triebe geworden, wobei Kevin, wie der Casanova der Lüfte hieß, eine Seite in ihr bloßgelegt hatte, von der sie bisher noch gar nichts gewusst hatte.

Egal, dachte sie, passiert ist passiert, Hauptsache, dass in ihrem ersten Leben niemand etwas mitbekommen hatte. Sie trat das Gaspedal durch und bog mit kreischenden Reifen von der Bundesstraße in die Landstraße ab. Bald konnte sie das Haus sehen. Sie stutzte. Wie sah denn das aus? Ach, das Gerüst. Das hatte sie ja selbst bestellt. Die Fassade sollte gestrichen und einige Abnutzungen ausgebessert werden. Wird auch mal wieder Zeit, dachte sie.

Sie eilte ins Haus, vorbei an Martin, dem sie im Vorbeigehen eine Kusshand zuwarf, den Flur entlang direkt ins Arbeitszimmer. Erschöpft sank sie in den Schreibtischsessel. Sie rollte etwas nach hinten, drehte das Sitzmöbel zur Kommode und griff sich den Poststapel. Den mittlerweile vertrauten Umschlag entdeckte sie sofort und fingerte ihn heraus. Martin musste den kleinen Dolch, den sie ins Zimmer gefeuert hatte, aufgehoben und wieder an seinen Platz gelegt haben. Ein kurzer Ratsch und der Umschlag war geöffnet. Drinnen steckte wieder nur ein Bogen, der diesmal mit mehr Text beschrieben war.

„Legen Sie", war dort in der üblichen Times-New-Roman-Schrift zu lesen, „die einhunderttausend Euro heute um einundzwanzig Uhr paketmäßig verpackt an folgendem Platz ab. Fahren Sie über die K8 Richtung Sallahn. Einen Kilometer nach der Abzweigung rechts nach Tüschau gibt es eine weitere Abzweigung nach links. Dort steht ein altes Buswartehäuschen. Legen Sie das Paket dort auf die Bank und entfernen Sie sich. Kommen Sie allein und versuchen Sie keine Tricks. Das Geld wird sofort durchgezählt. Bei der kleinsten Übertretung unserer Anweisungen gehen Fotos und Informationen an die Polizei."

Sie nahm einen Bogen Packpapier aus dem Schrank und legte die Geldstapel, die in ihrer großen Handtasche verstaut waren, in gleichen Höhen darauf. Sie bestanden aus Zweihundert-, Hundert- und Fünfzig-Euro-Scheinen. Das Papier wurde fest drum herumgewickelt und mit Tesafilm zusammengeklebt. Als das fertige Paket auf dem Schreibtisch lag, betrachtete sie es eine Weile. Wie viele Stunden hatte sie gebraucht, um so viel zu verdienen? Und jetzt kam da so ein Gesindel und nahm es ihr einfach weg. „Ich ahne, wer ihr seid", murmelte sie. „Und ihr werdet nicht viel Freude an dem Geld haben. Das verspreche ich."

Gegen zwanzig Uhr begann Almut, nervös zu werden. „Martin", rief sie hinunter in die Halle, „ich bin völlig fertig. Ich lege mich schon mal hin."

„Ja, ruhe dich aus und schlaf gut", hörte sie ihn zurückrufen. Sie zog sich in ihr Schlafzimmer zurück, das einen Zugang zu dem großen Balkon hatte, der sich über die ganze Südseite des Hauses erstreckte. Es war zwanzig Uhr dreißig, als sie mit dem Paket unter dem Arm auf den Balkon ging, langsam bis zur vorderen Fassade schlich und dann auf dem Gerüst hinunterstieg. Mit Bedacht hatte sie das Elektroauto für ihren abendlichen Ausflug gewählt, den anspringenden Porschemotor hätte sogar Martin vor dem Fernseher gehört, obwohl er in letzter Zeit immer schwerer hörte. Lautlos sprang das Fahrzeug an und im Schritttempo fuhr sie vom Hof. Um diese Zeit war es bereits leer auf den wendländischen Straßen, für die meisten Leute war der Tag zwischen einundzwanzig und zweiundzwanzig Uhr beendet. So kam sie sehr schnell voran, hielt kurz an und stellte den Navi ein. Rund fünfzehn Kilometer waren es bis zu ihrem Ziel, das bedeutete eine Viertelstunde Fahrtzeit. Da es um diese Zeit noch hell war und das Gelände sehr offen, konnte sie das Buswartehäuschen schon aus der Entfernung sehen. Seitdem die Haltestelle verlegt worden war, stand es etwas nutzlos an seinem Platz und verfiel langsam. Nur ab und zu suchten ein paar Radfahrer bei einem plötzlich einsetzenden Regen dort Schutz.

Sie hielt unmittelbar davor, stieg aus und legte das Paket auf die Bank, die vollständig mit Moos bedeckt war. Stieg dann wieder in den Wagen und fuhr ein Stück weiter, wo sich gleich hinter dem Feld ein Wäldchen ausgebreitet hatte. Sie stellte das Elektroauto in einer Schneise ab und ging zurück an den Waldrand, griff in ihre Tasche und holte das Opernglas hervor, das ihre Tante Klara ihr hinterlassen hatte. Es war zwar nicht mehr das Neueste, hatte aber eine erstaunliche Vergrößerung, so dass sie das Buswartehäuschen gut in den Blick bekam und sah, dass das Paket immer noch auf der Bank lag. Sie schaute auf die Uhr, genau neun. Sah sich nach allen Seiten um, aber nichts regte sich, nichts geschah. Ein Traktor fuhr an dem Wäldchen vorbei, gemächlich zog er zwei Anhänger hinter sich her. Dort, wo sich der Weg mit der größeren Straße K8 kreuzte, stand ein Stoppschild. Die Bremslichter an allen drei Bestandteilen des Schlepperzuges leuchteten auf, der Fahrer schaute ordnungsgemäß nach links und nach rechts, dann fuhr er weiter und gab Almut die Sicht auf das Buswartehäuschen wieder frei. Die Bank, auf der das Geldpaket gelegen hatte, war leer.

*

Diego hatte eine ganze Zeit nachgedacht.

„Ich nehme an, Ihr Bewacher hat einen ziemlich schnellen Wagen gefahren. Der müsste dahinten irgendwo stehen. Wagenpapiere und Schlüssel wird er ja bei sich haben."

Nora sah ihn ungläubig an.

„Und wer soll den holen? Sie mit Ihrem lahmen Bein? Und meinen Sie nicht, dass da inzwischen ein paar Leute auf der Lauer liegen, die Sie ausschalten wollen?"

Diego grinste.

„Und wenn schon. Sie werden ihn holen."

Noras kurzes Lachen klang fast hysterisch.

„Glauben Sie wirklich, ich würde dann zurückkommen und Sie abholen? Für so dämlich halten Sie mich? Außerdem glaube ich, dass Tamirs Leute inzwischen auch da draußen rumschnüffeln und nach einer Gelegenheit suchen, um mich abzuknallen. Insofern werde ich schön hierbleiben. Aber wenn Sie sich die Kiste holen wollen, bitte, ich werde Sie nicht zurückhalten."

Diego schwieg und dachte nach. Nora unterbrach seine Gedanken.

„Wenn ich es mir genau überlege, ist Ihre Situation viel gefährlicher als meine. Sie haben nicht nur das BKA gegen sich, weil Sie mich in Ihrer Gewalt und einen ihrer Kollegen erschossen haben. Dazu noch die hiesige Polizei, weil Sie einen Geldtransport überfallen haben, und ich gehe mal davon aus, dass Ihre Zirkuskollegen auch nicht gerade gut auf Sie zu sprechen sind und mit Ihnen noch ein Hühnchen rupfen werden. Und das alles für – was haben Sie gesagt? – für Zwanzigtausend. Für zwei Millionen möchte ich nicht in Ihrer Haut stecken."

Diego schüttelte energisch den Kopf.

„Moment. Sie tun ja gerade so, als wenn alle Welt weiß, dass ich hier bin. Bisher gibt es keine Anzeichen dafür. Ich habe pünktlich das ‚Alles-OK-Zeichen' des BKA-Bullen abgeschickt. Die glauben, dass hier alles in Ordnung ist. Die hiesige Polizei nimmt mit Sicherheit an, dass ich über alle Berge bin und die Zirkusleute, naja, bei der Erfindung des tiefen Tellers waren die auch nicht dabei."

Er lachte.

„Apropos tiefer Teller. So langsam bekomme ich Hunger. Können Sie eigentlich kochen?"

Sie schüttelte den Kopf.

„Nein, kann ich nicht. Aber im Tiefkühlfach sind jede Menge Fertiggerichte. Es zeugt übrigens nicht gerade von großer Sensibilität, dass Sie jetzt ans Essen denken können."

Diego grinste.

„Ich bin eben Realist. Wenn ich nichts esse, ändert das an meiner Situation auch nichts."

Plötzlich verschwand das Grinsen aus seinem Gesicht.

„Jetzt mal im Ernst. Wir haben uns beide selbst in diese Situation gebracht. Sie, weil Sie unbedingt gegen einen Gangster aussagen wollen, wozu Sie keiner gezwungen hat. Ich, weil ich eine ganze Reihe von Fehlern gemacht habe. Aber nun ist es mal, wie es ist, und wir sollten das Beste daraus machen. Finden Sie nicht?"

Nora hatte ihm zugehört und starrte ihn an.

„Vielleicht haben Sie recht."

Sie stand auf und ging in die Küche. Er hörte, wie sie den Tiefkühlschrank öffnete und eine Schublade herauszog.

„Wollen Sie Pizza Margherita oder Diavola?"

„Diavola, wenn ich darf!", rief er zurück.

Sie lächelte.

„Sie dürfen."

Sie stellte den Backofen auf zweihundertundzwanzig Grad ein, zog die Pizzen aus deren Verpackungen und entfernte die Schutzfolien.

„Wussten Sie, dass die Hersteller verpflichtet sind, darauf hinzuweisen, dass die Schutzfolie entfernt werden muss? Weil sie nämlich jeder Blödian verklagen kann, wenn ihm das geschmolzene Plastik im Halse stecken bleibt. In Amerika kann das gleich um Millionen gehen, habe ich mal gehört."

Da sie ihm den Rücken zudrehte, als sie die Pizzen in den Ofen schob, hatte sie nicht gemerkt, dass er das Wohnzimmer verlassen hatte und plötzlich in der Tür stand. Jetzt spürte sie plötzlich seinen Blick und drehte sich hastig um. Er starrte sie an und hatte dabei einen Ausdruck in den Augen, den sie vorher noch nicht an ihm bemerkt hatte. Ihr Puls beschleunigte sich und ihr Atem wurde schneller. Sein Mund formte sich zu einem süffisanten Grinsen.

„Weißt du eigentlich, dass du eine sehr attraktive Frau bist? Und amüsant bist du auch noch. Wenn ich es mir so recht überlege, dann könnten wir doch eigentlich …"

Sie schnitt ihm das Wort ab und hob die Hand.

„Ich habe Sie bisher für einen Gentleman gehalten. Trotz Ihrer kriminellen Energie. Aber damit eins klar ist, zwischen uns läuft gar nichts. Sie haben mich zwar in Ihrer Gewalt, aber Sie wollen auch, dass ich Ihr Spiel mitspiele. Sie hatten sicherlich recht, als Sie vorhin sagten, dass wir beide in einer verfahrenen Situation stecken. Und darum sind wir aufeinander angewiesen und müssen uns gegenseitig etwas Respekt entgegenbringen."

Sie merkte, dass ihre Worte Wirkung erzielten, denn sein flackernder Blick erlosch und bekam wieder den alten Ausdruck des Gepeinigten.

„Ich glaube, Sie haben mich falsch …"

Sie schnitt ihm das Wort ab.

„Nein, habe ich nicht!"

Ein paar endlose Minuten herrschte Schweigen zwischen den beiden.

Das laute Klingeln der Zeitschaltuhr zerschnitt die Stille. Sie öffnete die Backofentür, drehte sich aber gleich wieder zu ihm um.

„Setzen Sie sich schon mal ins Wohnzimmer. Ich schneide die Pizzen nur noch auf."

Er sah sie an wie ein geprügelter Hund, drehte sich um und verschwand ins Wohnzimmer. Nora griff sich einen Pfannenwender und schob die erste Pizza auf ein großes Brett.

Du musst hier raus, dachte sie, so schnell wie möglich. Ich kenne solche Kerle. Er wird es immer wieder versuchen und irgendwann wird er rücksichtslos und brutal. Plötzlich schoss ihr ein Gedanke durch den Kopf.

„Wollen Sie roten oder weißen Wein?", rief sie laut.

„Rot bitte!", hörte sie ihn zurückrufen.

Sie nahm zwei Gläser aus dem Schrank und den angebrochenen Pinot Grigio aus dem Kühlfach. Man hatte ihr auch einen kleinen Vorrat an Rotweinen bereitgestellt, die in Tonröhren an der Wand hoch gestapelt waren. Es muss ein kräftiger sein, dachte sie, zog eine Flasche nach der anderen heraus und las die Etiketten. Ein spanischer Rioja, der ist richtig. Passt zu ihm und hat einen kräftigen Geschmack. Auf dem Regal lag ein elektrischer Korkenzieher, mit dem man mühelos Flaschen öffnen konnte. Sie füllte die Gläser, horchte noch einmal in Richtung Wohnzimmer und zog dann eine flache Packung aus einer der Küchenschubladen. Ihre Bewacher hatten ihr vorsorglich einen kleinen Medikamentenvorrat angelegt. Heftpflaster, etwas gegen Kopfschmerzen, gegen Sodbrennen und auch etwas gegen die Schlaflosigkeit.

„Kann ich Ihnen nicht doch etwas helfen?", rief er aus dem Wohnzimmer. Sie drückte vier Schlaftabletten aus der Folie und ließ sie in die flache Hand fallen, hörte dabei, wie er auf den Flur trat. Sie legte die Tabletten in den kleinen keramischen Mörser, der im Regal stand und mit dem man Gewürze oder Pflanzenteile zermalmt. Beeil dich, dachte sie. Gleich steht er in der Küche. Mit dem Stößel zerdrückte und zerrieb sie die Tabletten, bis ein feines weißes Pulver entstanden war. Leicht zitternd kippte sie es in den Rotwein.

„Moment, ich bin gleich so weit", rief sie zurück. Als sie zum Pizzaradmesser griff, stand er in der Tür. Sie schaute kurz auf.

„Nehmen Sie Messer und Gabel oder essen Sie Ihre Pizza aus der Hand?"

Er zuckte mit den Schultern.

„Wenn Sie die Stücke nicht so groß schneiden, gern aus der Hand. Aber lassen Sie mich das machen, ich glaube, dafür habe ich mehr Kraft."

Sie gab ihm das Radmesser.

„Okay, meine bitte auch nicht so groß. Ich trage schon mal den Wein rüber."

Sie griff sich die Gläser und ging ins Wohnzimmer, stellte sie auf den Esstisch und ging zurück in die Küche.

Er hatte die Pizzen geschnitten und beide Bretter in die Hand genommen. Er grinste.

„Halten Sie mich bitte nicht für einen Alkoholiker, aber ich würde nachher sicher gern noch ein zweites Glas trinken. Nehmen Sie doch die Flaschen gleich mit."

Sie nickte und ging zum Kühlschrank.

„Wie Sie wollen."

Sie saßen am Esstisch und aßen schweigend ihre Pizzastücke. Er ergriff sein Glas, hielt es an die Nase und schnupperte daran. Sie schaute ihn an.

„Stimmt etwas nicht?"

Er lachte.

„Doch, doch – im Gegenteil. Sie haben einen Rioja ausgewählt. Mein Lieblingswein."

Sie schob sich ein Stück Pizza in den Mund.

„Passt auch am besten zu Ihrem Namen."

Er hob sein Glas.

„Salud!"

Sie griff ebenfalls zu ihrem Glas und er nahm einen kräftigen Schluck.

„Sie haben mir doch von Ihrer Clownsnummer beim Zirkus erzählt. Wie lange haben Sie das eigentlich gemacht?"

Er zuckte mit den Schultern und nahm einen weiteren Schluck.

„Viel zu lange. Am Anfang hat's noch Spaß gemacht, aber irgendwann wird's zur Routine. Außerdem meinen die meisten: Clown? Das kann doch jeder. Dabei ist das verdammt harte Arbeit. Das hat dieser Typ auch gleich gemerkt."

Sie schaute ihn verständnislos an.

„Was für ein Typ?"

Er goss sich sein Glas wieder voll.

„Ach, so ein Spinner aus dem Dorf. Hat uns seine Wiese zur Verfügung gestellt und wollte dafür einmal als Clown auftreten. Den haben wir erstmal ordentlich in die Mangel genom…"

Er kniff die Augen zusammen. Sie merkte, dass seine Sprache schleppender geworden war, tat aber so, als wenn sie nichts bemerkte.

„Was? Ein Bauer, der unbedingt Clown sein wollte?"

Er schüttelte langsam den Kopf.

„Nein, nicht mal das. Ist ein ehemaliger Poliziss…"

Er kniff wieder die Augen zusammen.

„Mein Gott, ich vertrag nix mehr. Mir wird plösslich so …"

Er schaute sie an und verdrehte die Augen, wollte noch etwas sagen, aber das schaffte er nicht mehr. Er klappte mit dem Oberkörper nach vorn und fiel mit dem Gesicht in den Rest seiner Pizza Diavola.

Nora merkte, wie ihr Herz zu rasen begann. Sie stand auf und griff an seine Schulter.

„Hallo, Diego, was ist los? Hören Sie mich?"

Er gab kein Lebenszeichen von sich. Sie griff an beide Schultern und wollte ihn wieder in eine aufrechte Position bringen. Dabei glitt er vom Stuhl und fiel seitlings auf den Teppich. Sie drehte ihn auf den Rücken, nahm eine Papierserviette und wischte ihm das Gesicht ab. Dann tastete sie seine Jacke ab, um seine Pistole zu finden. Sie stieß auf etwas Hartes, aber es war nur sein Handy. Sie zog es aus der Tasche und legte es auf den Tisch. Kurz darauf entdeckte sie die Pistole, die im Hosenbund steckte. Plötzlich schoss ein Gedanke durch ihren Kopf. Ein ehemaliger Polizist? Könnte das vielleicht? Wenn sie zusammen trainiert haben, dann hat er vielleicht die Nummer? Sie nahm sein Handy. Verdammt, der Code. Was hatte er gesagt, als sie das gleiche Problem bei dem BKA-Mann hatten? „Ich nehme auch immer meine Geburtsdaten."

Sie drehte den inzwischen laut Schnarchenden so hin und her, dass sie in die Innentaschen seiner Jacke fassen konnte. Auf der linken Seite ertastete sie ein flaches Portemonnaie zum Aufklappen. Auf einer Innenseite befand sich eine Reihe von Steckplätzen für Karten, auch für seinen Personalausweis. Sein Bild war noch relativ neu. „Hugo Schlüter", las sie ungläubig, geboren am 16.06.1981 in Recklinghausen. Sehr spanisch klang das nicht. Egal. Sie griff erneut nach seinem Handy und tippte den sechsstelligen Code ein. „1-6-0-6-8-1" und es funktionierte. Sie wählte den Telefonbereich und dort die Rubrik „Kontakte". Es folgten unzählige Namen, meistens nur unter dem Vornamen eingetragen.

Unter den ersten vier Buchstaben war nichts, was ihr bekannt vorkam, dann kam sie zur Rubrik mit dem Anfangsbuchstaben „E". Eike, Elena, Enrico, Enzo, Erich, Ernesto, Estefan, Estrella, Eva. Sie schüttelte den Kopf. Auch nichts unter E. Weiter zum F. Plötzlich durchzuckte es sie. Hatte der Polizist damals bei der Vereidigung vor Gericht nicht einen falschen Vornamen gesagt? Weil er seinen richtigen nicht mochte? Und der klang wie ein italienischer Operntenor. Enzo? Nein. Ernesto? Auch nicht. Enrico? Moment mal, ja, Enrico. Wie kommen Eltern dazu, hatte sie damals gedacht, ihrem Neugeborenen einen solchen Namen zu geben? Egal, versuche es einfach. Sie tippte auf Anruf und prompt kam der Rufton. Schon nach dem dritten Klingeln meldete sich eine Männerstimme.

„Hallo?"

Nora räusperte sich.

„Hallo, ich weiß nicht, ob ich richtig bin. Hier spricht Nora. Die Angst vor Pferden hat. Können Sie damit was anfangen?"

Die Stimme klang aufgeregt.

„Nora! Woher haben Sie meine Nummer? Ja, hier spricht Erik Corvin."

Ihr Herz klopfte und ihr Atem ging schnell.

„Erik, Gott sei Dank, Sie sind es. Ich brauche dringend Ihre Hilfe. Sie müssen mich hier rausholen."

Corvin lachte.

„Nanu, belagert diesmal ein Pferd Ihren Ausgang?"

Noras Stimme klang gepresst.

„Nein, das ist auch nicht besonders komisch. Es geht diesmal um Leben und Tod. Ehrlich. Bitte holen Sie mich hier raus. So schnell wie möglich."

Auch wenn er ihr Gesicht nicht sehen konnte, merkte er doch an ihrer Stimme, dass die Situation offenbar sehr ernst war.

„Okay, Nora. Bleiben Sie ganz ruhig. Lassen Sie das Handy, mit dem Sie mich angerufen haben, eingeschaltet. Ich beeile mich."

Eine knappe halbe Stunde später fuhr Corvin langsam auf das Haus zu. Als die hintere Beifahrertür die Position des Gartentors erreicht hatte, hielt er an. Eine Minute blieb er noch im Wagen sitzen. Nichts regte sich. Er stieg aus und ging die drei Stufen zum Haus hinauf. Der kleine Buchsbaum stand immer noch auf der dritten Stufe. Die Tür öffnete sich um einen Spalt, denn Nora hatte ihn längst gesehen.

Sie schaute ihn mit aufgerissenen Augen an. Die Angst stand ihr ins Gesicht geschrieben.

„Danke, dass Sie gekommen sind. Sie müssen mir helfen. Ich muss hier unbedingt weg."

Corvin nickte.

„Jetzt atmen Sie erst einmal tief durch und dann erzählen Sie mir, was passiert ist."

Sie sah ihn an, drehte sich um und machte eine Handbewegung, dass er ihr folgen sollte. Im Wohnzimmer blieb sie stehen und zeigte hinter den Esstisch. Corvin zog die Augenbrauen hoch.

„Oh, habe ich es mir doch gedacht. Wie haben Sie das geschafft?"

Sie seufzte.

„Schlaftabletten im Wein."

Corvin sah sich um.

„Und wo ist Ihr Beschützer?"

Nora zeigte in Richtung Küche.

„Der liegt im Garten. Diego hat ihn erschossen."

Corvin kratzte sich am Kinn und dachte nach.

„Eins ist klar: Sie sind hier nicht mehr sicher. Auf alle Fälle müssen Sie hier raus. Den Rest müssen die Kollegen mit dem BKA abklären. Also – passen Sie auf. Sie packen jetzt das Notwendigste zusammen. Ich gehe mit Ihrer Tasche raus und öffne die Gartentür und die hintere Tür meines Wagens. Wenn Sie hören, dass ich den Motor gestartet habe, rennen Sie so schnell wie möglich zum Auto und werfen sich auf die hintere Sitzbank. Da bleiben Sie erstmal liegen. Verstanden?"

Sie nickte, eilte die Treppe nach oben und kam schon nach wenigen Minuten mit einer kleinen Reisetasche wieder zurück.

„Glauben Sie, dass wir beobachtet werden?"

Er zuckte mit den Schultern.

„Ausschließen kann man in dieser Situation gar nichts. Also, alles wie besprochen. Geben Sie mir Ihre Tasche. Und wenn Sie das Haus verlassen, ziehen Sie die Tür nur zu. Nicht abschließen."

Sie nickte heftig und gab ihm die Tasche.

Er öffnete die Tür, blieb kurz stehen und sah sich um. Dann eilte er den Weg entlang, öffnete das Gartentor sowie die hintere Tür des Mercedes, warf die Tasche hinein, ging mit schnellen Schritten um den Wagen herum und saß in wenigen Sekunden hinter dem Steuer. Schaute sich noch einmal in alle Richtungen um und drehte dann den Zünd-schlüssel im Schloss. In diesem Augenblick stürmte Nora los, riss die Tür hinter sich zu und eilte die Treppenstufen hinunter. Auf der letzten Stufe stolperte sie und fiel der Län-ge nach auf die Gartenfliesen. Vom Sturz benommen blieb sie liegen. „Verdammt", zischte Corvin und riss die Fahrer-tür auf, doch in diesem Moment kam sie wieder hoch, hum-pelte mehr als sie rannte, und warf sich auf die Rückbank des Mercedes. Corvin trat auf das Gaspedal und raste los. Durch den Fahrtwind wurde die hintere Tür zugeschlagen. Als sie das Dorf hinter sich gelassen hatten, hielt er an und drehte sich um.

„Sind Sie verletzt?"

Nora richtete sich auf.

„Nein, ich habe mir nur das Knie gestoßen. Tut gemein weh. Kann ich mich jetzt hinsetzen?"

Corvin nickte.

„Ja, ich glaube schon. Wenn uns jemand gefolgt wäre, hätte ich das bemerkt."

Es war nichts Auffälliges zu sehen. Alles schien ruhig und friedlich. Nur den Mann mit den auffallend scharfen Gesichtszügen, der im Gebüsch gegenüber dem Haus gehockt hatte, den hatte er nicht bemerkt.

Eine halbe Stunde später saßen sie an dem großen Eichentisch in Corvins Küche. Nora hatte ihr rechtes Bein auf einen Stuhl gelegt und Corvin war auf die Idee gekommen, um das geschwollene Knie eine Kühlmanschette, die eigentlich für Weißweinflaschen vorgesehen war, zu legen. Dann hatte er Erwins selbstgebrannten Mirabellengeist aus dem Schrank geholt und zwei Gläser eingeschenkt. Danach ging es Nora schon besser.

„Fürs Erste", sagte Corvin, „können Sie hierbleiben. Sie schlafen oben im Gästezimmer, ich hier unten. Da sollte nicht viel passieren. Aber ich kann Sie nicht den ganzen Tag bewachen. Da fällt mir sicher noch was ein."

Nora seufzte.

„Wenn ich gewusst hätte, wie nachlässig die mit ihrem sogenannten Schutzprogramm umgehen, hätte ich mich nicht darauf eingelassen. Ich glaube, ich werde meine Zusage zurückziehen."

Corvin zog die Augenbrauen zusammen.

„Das würde ich mir noch mal gut überlegen. Immerhin helfen Sie, einen von der ganz üblen Sorte zur Strecke zu bringen. Damit leisten Sie nicht nur der Polizei, sondern auch der Allgemeinheit einen Dienst. Fassen Sie bitte keine vorschnellen Entschlüsse."

Nora konnte ein Gähnen nicht unterdrücken.

„Entschuldigung. Vielleicht haben Sie recht. Aber seien Sie doch bitte jetzt so nett und zeigen Sie mir, wo ich schlafen kann. Ich bin ziemlich fertig."

Kurz darauf saß er allein in der Küche und genehmigte sich noch einen zweiten und letzten Mirabellengeist. Dann griff er zu seinem Handy.

Der gewünschte Gesprächsteilnehmer meldete sich unverzüglich.

„Hallo Andi, ich habe da eine ziemlich brisante Information für euch."

Andi räusperte sich.

„Schieß los!"

„In dem Haus, vor dem der kleine Pudel so aufgeregt gebellt hat, findet ihr den gesuchten Mann, der sich Diego nennt. Er schläft tief und fest. Und im Garten findet ihr einen Kollegen vom BKA. Der schläft nicht, sondern ist ziemlich tot. Die Tatwaffe liegt auf dem Tisch im Wohnzimmer. Wo die Frau ist, die der Tote bewachen sollte, kann ich dir nicht sagen. Und, Andi, diese Informationen kommen nicht von mir. Sag einfach, du hast einen anonymen Hinweis bekommen. Du musst natürlich deinen Freund vom BKA informieren. Vielleicht glaubt er dir ja diesmal, dass du nüchtern bist. Viel Glück!"

Nachdem er das Gespräch beendet hatte, lehnte Corvin sich zurück und dachte nach. Mehr kannst du im Augenblick nicht tun. Am besten, du gehst jetzt schlafen. Irgendwo wirst du die Frau unterbringen müssen, wenn du nicht wochenlang, ja vielleicht sogar über Monate ihr Bodyguard sein willst. Aber darüber kannst du auch morgen noch nachdenken.

Er hatte bereits ein paar Stunden geschlafen, als das Gitarrenriff, das sein Handy bei Anrufen von sich gab, ihn aus seinen Träumen riss.

Andi schrie so laut, dass Corvin das Telefon zehn Zentimeter vom Ohr entfernt hielt, um keinen Hörschaden davonzutragen.

„Sag mal, hast du ein Rad ab? Das BKA hat Haus und Grundstück überprüft. Obwohl ich schon bei meinem Anruf den Eindruck hatte, die glauben mir kein Wort. Die halten mich für einen Alkoholiker oder Spinner. Oder beides. Die schreiben jetzt einen Bericht an meinen Vorgesetzten. Warum, willst du wissen? Das kann ich dir sagen. Im ganzen Haus gab es keinen schlafenden Geldtransporträuber. Und im Garten gab's keine Leiche. Es gab auch keine Tatwaffe. Und auch keine Spuren. Es gab eigentlich überhaupt nichts. Das ganze Haus, hat der BKA-Kollege gesagt, macht den Eindruck, als ob da niemand wohnt. Und die Frau haben sie auch nicht erwähnt. Erst der Pudel und nun auch noch das. Ich steh jetzt völlig im Regen. Du und deine Informationen. Eine Quadratscheiße ist das! Ich wünsche dir weiterhin eine angenehme Nachtruhe. Hoffentlich kannst du gut schlafen."

Corvin wollte noch etwas sagen, aber Andi hatte die Verbindung bereits unterbrochen. Für einen Augenblick dachte er, ihn sofort zurückzurufen und zu beruhigen. Aber womit? Erst einmal musst du klären, wer ein Interesse daran hat, dass alles, was mit dieser eigenwilligen Schutzaktion zusammenhängt, verschwindet. Nur eins ist noch übrig – die Zeugin selbst. Und die dürfte jetzt in noch größerer Gefahr schweben als vorher.

# 17

Niko Sander war schon um sechs Uhr früh aufgestanden, seine Frau Greta lag noch im tiefen Schlaf. Es wird noch ziemlich kalt sein, dachte er, aber nun ist der Teich endlich fertig und du hast es dir fest vorgenommen. Er streifte sich den Bademantel über und ging barfuß die Treppe hinunter. Im Gegensatz zu Greta stand er gern so früh auf, er liebte diese frühen Morgenstunden. Der ganze Tag lag noch vor einem, die Luft war frisch und seidig, die Vögel zwitscherten und man hatte das Gefühl, ganz allein auf der Welt zu sein. In der Küche sah er sein Handy auf der Anrichte liegen. Er hatte es am Abend zum Aufladen an die Steckdose daneben angeschlossen und dann vergessen. Das sollte man eigentlich nicht machen, dachte er, zog das Kabel aus der Buchse und steckte das Handy in die Tasche.

Er schloss die Küchentür auf und ging hinaus in den Garten. In der Nacht hatte es ein wenig geregnet und das feuchte Gras fühlte sich gut an unter den nackten Füßen. Das Wasser im Teich glitzerte in der Morgensonne und sah einladend aus. Spontan musste er lächeln. Er zog den Bademantel aus, dann die Boxershorts und legte sie auf die Bank, die er am Vortag dort aufgestellt hatte. Sein Blick fiel auf die Blumentöpfe mit den Fuchsien, die Greta dort platziert hatte. Er musste erneut lächeln. Sie tat zwar so, als ob sie der Teich nichts anginge, aber dann hatte sie ohne seine Aufforderung damit angefangen, ihn etwas auszuschmücken. Im Grunde genommen freute sie sich auch, so etwas Schönes im Garten zu haben. Bald würde sich allerlei Wassergetier einfinden und die Vögel würden ihre Badestellen einnehmen. Und dann das abendliche

Froschkonzert im Mai! Apropos Frosch. Nun sei keiner und geh endlich ins Wasser. Er holte tief Luft und tauchte bis zu den Hüften ein. Die Wassertemperatur lag bei ungefähr fünfzehn Grad und für ein paar Sekunden rang er nach Luft. Doch dann riss er sich zusammen, tauchte ganz ein und machte die ersten Schwimmzüge. Kalt, aber herrlich, dachte er.

Das Krachen des Schusses und das Zersplittern des Blumentopfes erfolgten fast gleichzeitig. Eine der umherfliegenden Tonscherben traf ihn an der Stirn. Voll Entsetzen strampelte er wie wild im Wasser, um in die Richtung zurückzuschwimmen, aus der er gekommen war. Sein Herz raste, aber er bekam sich schnell wieder in den Griff und schwamm in schnellen Zügen. Er spürte den Grund unter den Füßen und wollte sich gerade aufrichten, als der zweite Schuss den anderen Blumentopf traf und ihn stückweise durch die Gegend fliegen ließ. Er warf sich wieder ins Wasser und wartete, merkte, wie die Wassertemperatur seine Bewegungen verlangsamte. Dann spürte er, wie Wut in ihm aufstieg. Welcher Idiot ballert denn hier morgens in einer bewohnten Gegend herum, verdammt noch mal? Den Kerl werde ich anzeigen, schwor er sich. Und zwar sofort.

Jetzt spürte er, dass ihm doch sehr kalt war. Zitternd zog er den Bademantel an, holte das Handy aus der Tasche und wollte gerade die Nummer 110 wählen, als er sah, dass er eine SMS-Nachricht bekommen hatte. „Beim nächsten Mal bist Du dran. Miese Erpresser leben nicht lange", las er. Er stutzte, las noch einmal, sah, dass im Absenderfeld „Anonym" stand, und merkte, wie ihm schwindelig wurde. Wieso Erpresser? Was sollte das bedeuten? Konnte das mit dem …? Ein Gedanke schoss ihm durch den Kopf. Um Gottes willen. Nur Greta wusste, was sie da beim Ausheben des Teiches gefunden hatten. Sollte sie etwa …? Aber wen sollte sie denn erpressen? Wer konnte wissen, was es mit dem Skelett auf sich hatte, das sie zu Tage gefördert hatten? Er musste sie fragen. Oder vielleicht war es besser, sich vorsichtig heranzutasten. Offensichtlich wusste er nicht alles über seine Frau.

*

Zur gleichen Zeit setzte sich Corvin an den großen Eichentisch in seiner Küche, wo Lilo bereits alles zum Frühstück bereitgestellt hatte.

„Du musst mal nachschauen", sagte sie, als sie ihm Kaffee eingoss, „ob wir Waschbären oder wieder einen Marder unterm Dach haben. Ich glaube, ich habe da was gehört."

Corvin setzte die Tasse ab.

„Nein, nein. Das wird unser Besuch gewesen sein."

Lilo blieb abrupt stehen.

„Besuch? Wieso weiß ich gar nichts davon?"

Corvin grinste.

„Weil sie gestern Abend erst spät gekommen ist. Ich wollte es dir gerade sagen."

Lilo setzte ihren Jetzt-wird-mir-alles-klar-Blick auf.

„Sie? Eine neue Flamme? Aber warum schläft sie dann oben allein? Oder ist es was Platemisches?"

Corvin schüttelte den Kopf.

„Platonisches meinst du. Nein, keins von beiden. In dem Haus, das sie gemietet hat, ist ein Wasserrohr geplatzt. Und da habe ich ihr angeboten, dass sie erst mal hierbleiben kann. Wir duzen uns noch nicht mal."

Lilo lächelte hintergründig.

„Man kann sich auch im Bett siezen. Einige finden das sogar sehr anregend. Hab' ich mir sagen lassen."

Corvin nahm einen Schluck Kaffee.

„Ach Lilo. Nora kann hier …"

Wie aufs Stichwort öffnete sich die Tür zum Flur und Nora erschien ausgeschlafen und mit einem Lächeln im Gesicht. Lilo starrte sie an und Corvin stand auf.

„Nora, das ist Lilo, meine unersetzbare Haushälterin. Lilo, das ist Frau …"

Nora unterbrach ihn.

„Sagen Sie einfach Nora. Mein Nachname tut nichts zur Sache und ist sowieso für die meisten Menschen unaussprechbar."

Corvin nickte.

„Ich habe Lilo gerade von Ihrem Wasserschaden erzählt und dass …"

Nora schaute irritiert.

„Mein was?"

Corvin sah sie durchdringend an.

„Na, Ihr geplatztes Wasserrohr und dass Sie jetzt hier Zuflucht gefunden haben, um ungestört zu arbeiten."

Noras Gesicht hellte sich auf.

„Mein, ach so, das meinen Sie. Ja, das ist sehr nett von Ihnen."

Lilo sah Nora mit großen Augen an.

„Ungestört? Dann sind Sie? Ja natürlich, Sie sind die geheimnisvolle Schriftstellerin, von der Hildegard erzählt hat."

Corvin hob die Hand.

„Aber das geht niemanden etwas an, Lilo. Bitte kein Wort zu irgendjemandem."

Lilo nickte heftig.

„Ehrensache. Ich werde Hildegard auch gleich sagen, dass sie nichts weitererzählt."

Corvin schaute Lilo ärgerlich an.

„Wieso? Deine schwatzhafte Freundin weiß doch jetzt noch gar nichts. Warum willst du ihr etwas sagen?"

Lilo machte ein beleidigtes Gesicht.

„Aber sie wird es rauskriegen. Ich kenne doch Hildegard. Da ist es doch besser, ich sage ihr, dass sie nichts sagen soll. Präsertiv sozusagen."

Corvin verdrehte die Augen.

„Präventiv meinst du. Aber bitte, Nora, setzen Sie sich doch."

Lilo griff nach einem Tuch und wischte über den Tisch.

„Bitte sehr, ich bringe Ihnen gleich alles."

Und mit einer Geschwindigkeit, die Corvin immer wieder verblüffte, stellte sie auch für Nora die Frühstücksutensilien auf den Tisch.

„Ach wissen Sie, ich lese ja gern Romane. Von Sandra Paretti hab' ich alle gelesen. Die hieß ja gar nicht Sandra Paretti, sondern Irmgard Schneeberger, aber mit dem Namen konnte sie wohl nicht landen. Ich würde ja auch gern was von Ihnen lesen, aber ich weiß ja nicht mal Ihren Namen. An was schreiben Sie denn gerade? Auch ein Roman? Find' ich ja alles furchtbar aufregend."

Nora lächelte.

„Im Moment schreibe ich nicht. Ich recherchiere."

Lilo zog die Augenbrauen hoch.

„Ah ja, Sie resch…, ist ja auch egal. Dann wird es sicher was über die Leute auf dem Land. Oder über was anderes? Vielleicht über die Leute vom Zirkus? Sie sind ja zur gleichen Zeit hier angekommen wie die Zirkusleute, sagt Hildegard. Die sind ja auch spannender als die Leute vom Land. Die kenne ich ja alle."

Corvin hob die Hand.

„Nun lass Nora erstmal in Ruhe frühstücken, Lilo. Sie hatte gestern einen anstrengenden Tag."

Lilo zog ein beleidigtes Gesicht.

„Ich sag ja schon gar nichts mehr. Ich habe auch noch eine Menge zu tun."

Nora und der Zirkus, dachte Corvin. Eigentlich keine schlechte Idee. Und in seinem Kopf formte sich langsam ein Plan.

*

Almut Struck hatte die drei Patronen, die noch im Magazin
der Mauser Repetierbüchse M18 mit Zielfernrohr steckten,
wieder herausgenommen und das Jagdgewehr zurück in den
Waffenschrank gestellt. Die Munition legte sie zurück in die
Schachtel, die in dem abschließbaren Wandschrank in der
Küche aufbewahrt wurde. Alles musste schließlich seine Ordnung haben.

Sie zog die schweren Stiefel aus und schlich auf Strumpf-
socken zurück in ihr Schlafzimmer. Von Martin war noch
nichts zu hören. Sie nahm die grüne Wollmütze ab, zog ihren
Camouflage-Anzug aus und ging ins Badezimmer. Ein leichtes Grinsen konnte sie sich nicht verkneifen, als sie ihr
geschwärztes Gesicht im Spiegel sah. Aber mit der Tarnung
und auf die Entfernung hatte man sie auf dem Hochsitz, der
am Waldrand stand und freies Schussfeld bot, garantiert nicht
erkennen können. Sie war lange nicht mehr auf der Jagd
gewesen, aber das Schießen hatte sie offensichtlich noch nicht
verlernt. Was die Treffsicherheit anbelangte, war sie bei der
Jagdprüfung immerhin Jahrgangsbeste gewesen. Noch vor
allen Kerlen. Sie nahm die Brille ab, spritzte sich eine Ladung
Reinigungsmilch in die linke Hand und verteilte sie mit beiden Händen im Gesicht. Die schwarze Farbe ließ sich mühelos entfernen.

Das warme Wasser aus der Dusche tat ihr gut, sie liebte das
Gefühl, wie es über ihren Körper rann und ihn total entspann-
te. Mit geschlossenen Augen ließ sie es auch noch einmal über
ihr Gesicht laufen. Dem Kerl dürfte sie einen gehörigen
Schrecken eingejagt haben. Das Geld war weg, damit hatte sie
sich abgefunden, und zur Polizei konnte sie nicht gehen. Aber
bei dem einen Mal würde es sicher bleiben, er müsste damit
rechnen, dass er mit einem weiteren Erpressungsversuch sein
Leben riskierte, und das würde er nicht wagen. Nach außen

gibt er den Biedermann und im Inneren schlummert die kriminelle Energie. Wer hätte das gedacht? Sie war sich ganz sicher, dass Niko Sander, vielleicht sogar gemeinsam mit seiner Frau, der Erpresser war. Wer sonst sollte von den menschlichen Überresten im zugeschütteten Teich wissen? Sie waren beim Graben darauf gestoßen und hatten dann plötzlich diese Idee. Und der Satz, dass sie wüssten, wer das sei, war mit Sicherheit nur eine Finte. Sie konnten überhaupt nicht wissen, wer da lag. Einfach mal behaupten und sehen, was passiert. Das ist zwar eine gern angewandte Taktik, aber leicht zu durchschauen. Wegen des Geldes ärgerte sie sich. Aber da fiel ihr sicher noch etwas ein, auf welche Weise sie es sich zurückholen könnte.

Sie trocknete sich ab, zog sich an und legte ein dezentes, aber perfektes Make-up auf. Als sie in die Küche kam, saß Martin bereits am Tisch und las die Zeitung.

Er ließ sie kurz sinken und lächelte seine Frau an.

„Guten Morgen Schatz. Sag mal, hast du die Schüsse in der Früh auch gehört?"

Almut nickte.

„Allerdings. Das war ich. Weißt du, dass wir wieder jede Menge Ratten im Stall haben? Ziemlich große Viecher sogar. Zwei habe ich erledigt, aber du solltest auch zusätzlich Köder auslegen. Da müssten ja noch jede Menge vom letzten Jahr übrig sein."

Martin war wieder in den Sportteil seiner Zeitung vertieft. „Ja, mach ich", murmelte er. Dann ließ er die Zeitung doch noch einmal sinken.

„Ach, übrigens ist die Post schon da. Sie kommt am Samstag ja immer früher, aber so früh war sie noch nie da. Ich habe sie dir in dein Arbeitszimmer gelegt."

Darauf verschwand er wieder hinter seiner Zeitung.

Almut goss sich eine Tasse Kaffee ein und ging die Treppe wieder hinauf, geradewegs in ihr Arbeitszimmer. Es waren nur einige wenige Umschläge, die dort auf der Kommode lagen. Sie griff nach ihnen und legte sie auf die Schreibunterlage.

Alles unwichtiges Zeug, dachte sie, als sie einen Briefumschlag nach dem anderen vom Stapel abhob. Der Anblick des Umschlags, der jetzt oben lag, ließ ihren Puls beschleunigen. Das kann doch wohl nicht … Sie griff nach dem Brieföffner, schlitzte ihn mit einem Zug auf, griff hinein und zog mehrere Seiten heraus. Ein Blatt war mit ein paar Zeilen beschrieben, auf den anderen waren mehrere Schwarz-Weiß-Fotos abgedruckt. Ungläubig schaute sie darauf, mit offenem Mund starrte sie auf die Fotos. Zu sehen war sie selbst im Gespräch mit ihrem Hamburger Nachbarn und One-Night-Stand, dem Piloten Kevin. Einmal im Gespräch vor dem Haus stehend, einmal in zärtlicher Umarmung durch die Fensterscheibe seines Apartments gesehen und einmal in einer Position, die man früher als „nicht jugendfrei" bezeichnet hätte. Die Fotos waren grobkörnig, offenbar mit einem leistungsstarken Teleobjektiv gemacht, dennoch waren die Gesichter gut zu erkennen. Die Position des Fotografen lag oberhalb des fotografierten Motivs und Almut erinnerte sich, dass gegenüber ihrem Apartmenthaus ein Bürohaus mit unzähligen Fenstern stand, in dem sich am Abend niemand mehr aufhielt. In diesem Fall war das wohl eine falsche Annahme gewesen.

Sie sackte auf dem Bürosessel in sich zusammen und griff nach dem beschriebenen Blatt. „Wir wissen auch, was Sie in Ihrer Hamburger Wohnung machen. Wenn Sie nicht wollen, dass Ihr Mann und das ganze Dorf diese Bilder sehen, folgen Sie unseren Anweisungen, die Sie demnächst bekommen werden." Sie warf das Blatt auf den Schreibtisch und lehnte sich zurück, spürte, wie ihr Herz klopfte.

Dieser impertinente Schweinehund. Was bildete der sich eigentlich ein? Mit hoher Wahrscheinlichkeit war der Umschlag abgeschickt worden, bevor sie die Warnschüsse auf ihn abgefeuert hatte. Aber trotzdem. Sollte sie ihm jetzt richtig eine verpassen? Nein, sie würde erstmal gar nichts machen. Einfach ignorieren. Aber das fiel ihr wahnsinnig schwer.

Er hatte lange mit sich gekämpft, ob er das machen sollte, aber dann hatte Corvin für sich entschieden, dass man einfach einen Schlussstrich unter die Angelegenheit ziehen sollte. So, wie es sich unter erwachsenen Menschen gehört. Außerdem brauchte er ihn jetzt.

Es hatte angefangen zu nieseln, als er den Zirkusplatz erreichte. Insofern hielt sich das sonst so bunte Treiben zwischen den Wohnwagen in Grenzen. Corvin parkte seinen Wagen am Rand der Wiese. Nora hatte schweigend neben ihm gesessen.

„Und wenn er nicht will?"

Corvin schüttelte den Kopf.

„Das glaube ich nicht. Ich werde mich vorsichtig herantasten. Warten Sie hier. Ich melde mich gleich."

Er schlug den Kragen seiner Jacke hoch und machte sich auf den Weg zum Direktionswagen. Stieg die drei Stufen empor und klopfte an die Tür. „Es ist offen", hörte er Carlos Stimme rufen. Er drückte die Klinke hinunter und ging hinein. Es war wie immer ein bisschen schummrig in dem kleinen Raum. Carlo saß an seinem Schreibtisch, vertieft in Verwaltungsangelegenheiten.

Corvin räusperte sich.

„Guten Tag Carlo, ich habe mir gedacht, äh ich meine, ich wollte …"

Weiter kam er nicht, denn Carlo war aufgestanden, kam ihm mit ausgestreckten Armen entgegen und redete gleich auf ihn ein.

„Enrico, mein Freund, gerade habe ich an dich gedacht. Carlo, habe ich mir gesagt, du fährst jetzt zu deinem Freund

Enrico und bittest ihn um Verzeihung. Es war nicht gut, wie wir auseinandergegangen sind. Und wir haben dir so viel zu verdanken. Das gehört sich einfach nicht. Darf ich dich umarmen?"

Er wartete keine Antwort ab, sondern umarmte ihn heftig und da er immer noch Bärenkräfte hatte, blieb Corvin erst einmal die Luft weg.

Er wand sich aus seinen Armen und musste ein wenig keuchen.

„Danke, Carlo, lassen wir es dabei und reden wir nicht mehr darüber. Nur eins noch: Habt ihr Diego eigentlich geschnappt?"

Carlo Gesichtszüge wurden ernst. Er schloss die Augen und schüttelte langsam den Kopf.

„Nein, leider nicht. Er kann sich glücklich schätzen, dass er uns entkommen ist. Wir hätten ihn hart bestraft. Er hat Schande über die ganze Familie gebracht. Aber früher oder später erwischen wir ihn. Selbst wenn er nach Südamerika flüchtet. Carlo hat überall Freunde."

Corvin zuckte mit den Schultern.

„Aber vielleicht erwischt ihn die Polizei noch vor euch."

Carlo machte eine wegwerfende Handbewegung.

„Ach, die Polizei. Die sind doch unfähig. So einen wie Diego kriegen die nicht so leicht. Der ist schlau wie ein Fuchs. Wir dagegen wissen, wie er tickt. Wart's nur ab."

Plötzlich hellte sich Carlos Gesicht wieder auf und der düstere Ton in seiner Stimme verschwand.

„Enrico, amico mio, jetzt zu dir. Ich habe das Gefühl, dich bedrückt etwas. Unser kleiner Streit ist vergessen, aber ich sehe dir an, da ist noch etwas. Wie kann ich helfen?"

Corvin machte ein zerknirschtes Gesicht.

„Ja, du hast recht. Ich habe da tatsächlich ein Problem. Eine Freundin von mir ist in großer Bedrängnis. Sie wird von einem Kriminellen verfolgt, nur weil sie vor Gericht gegen

ihn aussagen will. Ich vermute, dass er seine Leute schon aus-
geschickt hat, um sie mundtot zu machen. Ich allein kann
aber nicht den ganzen Tag bei ihr sein, um sie zu beschützen
und auf die Polizei ist auch kein Verlass. Da habe ich mir
gedacht, hier im Zirkus sind rund um die Uhr deine Leute.
Ihr seid eine große Familie, jeder Fremde würde sofort auffallen …"

Carlo unterbrach ihn.

„… und du hast dir gedacht, hier beim alten Carlo und seinen Leuten ist sie sicher."

Corvin nickte heftig.

„Genau. Vielleicht könntest du …"

Carlo lachte sein Bariton-Lachen.

„Natürlich, mein Freund. Deine Freunde sind auch meine
Freunde. Wann kann ich sie sehen?"

Corvin lächelte verlegen.

„Wenn du willst – sofort. Sie wartet in meinem Auto."

Carlo riss die Augen auf.

„Dann bring sie her. Subito! Lauf und hole sie."

Drei Minuten später war Corvin zurück an seinem Auto
und klopfte an die Scheibe der Beifahrertür. Nora hatte sich
tief in den Sitz gedrückt, so dass man sie von außen kaum
sehen konnte.

„Kommen Sie, Nora, er ist einverstanden, möchte Sie aber
erst einmal sehen."

Nora richtete sich auf und fuhr sich mit den Fingern durch
das kurze blonde Haar.

„Meine Güte, das ging ja schnell. Wie sehe ich aus? Kann
ich mich so vorstellen?"

Corvin grinste.

„Sie sehen super aus. Aber eins noch. Wir sollten uns ab
sofort duzen. Ich habe gesagt, wir sind alte Freunde und da
würde es ihm etwas seltsam vorkommen, wenn wir uns siezen."

Nora nickte.

„Ja, wird gemacht. Außerdem ist das nicht ganz gelogen. Wir kennen uns ja schon ein paar Jahre, wenn auch mit einer großen Unterbrechung. Und was wir zusammen durchgemacht haben, das schaffen andere nicht in ihrem ganzen Leben."

Corvin ging als erster in den Wagen.

„Carlo, darf ich dir Nora vorstellen."

Carlo stand von seinem Schreibtisch auf, warf einen Blick auf die attraktive junge Frau, streckte beide Arme aus und strahlte sie an.

„Kommen Sie, meine Schöne, haben Sie keine Angst. Bei Carlo sind Sie sicher."

Er umarmte sie, so dass sie für Corvin, der hinter Carlo stand, für einen Augenblick nicht mehr sichtbar war und er nur akustisch wahrnehmen konnte, dass Carlo ihr einen Kuss auf jede Wange gab.

Nora rang nach Luft.

„Danke, Herr Cornetti. Ich weiß das sehr zu schätzen."

Carlo zog beide Augenbrauen hoch.

„Nicht Herr Cornetti. Sag einfach Carlo. Wir sind hier eine große Familie und darum duzen wir uns alle. Einverstanden?"

Nora nickte.

„Sehr einverstanden. Sagen Sie – äh – sag bitte auch einfach Nora, mein Familienname ist sowieso unaussprechlich."

Carlo schaute sie irritiert an.

„So? Wie lautet der denn?"

Nora lächelte.

„Tkadletschek. Ich heiße Nora Viktoria Tkadletschek. Meine Mutter stammte aus einer ungarischen Familie und da sind solche Namen normal."

Carlo lachte.

„Da hast du recht, mein Kind. Nora genügt. Wir haben einen Wagen speziell für Gäste. Da bringe ich dich erst einmal unter."

Nora lächelte verlegen.

„Das ist sehr nett. Aber ich möchte hier nicht nur herumsitzen. Kann ich mich denn nicht irgendwie nützlich machen?"

Carlo überlegte.

„Kannst du denn irgendetwas, was man im Zirkus gebrauchen kann?"

Nora dachte nach.

„Nicht, dass ich … ja, doch. Ich kann ziemlich gut reiten. Sagt man."

Carlo riss die Augen auf.

„Fantastico. Vor dir steht der beste Pferdedresseur aller Zeiten. Wir machen aus dir Viktoria, die geheimnisvolle Teufelsreiterin aus der Puszta. Dann gehst du zu Catarina und die verwandelt dich so, dass keiner mehr die Nora Viktoria Tkaksch … nein, ist ja auch egal. Dass sie jedenfalls keiner mehr findet."

Nora sah ihn zweifelnd an.

„Meinst du das ernst?"

Carlo lachte.

„Wenn Carlo so etwas sagt, dann meint er es ernst."

Moment mal, dachte Corvin, war sie nicht gerade kürzlich wegen eines Pferdes in Panik geraten? Wie passt das zusammen? Ich werde sie bei nächster Gelegenheit darauf ansprechen.

Alles im Lot, dachte Corvin, als er den Rückweg einschlug. Nora ist erst einmal in Sicherheit, Diego offenbar über alle Berge und das BKA verhält sich merkwürdig ruhig. Werden schon ihre Gründe haben. Die Aufregung um den Knochen im Teichaushub hat sich auch gelegt, jedenfalls hat Erwin nie wieder etwas zu diesem Thema gesagt. Grund genug, um sich seit Langem mal wieder ein frisches Pils in der „Wende" zu gönnen. Nach diesem einleuchtenden Gedankengang bremste er, wendete auf einem Feldweg und begab sich auf den Weg, den er inzwischen bereits mit verbundenen Augen hätte fahren können.

In der „Wende" war es – wie sollte es anders sein – schon ziemlich voll. Frank Matthes schaute ihn gespielt überrascht an.

„Mensch, Erik, wir dachten schon, du wärst verreist oder verstorben oder sowas in der Art. Schön, dass du wieder mal reinschaust."

Corvin winkte ab und grinste.

„Hör bloß auf, es gibt so Zeiten, da will jeder was von dir. Das ist die Regel: Entweder kommt keiner oder alle gleichzeitig."

Frank Matthes grinste und zapfte ein frisches Pils.

„Das kenne ich. Bei mir kommen immer alle gleichzeitig. Aber wenn man das nicht leiden kann, soll man auch keine Kneipe haben. Übrigens, Andi ist auch da. Er sitzt an eurem Tisch."

Auweia, dachte Corvin, der wird immer noch schön sauer auf dich sein, dass du ihn vor dem BKA und seinen Vorgesetzten so hast ins Messer laufen lassen. Aber deshalb beendet man doch keine Freundschaft. Das muss sich doch wieder kitten lassen. Er näherte sich dem Tisch und klopfte mit den Knöcheln auf die Platte.

„Hallo Andi, eigentlich wollte ich dich schon längst anrufen. Aber wahrscheinlich ist es besser, wenn wir uns gegenübersitzen. Also: Es tut mir wirklich sehr leid, dass du dich meinetwegen so blamieren musstest. Aber dass diese zwei Personen so einfach verschwinden, das konnte wirklich keiner auch nur im Leisesten ahnen. Sonst hätte ich das auch gar nicht weitergegeben. Du weißt, wie misstrauisch ich bin und immer alles für möglich halte."

Andi hatte Corvin bisher noch nicht angesehen, doch dann drehte er ihm langsam sein Gesicht zu.

„Warum setzt du dich nicht?"

Corvin zuckte mit den Schultern.

„Weil ich nicht weiß, ob du überhaupt noch mit mir redest."

Andi machte eine abwehrende Handbewegung.

„Ach, hör doch auf. Natürlich hatte ich eine mordsmäßige Wut auf dich. Aber dann hab ich gedacht: Solche Hinweise würdest du nie geben, wenn sie nicht hundertprozentig sicher sind."

Andi nahm einen Schluck Bier.

„Zuerst hatte ich gedacht, dass du es warst, der die Schutzzeugin in Sicherheit gebracht hat. Ganz uninteressiert schienst du an der Dame ja nicht zu sein."

Corvin schaute ihn streng an.

„Anders als du denkst. Ich bewundere ihren Mut, gegen Tamir Mousa auszusagen. Das ist nämlich nicht ganz ungefährlich."

Andi stellte sein Glas auf den Bierdeckel.

„Weißt du, was mich dann wundert?"

Jetzt nahm Corvin einen Schluck.

„Nein, aber du wirst es mir sicher gleich sagen."

Andi schob mit dem Zeigefinger seine Brille, die bis zur Nasenspitze gerutscht war, nach hinten.

„Wenn der wirklich so scharf darauf wäre, sie als Zeugin auszuschalten, hätte er doch längst seine Leute geschickt. Die Jungs mit den ausgebeulten Taschen, weißt du? Und die wären uns doch sicher schon aufgefallen. Ich habe jedenfalls eine Nase für Leute mit schlechten Absichten. Und außerdem kenne ich hier jeden. Fremde fallen mir sofort auf."

Corvin grinste.

„Da magst du recht haben. Aber Mousa ist ein schlauer Fuchs. Dass seine ‚normalen' Schlägertypen und Revolvermänner hier auffallen würden, weiß er auch. Ich bin mir sicher, er hat Leute beauftragt, die garantiert nicht auffallen. Gerade unter den Auftragskillern gibt es die sonderbarsten Typen. Ich habe mal einen kennengelernt, der sah aus wie ein pensionierter Biologielehrer, der in seiner Freizeit mit der Botanisiertrommel durch Wiesen und Wälder streift. Aber in Wirklichkeit war das ein ganz Ausgekochter. Mich wundert ganz was anderes."

Andi schaute überrascht.

„Was denn?"

„Warum sich das BKA so ruhig verhält."

Andi grinste.

„Ein Gutes hatte mein peinlicher Auftritt dann doch. Da war noch eine Assistentin mit dabei und der habe ich wohl leidgetan. Jedenfalls hat die mich später noch einmal angerufen. Die haben offenbar zurzeit jede Menge mit sich selbst zu tun. Der Getötete hat wohl ziemlich schlampig gearbeitet und soll sogar vergessen haben, dass die Frau eigentlich einen Kontrakt unterschreiben muss. Offiziell ist sie als Zeugin gar nicht geladen, also haben sie keine Handhabe gegen sie. Und das wollen sie natürlich nicht an die große Glocke hängen. Außerdem soll es in der Abteilung, die dafür zuständig war, einen Maulwurf geben. Auf jeden Fall haben sie großes Interesse, die Zeugin wiederzubekommen. Sonst bricht ihnen nämlich die ganze Anklage zusammen."

Andi machte eine Pause und sah Corvin forschend an.

„Sag mal, ich habe den begründeten Verdacht, dass du weißt, wo die Dame steckt. Ich weiß, du wirst es mir nicht sagen, aber kannst du mir eine von deinen inzwischen weltweit berühmten kryptischen Antworten geben?"

Corvin wiegte seinen Kopf hin und her.

„Ich will mal so sagen: Manchmal ist es besser, wenn man die Wahrheit nicht kennt. Zum einen würde sie einen nur belasten und zum anderen kann man nicht unter Druck geraten, weil jemand anderes, der Druck ausüben könnte, sie auch wissen will. Habe ich mich klar ausgedrückt?"

Andi seufzte.

„Ja, genau, wie ich es mir vorgestellt habe."

\*

Zur selben Zeit hatte das Paar, das sich als Kurt und Marion Müller ausgegeben hatte, erhebliche Meinungsverschiedenheiten.

„Ich habe mehrfach gesagt", fauchte sie, „das ist jetzt der richtige Zeitpunkt. Du hast immer gezögert und nun haben wir den Salat. Jetzt sind beide weg."

Er schüttelte nachdenklich und bedächtig den Kopf.

„Vertrau meinen Erfahrungen, meine Liebe. Es ist immer eine Frage der Abwägung. Das Risiko, nicht zu treffen, war zu groß. Und wenn du erst einmal abgedrückt hast, dann musst du danach auch sofort verschwinden."

Sie schlug mit der flachen Hand auf die Tischplatte.

„Das ist doch Unsinn. Sie haben minutenlang am Fenster gestanden und sich kaum bewegt."

Er schüttelte immer noch den Kopf.

„Unsinn. Sie war halb verdeckt. Und sie ist unsere Nummer eins. Lass uns auf eine bessere Gelegenheit warten. Geduld ist die Haupttugend unserer Branche."

Sie ließ sich auf einen Stuhl am Esstisch sinken und seufzte.

„Nun gut. Was schlägst du vor?"

Er ging zum Fenster, schaute hinaus und verschränkte die Arme.

„Wir haben doch das Autokennzeichen des Kerls, der sie abgeholt hat. Dank meiner guten Verbindungen wissen wir also in Kürze, wer das ist und wo er wohnt. Auch wenn er sie nicht in seinem Haus versteckt, wird er zu ihr Kontakt halten.

Und da sie sich jetzt in größerer Sicherheit glauben, werden sie auch etwas unvorsichtiger sein. Hab nur Geduld."

Sie schaute ihn skeptisch an.

„Und der Typ, den du mir zum Nachtisch geschenkt hast, das Großmaul aus dem Wirtshaus, der ist ja wohl endgültig weg. Oder hast du da auch eine Strategie?"

Er lächelte.

„Allerdings. Das Großmaul wird ziemlich sauer sein auf den Kerl, der sie weggebracht hat. Ich weiß zwar nicht, was er ausgefressen hat, aber irgendwie hatte ich den Eindruck, er benutzte sie als Geisel. Ihn müssen wir auch finden und ihn auf den anderen hetzen. Das wird ein ziemliches Gemetzel. Das verspreche ich dir. Und was man verspricht …"

Sie schnitt ihm das Wort ab.

„… das muss man auch töten."

*

Einige Kilometer weiter in nordwestlicher Richtung hatte eine andere Frau mindestens genauso schlechte Laune wie diejenige, die sich Marion Müller nannte. Mehr noch. Almut Struck war außer sich.

„Und ich habe ihm doch gesagt, dass ich zwei Leben führe und er in dem hier nichts zu suchen hat!", zischte sie mit unterdrückter Stimme. Sie hätte es auch lauter sagen können, denn ihr Arbeitszimmer war beim Ausbau extra schallisoliert und die Fenster dreifach verglast worden, damit kein Außengeräusch sie störte. Obwohl das nicht extra vorgesehen war, galt es natürlich auch für Innengeräusche, die nicht nach außen dringen sollten, aber für solche Gedankengänge hatte sie im Moment keinen Nerv.

Sie hatte gerade ihren Seitensprung ein weiteres Mal bitter bereut und dann traf diese SMS ein. „Ich muss Dich unbedingt wiedersehen", las sie mit Entsetzen, „der wunderbare

Geruch Deiner Haut verfolgt mich bis in meine Träume. Und ich will nicht warten, bis Du wieder einmal hier bist und ich vielleicht nicht. Nun hat sich eine Gelegenheit ergeben. Ein alter Freund hält sich gerade bei Dir im Landkreis auf. Den habe ich seit Jahren nicht mehr gesehen, darum komme ich schon morgen. Deinem Mann sagen wir, dass wir alte Freunde sind, sonst nichts. Obwohl ich jünger bin als Du und wir mehr als Freunde sind. Sehnsuchtsvoll, K."

Das mit dem Alter hätte er sich wirklich sparen können, dachte sie. Andererseits würde er sie wieder mit Komplimenten überhäufen und sie würde abermals schwach werden.

Sie riss die Augen auf und schlug mit der Faust auf den Schreibtisch. „Nein, werde ich nicht!", sagte sie laut zu sich selbst. So viel Disziplin würde sie ja wohl noch aufbringen können. Sie würde ihm einfach die kalte Schulter zeigen. Und zwar die eiskalte. Und sie würde ihm die Fotos der Erpresser zeigen. Das würde ihn abkühlen und auf seine natürliche Größe schrumpfen lassen. Aber vielleicht hatte er ja noch eine bessere Idee, wie man diese miesen kleinen Ratten zur Strecke bringen könnte. Den Gedanken verwarf sie gleich wieder, denn sie war davon überzeugt, dass sie strategisch sowieso allen überlegen war.

Hierherkommen durfte er auf keinen Fall. Auch wenn sie Martin erfolgreich etwas vorspielen würden. Im Dorf hatten die Häuser Augen und Ohren und jeder Blick, jede Handbewegung wurde sofort registriert, weitergetragen und mit Mutmaßungen verfeinert. Zum Schluss kam eine runde Kolportagegeschichte dabei heraus, aber das wussten schließlich alle und nahmen es billigend in Kauf. Hauptsache, das Fundament der Geschichte stimmte und das lautete seit Jahrhunderten: kein Rauch ohne Feuer. Nein, er durfte auf keinen Fall hierherkommen.

Sie griff zu ihrem Handy und tippte in Windeseile eine Antwort ein. „Dann brauchst Du sicher auch ein Hotelzimmer!"

Die Antwort kam prompt. „Danke, schon erledigt", schrieb er zurück. „Habe bereits in einem kleinen diskreten Hotel ein Doppelzimmer gebucht."

Er hatte sie eigentlich gleich am Morgen fragen wollen, aber dann wusste er doch nicht, wie er es am besten anstellen sollte. Die Wunde an der Stirn und die zerstörten Blumentöpfe hatte er damit erklärt, dass er sie woanders habe hinstellen wollen und mit den nassen Füßen ausgerutscht war. Dabei sei er zu Boden gegangen, hatte einen Topf auf den anderen fallen lassen und sich selbst mit einem Tonsplitter verletzt.

Besonders glaubwürdig war das nicht, dachte Niko, und der Blick, mit dem Greta ihn angesehen hatte, bestätigte das. Sie nahm wahrscheinlich an, dass er sie mutwillig zerstört hatte, weil das sein Teich war. Aber für so kindisch konnte sie ihn doch gar nicht halten. Egal, er musste sie fragen, ob sie sich auf den Vorwurf der Erpressung irgendeinen Reim machen konnte.

Das gemeinsame Abendessen schien ihm ein guter Zeitpunkt dafür zu sein. Spaghetti Carbonara sollte es heute Abend geben. Dazu tranken sie meist einen Rotwein, der dafür sorgte, dass das gemeinsame Essen stets nahtlos in ein Plauderstündchen überging. Er hatte eine Flasche Nero d'Avola aus dem Weinregal geholt. Der schmeckte auch Greta, obwohl sie sonst lieber Weißwein trank. Er entkorkte die Flasche und stellte sie mit zwei Ballongläsern auf den Esstisch in der geräumigen Küche, wo sie bereits die tiefen Spaghetti-Teller sowie Gabel und Esslöffel bereitgestellt hatte. Dazu eine Flasche mit Mineralwasser.

„Ist gleich so weit", sagte Greta und der Klang ihrer Stimme verriet ihm, dass sie nicht sehr entspannt war. Sie stellte die dampfende Schüssel auf den Tisch, hielt in der anderen Hand den Spaghetti-Löffel mit dem zackigen Rand. „Gibst du mir bitte deinen Teller", sagte sie, ohne ihn anzusehen. Er goss den Wein ein und vermied ebenfalls, dass ihre Blicke sich trafen.

Die ersten Minuten des gemeinsamen Essens verliefen schweigend. Dann hob er sein Glas. „Auf dein Wohl", sagte er und im nächsten Augenblick fiel ihm ein, dass er das noch nie gesagt hatte, eher „Prosit" oder „Salute". Für den Bruchteil einer Sekunde trafen sich ihre Blicke und gingen dann wieder auseinander. Beide tranken schweigend. Er schluckte.

„Kannst du dir vorstellen, warum dir jemand den Vorwurf macht, du würdest ihn erpressen, und du keine Ahnung hast, was damit gemeint ist?"

Sie sah ihn verständnislos an.

„Ich verstehe nicht."

Wortlos griff er in die Tasche und holte sein Handy heraus, drückte auf den Button „Nachrichten", wischte mit dem Zeigefinger über das Display und reichte es ihr.

„Beim nächsten Mal bist Du dran. Miese Erpresser leben nicht lange", murmelte sie und las es dann schweigend noch einmal.

„Und was soll das? Ein geschmackloser Scherz?"

Er schüttelte den Kopf.

„Ich fürchte, das ist ernst gemeint."

Sie starrte ihn an.

„Und wer schickt dir sowas?"

Er zuckte mit den Schultern.

„Keine Ahnung. Der Absender ist anonym."

Für einen Augenblick überlegte er, ob er ihr auch sagen sollte, dass auf ihn geschossen wurde, aber dann müsste er erst einmal erklären, warum er ihr heute Morgen eine andere Version von den zerschmetterten Blumentöpfen erzählt hatte. Sie gab ihm das Handy zurück.

„Damit solltest du vielleicht mal zur Polizei gehen. Das ist doch nichts anderes als eine Morddrohung, wenn du mich fragst."

Er nahm einen Schluck Rotwein.

„Ich könnte mir vorstellen, dass das irgendwie mit unserem Fund beim Teichausheben zusammenhängt. Den hätten wir eigentlich melden müssen. Stattdessen habe ich ihn verschwinden lassen. Damit haben wir uns strafbar gemacht. Ich glaube, es wäre wenig ratsam, jetzt zur Polizei zu gehen."

Greta schaute ihn irritiert an.

„Und warum sagst du mir das erst jetzt? Wie man sehen kann, hast du die SMS schon heute Morgen um kurz nach sieben bekommen."

Er starrte auf die restlichen Spaghetti, die noch auf seinem Teller lagen.

„Weil ich befürchtet hatte, nein, ich will mal so sagen, ich konnte es mir zwar nicht vorstellen, aber …"

Sie schnitt ihm das Wort ab und starrte ihn an.

„Du willst damit sagen, ich könnte etwas damit zu tun haben?"

Er hob die Hand.

„Nein, nein, ich wollte nur wissen, ob du …"

Sie schnitt ihm abermals das Wort ab. Ihre Stimme wurde lauter.

„Ja, sag es ruhig. Du wolltest erst einmal testen, ob ich vielleicht jemanden erpresse. Ich glaube, du tickst nicht richtig."

Sie stand auf, griff nach den halbvollen Tellern, stellte sie ineinander und trug sie zur Küchenzeile. Öffnete einen Unterschrank und dann den Eimer mit dem Müllbeutel, der innen an der Tür befestigt war. Geräuschvoll schob sie die Reste des römischen Nationalgerichtes hinein und schlug die Tür zu.

„Ich gehe schon mal und lege mich hin. Ich habe Kopfschmerzen."

Sie öffnete die Küchentür, ging hinaus und schlug die Tür so heftig hinter sich zu, dass er zusammenzuckte.

Verdammt noch mal, dachte er, jetzt hast du es genau verkehrt gemacht, du Trottel. Er goss sich das Glas noch einmal voll und trank es in einem Zug aus. Stand auf, verließ die Küche und folgte seiner Frau ins Schlafzimmer.

Sie saß auf ihrer Seite auf der Bettkante und hatte, beide Ellenbogen auf die Knie gestützt, das Gesicht in den Händen verborgen. Er blieb an der Tür stehen.

„Greta, es tut mir so leid. Ich wollte wirklich nicht …"

Sie hob den Kopf, drehte sich aber nicht um. Ihre Stimme klang brüchig und monoton.

„Man kann in einer Ehe alles überwinden. Jedes Problem miteinander lösen. Aber das Vertrauen zu verlieren, das ist das Schlimmste. Das ist das Ende."

Er kam mit schnellen Schritten auf sie zu, wagte aber nicht, sie zu berühren. Stattdessen ging er vor ihr auf die Knie.

„Versteh doch, ich war geschockt. Sei froh, dass ich noch lebe. Die Schüsse galten mir. Ich konnte nicht mehr klar denken."

Sie nahm ihre Hände vom Gesicht und starrte ihn an.

„Schüsse? Man hat auf dich geschossen?"

Er nickte heftig.

„Und gleich danach kam diese SMS."

Sie hielt sich die Hand vor den Mund.

„O mein Gott, warum hast du mir das verschwiegen?"

Er kam wieder hoch und setzte sich neben sie auf die Bettkante.

„Ich wollte dich nicht beunruhigen. Ich wollte doch nur wissen, ob es da irgendwelche Zusammenhänge gibt, die ich nicht durchschaue."

Sie stand auf, ging zum Fenster und starrte hinaus.

„Niko, wir müssen irgendetwas unternehmen. Einfach ignorieren geht auf keinen Fall."

Sie setzte sich wieder auf die Bettkante und dachte nach.

„Da gibt es doch diesen Freund von Erwin. Diesen ehemaligen Polizisten aus Hamburg. Ich finde, er machte einen ganz seriösen Eindruck. Wir sollten ihn ins Vertrauen ziehen, er kennt sich sicher aus in solchen Dingen. Auch, wenn wir bestraft werden. Immer noch besser, als dich eines Tages tot im Teich zu finden. Was meinst du?"

Er dachte nach.

„Er hat schon damals solche Fragen gestellt, dass ich dachte, er weiß etwas. Aber er hat es offenbar nicht weiterverfolgt. Vielleicht hast du recht. Ich kann ja mal vorsichtig Kontakt zu ihm aufnehmen. Und jetzt komm bitte wieder mit und lass uns bei einem Glas Rotwein noch einmal besprechen, wie wir weiter vorgehen wollen."

*

„Ich verstehe einfach nicht", sagte Lilo und runzelte die Stirn, „wieso eine Schriftstellerin, die die absolute Ruhe und Abgeschiedenheit sucht, sich woanders besser aufgehoben fühlt als bei uns. Hildegard findet das auch."

Corvin zuckte mit den Schultern.

„Sie wird ihre Gründe haben."

Lilo zog die Mundwinkel nach unten.

„Na gut, das mag ja sein, aber bei uns hätte sie zum Schreiben doch die besten Voraussetzungen gehabt. Willst du mir nicht sagen, wo sie jetzt ist?"

Corvin zog die Augenbrauen nach oben.

„Du solltest mich doch wirklich lange genug kennen. Das erfährt von mir kein Mensch. Und wenn man mich auf die Streckbank bindet."

Lilo machte ein verzweifeltes Gesicht.

„Aber mir kannst du es doch sagen. Ich behalte es doch für mich."

Corvin schüttelte den Kopf.

„Behältst du nicht. Du erzählst es deiner neugierigen Hildegard und im Nu weiß es das ganze Dorf."

Lilo zog die Mundwinkel tief nach unten.

„Ach, jetzt übertreibst du aber. Und außerdem habe ich noch was anderes zu tun, als mit dir den ganzen Tag über dieses Thema zu reden. Soll sie doch meinetwegen mitten in der Zirkusmanege schreiben."

Bingo, dachte Corvin, wenn du wüsstest, wie recht du hast.

Lilo drehte sich noch einmal um und machte ein schnippisches Gesicht.

„Ach übrigens, Erwin hat nach dir gefragt. Scheint was Wichtiges zu sein. Oder darf ich das auch nicht sagen?"

Wortlos und hastig verließ Corvin die Küche und musste an den Zauberer Lawrence denken, der Frauen verschwinden lassen konnte. Was für eine hilfreiche Begabung.

Erwin Wohlleben stand wieder bei seinen Rosen und sprühte mit einer Spritzflasche die verhasste Macrosiphum rosae, auch bekannt als die Große Rosenblattlaus, mit Inbrunst ins Jenseits.

„Ah, Erik, gut, dass du kommst. Sie haben schon wieder nach dir gefragt."

Corvin schaute ihn fragend an.

„Interessant. Und von wem ist hier die Rede?"

Erwin hörte für einen Augenblick auf zu sprühen.

„Wie? Ach so. Greta und Niko möchten dich sprechen. Aber möglichst bald. Sie wollen sich unbedingt weit weg von ihrem Haus mit dir treffen. Wahrscheinlich haben die Wände dort Ohren."

Corvin zuckte mit den Schultern.

„Dann können sie doch zu mir ... ach nee, geht auch nicht, bei mir hat die Küche Ohren. Das heißt, am späten Nachmittag ja nicht. Okay, sag ihnen, sie sollen mich anrufen. Meine Nummer hast du ja."

Erwin räusperte sich.

„Ich will mich ja nicht einmischen. Aber ich glaube, ich kann mir vorstellen, worum es geht."

Corvin nickte.

„Ich auch."

Es war kurz vor fünf Uhr nachmittags, als Greta und Niko Sander auf Corvins Hof eintrafen. Beide machten einen bedrückten Eindruck. Greta rang sich ein Lächeln ab.

„Vielen Dank, Herr Corvin, dass wir kommen durften. Wir wissen das sehr zu schätzen."

Corvin lächelte zurück.

„Das ist doch selbstverständlich. Aber duzen wir uns nicht seit der Teicheröffnung? Kommt herein."

Sie gingen in die Küche und setzten sich an den großen Eichentisch. Corvin schaute sie fragend an.

„Kaffee, Tee, Wasser? Oder was Härteres? Der Nachmittag ist ja schon fast vorbei."

Beide schüttelten den Kopf.

„Einen Kaffee, wenn es keine Umstände macht."

Nachdem alle versorgt waren, räusperte sich Niko und stützte sich mit verschränkten Armen auf die Tischplatte.

„Also, wenn du nichts dagegen hast, Greta, fange ich mal an. Unser Projekt Schwimmteich muss ich ja nicht weiter erläutern, das hast du mit eigenen Augen gesehen. Es begann damit, dass ich mit einem Kleinbagger die Grube ausgehoben habe. Wie du weißt, gab es an dieser Stelle früher schon mal einen Teich. Ich war schon ziemlich tief, als meine Frau mich aufforderte, sofort aufzuhören. Da unten liege etwas, das aussehe wie Knochen. Wir sind dann runter in die Grube und haben die Bescherung gesehen. Man brauchte kein Mediziner zu sein, um sofort zu sehen, dass da unten wahrscheinlich ein menschliches Skelett lag. Mit kleinen Blumenschaufeln haben wir es dann freigelegt. An einigen Teilen hingen noch Fragmente von der Kleidung."

Er machte eine Pause und Greta fuhr fort.

„Wir haben dann überlegt, was wir jetzt machen wollen. Wenn wir den Fund den Behörden melden, wird erst einmal die Polizei anrücken. Oder die Archäologen. Auf jeden Fall würde uns untersagt werden, dass wir weitermachen, eventuell das ganze Projekt gestoppt. Da haben wir dann beschlossen, die Knochen woanders hinzubringen, wie man das bei einer abgelaufenen Grabstätte auch macht. Also haben wir eine alte Wolldecke geholt, alle Knochen ausgegraben und sie in die Decke gewickelt."

„Bis auf einen …", fiel Corvin ihr ins Wort.

Beide schauten ihn irritiert an, sagten aber nichts.

„Ein Schlüsselbein hat Erwin gefunden, als er die Fuhre im Wald auskippen wollte. Und das hat er mir erzählt."

Niko schaute ihn an.

„Ich habe gemerkt, dass du auf irgendetwas hinauswolltest, als du mehrfach das Thema darauf gelenkt hast, was man beim Graben so alles finden kann. Aber du hast es dann nicht weiterverfolgt."

Corvin zuckte mit den Schultern.

„Warum sollte ich? Ich hatte Erwin gefragt, ob in dieser Gegend in den letzten Jahren oder Jahrzehnten jemals eine Person als vermisst gemeldet worden ist, aber Erwin konnte sich nicht daran erinnern. Dann wird es auch so gewesen sein, denn was die Vergangenheit anbelangt, hat er ein Supergedächtnis. Es hätte ja auch ein Einzelknochen sein können, der auf irgendeine Art dort hingeraten ist. Vielleicht durch ein Tier. Aber erzählt doch weiter."

Niko atmete tief ein.

„Wir haben also alles in die Decke gewickelt und es an einer anderen Stelle wieder vergraben. Nicht weit von hier."

Corvin hatte nach seinem Kaffeebecher gegriffen, stellte ihn aber dann wieder auf den Tisch.

„Und was habt ihr mit den Stoffresten gemacht, von denen ihr erzählt habt?"

Greta schaute ihren Mann an.

„Die hast du doch auch eingesammelt. Hast du sie eigentlich auch mit in die Decke gewickelt?"

Niko schüttelte den Kopf.

„Nein, die habe ich in den Müll geworfen. War das falsch?"

Corvin zuckte mit den Schultern.

„Da hätte ich bei den alten Kollegen im Labor unter der Hand feststellen lassen können, wie alt die sind. Bei Knochen müsste man das offiziell machen. Aber egal, was passierte dann?"

Niko fuhr fort.

„Zunächst passierte wochenlang nichts. Wir haben auch nicht mehr darüber geredet. Aber gestern Morgen …"

Er machte eine Pause. Corvin wartete einen Augenblick, dann räusperte er sich.

„Erzähl bitte weiter. Ich kann nur etwas dazu sagen, wenn ich auch alle Details kenne."

Niko nickte.

„Gestern Morgen ging ich, wie jetzt jeden Tag, zum Teich, um zu schwimmen. Und da hat jemand auf mich geschossen."

Corvin runzelte die Stirn.

„Geschossen? Stand er am Ufer oder weiter weg? Hast du irgendwas gesehen? Woher weißt du, dass die Schüsse dir galten?"

Wortlos zog Niko sein Handy aus der Tasche, tippte auf „Nachrichten", suchte eine bestimmte heraus und reichte Corvin das Telefon. Corvin las die Zeilen und gab ihm das Handy zurück.

„O ja, das ist eindeutig. Könnte es denn sein, dass du in letzter Zeit irgendetwas von dir gegeben hast, das jemand als Erpressungsversuch verstanden haben könnte?"

Niko schüttelte heftig den Kopf.

„Auf keinen Fall. Weder ich noch Greta haben irgendetwas in diese Richtung gesagt, geschweige denn geschrieben.

Das muss alles eine furchtbare Verwechslung sein."

Corvin dachte einen Augenblick nach.

„Das Beste wird sein, du zeigst mir einmal, wo die Decke mit den Knochen vergraben ist."

Niko nickte.

„Wenn du Zeit hast, können wir das gleich machen. Es ist nicht weit von hier."

Corvin stand von seinem Stuhl auf.

„Okay, dann lass uns keine Zeit verlieren."

Sie gingen hinaus auf den Hof und stiegen in den dunkelroten Passat Kombi. Schweigend fuhren sie bis zur Bundesstraße und bogen dann nach rechts ab. Corvin, der auf dem Rücksitz saß, beugte sich etwas nach vorn.

„Nach welchen Kriterien hast du die Stelle ausgesucht? Oder warst du in Panik und hast irgendeine genommen?"

Niko, der am Lenkrad saß, schüttelte den Kopf.

„Nein, ich bin Ingenieur. Und da bin ich es gewohnt nachzudenken, bevor ich etwas ausführe. Ich suchte eine Stelle, wo die Erde möglichst locker ist, und wo keine Eichen oder Buchen stehen, weil man dann ganz schnell auf große und harte Wurzeln stößt, die man mit dem Spaten nicht durchtrennen kann. Dann durfte es keine Stelle sein, über die viele Menschen gehen. Also dort, wo ein Hindernis das Weitergehen erschwert. Und ich musste es auf Anhieb wiederfinden können."

Inzwischen waren sie von der Bundesstraße auf eine kleinere Landstraße gefahren, die sie aber schon nach einem halben Kilometer wieder verließen und in einen Feldweg abbogen, der mit großen Betonplatten befestigt war. Niko zeigte durch die Windschutzscheibe nach vorn.

„Da vorn, zwischen den beiden Birken. Die haben einen Abstand von fünf Metern und das Versteck liegt genau in der Mitte. Davor ist ein Graben, also zufällig geht da niemand."

Kurz vor der beschriebenen Stelle hielt er an und stellte den Motor ab. Alle drei stiegen aus dem Wagen. Niko holte einen Spaten aus dem Kofferraum und ging voran.

An der Stelle, die er beschrieben hatte, schien der Boden etwas abgesackt, daneben lag ein Haufen ausgegrabener Erde.

Niko blieb mit offenem Mund stehen und wurde blass.

„Das ist doch …"

Corvin streckte den Arm aus.

„Gib mir mal bitte den Spaten."

Er sprang über den Graben und hob in der Mulde ein Loch aus. Das ging leicht, denn die Erde war sehr locker. Er probierte es an einer anderen Stelle. Mit demselben Ergebnis. Er richtete sich wieder auf, schaute zu Niko und Greta, die auf der anderen Seite des Grabens standen, und schüttelte den Kopf.

„Fehlanzeige. Da ist uns jemand zuvorgekommen. Aber jetzt wissen wir wenigstens, dass ihr nicht die Einzigen seid, die von dem Skelett im Teich wissen."

Er sprang zurück über den Graben und drückte Niko den Spaten in die Hand.

„Okay, dann fahren wir wieder zurück zu mir und besprechen, wie wir weiter vorgehen sollten. Richtig?"

Niko und Greta nickten fast synchron. Er starrte immer noch auf die Stelle, die er mit Bedacht ausgesucht hatte.

„Ja, okay, wenn ich auf dein Angebot von vorhin zurückkommen darf?"

Corvin schaute ihn fragend an.

„Und das wäre?"

Niko seufzte.

„Ich brauche jetzt dringend einen Schnaps."


Rund fünfundzwanzig Minuten später saßen sie wieder an Corvins Küchentisch, wo er die kleinen Gläser zum zweiten Mal mit Mirabellengeist füllte.

„Also, ich fasse noch einmal zusammen. Jemand hat die Knochen ausgegraben, der genau gewusst hat, wo sie liegen. Sonst hätten wir Spuren von mehreren Grabversuchen gefunden. Also muss es jemand gewesen sein, der dich beobachtet hat, als du die Decke mit dem Skelett dort beerdigt hast. Entweder hat er dich verfolgt oder war durch Zufall dort. Ob der Fund etwas mit der Erpressung zu tun hat, wissen wir nicht. Wir können es nur vermuten. Offiziell müsste ich dich auffordern, zur Polizei zu gehen und Anzeige zu erstatten, weil du bedroht und beschossen wurdest. Dann müsstest du aber auch von eurem Fund berichten und da sitzt ihr dann ganz schön in der Tinte. Ihr hättet das umgehend melden müssen, dafür gibt es keine Ausrede. Da es jetzt sowieso nicht mehr auf ein paar Tage ankommt, gebt mir bis Ende der Woche Zeit. Ich will sehen, dass ich noch einige Informationen zusammenbekomme. Findet das eure Zustimmung?"

Beide schauten ihn mit großen Augen an. Greta fand zuerst die Sprache wieder.

„Ja, natürlich. Und ich kann nur sagen, ich bin so froh, dass du dich der Sache annimmst. Ich hatte schon befürchtet, du glaubst uns nicht."

Corvin grinste.

„Es gehört zu meinem Beruf, zunächst mal nichts zu glauben. Was bei so einer Sache zählt, sind die Fakten. Und die sind jetzt mehr als eindeutig. Also, sehen wir mal, was dabei rauskommt. Prost!"

Sie hatte es mehrfach versucht, aber er hatte sich einfach nicht abweisen lassen. „Ich muss dich unbedingt sehen", hatte er gesagt, er könne nicht mehr schlafen vor Sehnsucht. Sie hatte dann doch eingewilligt und musste zugeben, dass ein jüngerer, attraktiver Mann so um sie warb – das schmeichelte schon sehr.

„Aber keine Zärtlichkeiten in der Öffentlichkeit", hatte sie sich ausbedungen. Wir leben hier nicht in der anonymen Großstadt, sondern auf dem Land. Hier kennt jeder jeden und Beobachtungen verbreiten sich in rasender Geschwindigkeit. Darum treffen wir uns auch an einem neutralen Ort.

Und sie hatte ihn gebeten, seine Uniform zu tragen, obwohl er frei hatte. Jeder wusste, dass sie früher Stewardess gewesen war, und da schien es geradezu normal, dass sie hin und wieder alte Kollegen traf.

Ausgewählt hatte sie das Café Röschen, das etwas abseits der Hauptstraße von Lüchow lag. Martin hatte sie gesagt, sie träfe sich mit einem alten Kollegen, was nur zur Hälfte gelogen war.

Ein wenig Herzklopfen, das musste sie zugeben, hatte sie schon, als sie den Porsche vor dem Café parkte. Da die Sonne auf der großflächigen Glasfront reflektierte, konnte sie nicht erkennen, ob er schon angekommen war.

Sie öffnete die Tür und blickte sich um. Nicole Schulz stand wie immer hinter dem Kuchentresen und lächelte hintergründig.

„Guten Tag Frau Struck, Sie werden schon erwartet."

Almut lächelte nicht zurück, blieb aber vor der Glasvitrine mit dem verlockenden Kuchenangebot stehen und fuhr mit den Augen über die verschwenderische Menge an erlesenem und künstlerisch raffiniertem Backwerk. Dachte aber gleichzeitig an ihre Präzisionswaage im Badezimmer, die ihr am Morgen gnadenlos mitgeteilt hatte, dass sie ihre selbst gesetzte Grenzlinie mal wieder überschritten hatte.

„Ach, bringen Sie mir nur einen Kaffee Americano. Schwarz, ohne Zucker und Sahne."

Nicole nickte.

„Gern. Gehen Sie nur. Ich bringe ihn an Ihren Tisch."

Kevin saß ganz hinten in der Nische und hatte sich an alles gehalten, was sie abgemacht hatten. Er trug seine Uniform, die ihm sehr gut stand, und kam ihr nicht mit ausgebreiteten Armen entgegen, sondern blieb sitzen, bis sie den Tisch erreicht hatte. Dann stand er auf, strahlte sie dabei aber an, dass sogar ein empathieloser Mensch erkannt hätte, dass es sich hier nicht um ein geschäftliches Treffen handelte.

Er umarmte sie sanft und hauchte ihr einen Kuss auf beide Wangen.

„Wie schön dich zu sehen, ich konnte vor Sehnsucht …"

Sie schnitt ihm das Wort ab.

„Denk daran, was wir vereinbart haben. Setz dich bitte."

Er tat wie befohlen. Sie setzte sich ebenfalls, achtete aber darauf, dass sie genügend Abstand zu ihm hatte, um ihm keine Gelegenheit zu geben, übergriffig zu werden.

Schweigend, aber immer noch hintergründig lächelnd, stellte Nicole den Kaffee auf den Tisch, wobei sie die Gelegenheit, noch einen intensiven Blick auf den attraktiven Piloten zu werfen, ausführlich nutzte.

„Für Sie noch einen Cappuccino?"

Kevin nickte und entblößte sein strahlend weißes Gebiss.

„Wenn es Ihnen keine Umstände macht."

Nicole kicherte und schwebte davon. Almut warf ihr einen stechenden Blick nach.

„Und was ist das für ein Freund, den du hier treffen willst?"

Kevin lachte sie an und Almut schöpfte langsam den Verdacht, dass dieser Gesichtsausdruck auch sein einziger, offenbar fest eingebauter war.

„Im Grunde genommen haben wir uns nur einmal gesehen, aber diese Begegnung war so außergewöhnlich, dass ich mich mein ganzes Leben daran erinnern werde. Und das kam so: Es war einer meiner ersten Alleinflüge und ich arbeitete damals für eine Chartergesellschaft. Es war eine Turboprop mit dreißig Sitzplätzen, mit der ich eine stinkreiche Gesellschaft nach München bringen sollte. Durch einen Fehler, den ich als Anfänger gemacht hatte, verpasste ich meinen Slot und musste eine größere Maschine vorlassen. Dadurch hatte mein Flieger eine Stunde Verspätung, die auch nicht wieder einzuholen war. Die Gäste, die alle feste Verabredungen hatten, waren stinksauer und der ganze Zorn richtete sich auf mich. Einer war so auf Aggro, dass er mir fast eine gescheuert hätte, wenn nicht einer der Passagiere eingegriffen hätte."

Almut hatte aufmerksam zugehört.

„Hat er ihn zurückgerissen?"

Kevin schüttelte lachend den Kopf.

„Nein, er hat ihn gar nicht angefasst. Er hat ihn beschwichtigt. Mit einem Wortschwall aus Deutsch und Italienisch. Der Mann war mir schon beim Einsteigen aufgefallen. Er war groß und gut aussehend und seine Stimme war so laut, dass er auch in einem großen Saal kein Mikro gebraucht hätte. Und dabei war er ausgesprochen charmant und unterhaltsam, so dass sich das Interesse aller Fluggäste augenblicklich auf ihn richtete. Wie sich herausstellte, war er ein großer Entertainer, erzählte Anekdoten, sang Lieder aus Neapel und steppte auf dem schmalen Gang. Dabei überschüttete er die weiblichen Gäste mit Komplimenten und lobte den geschäftlichen Erfolg ihrer Männer. Alle waren hin und weg und die Zeit verging wie im Fluge, obwohl wir erstmal auf dem Boden blieben. Keiner beschwerte sich mehr und alle wollten seine Visitenkarte haben. Auch auf dem Flug hat er die Leute weiter unterhalten und bei der Verabschiedung kam es zu so mancher spontanen Umarmung. Einige Damen, das konnte ich genau beobachten, haben ihm dabei kleine Zettel mit ihrer Telefonnummer in die Jackentasche gesteckt. Auch ich habe mich bei ihm bedankt, dass er mir so genial aus der Patsche geholfen hatte, und wir haben uns geschworen, wann immer sich unsere Wege kreuzen, wir ein Glas zusammen trinken. Dabei blieb es aber leider auch. Vor ein paar Tagen schaue ich zufällig ins Regionalprogramm und sehe einen Bericht über einen Zirkus. Ich habe gar nicht so genau hingesehen, aber da höre ich plötzlich diese Stimme. Und wen sehe ich live und in Farbe? Meinen alten Freund, der hier in der Nähe gastiert. Der wird Augen machen, wenn ich plötzlich bei ihm auftauche."

Almut rang sich ein Lächeln ab.

„Wie heißt er denn? Kennt man den Namen?"

Kevin strahlte sie an.

„Er heißt Cornetti. Carlo Cornetti."

\*

Corvin hatte sich in sein Zimmer zurückgezogen. Im Grunde genommen waren alle Zimmer in dem riesigen Haus seine, aber dieses Zimmer hatte eine besondere Bedeutung für ihn. Tante Frieda hatte es ihm bei seiner Ankunft zugewiesen und er hatte hier die erste Nacht geschlafen, wie er seit Jahrzehnten nicht mehr geschlafen hatte. Tief und fest. Fast wie ein Klischee vom romantischen Landleben kam es ihm vor, als er in den frühen Morgenstunden vom Krähen des Hahns geweckt wurde und wenig später die ersten Sonnenstrahlen durch das Fenster auf die alten Dielen fielen. Da hatte er gemerkt, dass er solche Wahrnehmungen all die Jahre in der Großstadt als Polizist total vernachlässigt hatte. Tante Frieda war nun schon eine ganze Weile im Himmel, aber der Genius Loci, wie die alten Lateiner sagten, die besondere Ausstrahlung eines Ortes, war geblieben. Darum zog er sich zum Nachdenken gern in diesen Raum zurück. In den großen alten Ledersessel, in dem Tante Friedas Hermann schon seine Pfeife geraucht hatte und in dem immer noch der leichte Geruch von Virginia Black Cavendish hing. Er hatte ihn so aufgestellt, dass er aus dem Fenster auf die alten Kastanien blicken und zuschauen konnte, wie sie sich im Laufe der Jahreszeiten veränderten und sich ihre Zweige im Wind bewegten.

Zugegebenermaßen hatte er auch den Fernsehapparat so aufgestellt, dass er zuschauen konnte, ohne sich vom Sessel erheben zu müssen, denn die Fernbedienung lag auf dem kleinen gekachelten Tisch neben ihm griffbereit. Neben seinem Laptop. Trotz aller Schönheit der inneren Einkehr konnte man ja die Moderne nicht völlig aussperren.

Er lehnte sich zurück. Warum hast du den beiden versprochen, du würdest dich um ihr Problem kümmern? Du wolltest doch so etwas nicht mehr machen. Aber er musste, ohne weiter nachzudenken, auch zugeben, dass ihn die Sache mit dem Skelett interessierte. Bei der Polizei in Hamburg wäre das alles kein Problem gewesen. Die Knochen wären Gegenstand modernster Untersuchungsmethoden geworden und in kurzer Zeit hätte man gewusst, um wen es sich zu Lebzeiten gehandelt hatte und wie er dahin gekommen war. Hier standen solche Mittel natürlich nicht zur Verfügung und da das gesamte Skelett verschwunden war, lohnte es sich sowieso nicht, darüber nachzudenken. Er hatte einmal etwas über das Phänomen des Helfersyndroms gelesen. War er womöglich auch so ein Zwangsneurotiker? Nora hatte er ja auch geholfen und dabei so einiges riskiert. Wie es ihr wohl geht unter den Zirkusleuten?

Schau doch mal nach, sagte er zu sich selbst. Die dunklen Wolken über dem Zirkus haben sich verzogen und du warst doch immer gern da. Die andere Sache kannst du auch morgen noch verfolgen. Gedacht, getan. Bereits wenige Minuten später saß er in seinem Auto und fuhr zur Zirkuswiese.

Als er aus dem Auto ausstieg, hörte er leises Gemurmel, das aus dem großen Zelt kam. Nanu, dachte Corvin, die Vorstellung beginnt doch erst in ein paar Stunden. Der Platz zwischen dem großen Zelt und den Wohnwagen, auf dem sonst buntes Treiben herrschte, war menschenleer. Der Geräuschkulisse nach zu urteilen, waren alle Zirkusleute im Zelt versammelt. Corvin schob die Eingangsvorhänge auseinander und blieb stehen. Die meisten saßen auf den Plätzen, die für zahlende Zuschauer gedacht waren, sprachen gedämpft mit ihrem Nachbarn und starrten in die Manege. Nur der dumpfe und rhythmische Aufschlag von Pferdehufen war laut und deutlich zu hören.

In der Manege stand Carlo mit einer Peitsche in der Hand, machte aber keinen Gebrauch von ihr. Eigentlich machte er gar nichts, sondern starrte ebenso fasziniert auf ein pechschwarzes Pferd mit glänzendem Fell und wallender Mähne, das zur Rasse der Friesen gehörte. Es lief in einem schnellen Trab im Kreis der Manege und hob dabei die Beine so grazil, als wäre es schwerelos. Auf dem Rücken des edlen Rosses saß eine Frau mit lockigen roten Haaren, die bis über die Schulter reichten und sich durch die Bewegung im Gleichtakt mit jenen des Pferdes bewegten. Sie hatte ein scharf geschnittenes Gesicht, trug grünen Lidschatten und saß aufrecht, fast majestätisch in einem ebenfalls schwarzen, mit silbernen Nieten verzierten Sattel. Sie trug einen dunkelroten enganliegenden Anzug, der mit silbernen Pailletten bestickt war. Dazu hohe schwarze Stiefel.

Plötzlich, mitten im Trab, sprang sie mit einem eleganten Schwung ihres rechten Beines von ihrem Reittier und lief mit großen Sätzen im Rhythmus des Pferdes mit, so dass der Eindruck entstand, beide würden im nächsten Augenblick vom Boden abheben. Doch mit einem erneuten eleganten Sprung saß sie wieder auf dem Rücken des Pferdes, lenkte es in die Mitte der Manege und ließ es vor Carlo auf den Hinterbeinen aufsteigen, wobei es mit den ausschlagenden Vorderhufen seinem Gesicht gefährlich nahekam. Dann sprang sie aus dem Sattel und machte vor Carlo eine tiefe Verbeugung, so dass ihr die rote Mähne nach vorn übers Gesicht fiel.

Ein Raunen ging durch das Fachpublikum. Dann begann der Erste zu klatschen, Zweite und Dritte fielen ein und in wenigen Sekunden wurde daraus ein tosender Applaus.

Carlo warf die Peitsche fort, umarmte die Frau, ließ sie wieder los und riss beide Arme hoch.

„Fantastico. È nata una stella! A star is born!"

Corvin hatte der Vorstellung fasziniert zugeschaut. Mit großen Schritten eilte er in die Manege, stellte sich neben Carlo und starrte die Rothaarige an.

„Ich glaub's einfach nicht. Nora, bist du das?"

Die Frau sagte nichts, lächelte nur geheimnisvoll und schloss die Augen, sodass ihre langen falschen Wimpern gut zur Geltung kamen.

„Nein, bin ich nicht. Ich bin Viktoria, die geheimnisvolle Teufelsreiterin aus der Puszta!"

Erst jetzt hatte Carlo Corvin wahrgenommen.

„Enrico, amico mio. Du hast uns abermals großes Glück gebracht. Was für eine Frau, was für eine Reiterin! Schau nur, Catarina hat mal wieder Großes vollbracht. Die Frau, die du mitgebracht hast, ist verschwunden, dafür wurde uns Viktoria geschenkt. Nicht einmal ihre Mamma würde sie wiedererkennen."

Corvin schüttelte immer noch ungläubig den Kopf.

„Wo hast du so fantastisch reiten gelernt?"

Nora, die immer noch das Pferd am Zügel hielt, lachte und rieb ihre Wange an der des Tieres.

„Zugegeben, ich habe etwas untertrieben. Ich habe als junges Mädchen eine ganze Weile Kunst- und Dressurreiten betrieben. Aber man sagt auch, ich hätte eine ganz besondere Beziehung zu Pferden."

Sie strich dem Pferd mit der flachen Hand über den Hals.

„Aber Kypros ist auch ein fantastisches Pferd. Wir haben uns von Anfang an gemocht. Ich brauchte ihm gar nicht viel zu sagen. Ich bringe ihn jetzt zurück in den Stall zu den anderen. Hast du Lust mitzukommen?"

Er nickte und alle drei gingen zum hinteren Ausgang des Zeltes.

„Enrico, mein Freund, wir sehen uns aber noch?", hörten sie Carlo hinter ihnen rufen.

Corvin drehte sich um und winkte ihm zu.

„Aber selbstverständlich, Carlo."

Nora führte Kypros zum großen Wasserbecken vor dem Stall und ließ das Pferd, das alles gegeben hatte, in Ruhe trinken. Corvin räusperte sich.

„Gestattest du mir eine Frage? Hattest du mir nicht vor kurzer Zeit gesagt, du hättest Angst vor Pferden? Wie passt das alles zusammen?"

Nora lächelte.

„Nachdem ich festgestellt habe, dass du ganz anders bist, als ich zunächst gedacht habe, brauchte ich doch einen Vorwand, mit dir wieder ins Gespräch kommen. Da kam mir das Pferd vor der Tür gerade recht."

Sie ging einen Schritt auf ihn zu.

„Weißt du, das war eine deiner besten Ideen, mich hier unterzubringen. Für ein paar Stunden habe ich überhaupt nicht daran gedacht, aus welchem schrecklichen Grund ich eigentlich hier bin. Danke, Erik."

Sie trat noch näher an ihn heran, legte ihre Hände auf seine Schultern und gab ihm einen Kuss auf den Mund.

„Entschuldigung, aber das musste sein."

Er schaute sie überrascht an, fasste sie dann aber sanft bei den Oberarmen.

„Das musste nicht nur sein. Das war seit langem überfällig."

Er beugte seinen Kopf, sie schloss die Augen und er spürte ihre Lippen …

„Entschuldigung, können Sie mir sagen, wo ich Herrn Cornetti finde?"

Beide drehten sich hastig um, erröteten wie ertappte Teenager und schauten in das lächelnde Gesicht eines großen blonden Mannes, der eine Pilotenuniform trug. Neben ihm stand eine Frau im dunkelblauen Chanel-Kostüm, die ihre Haare hochgesteckt hatte, eine schwarzrahmige Brille trug und auf den ersten Blick wie eine Domina wirkte. Sie starrte Corvin entgeistert an.

„Herr Corvin? Sie arbeiten beim Zirkus? Ich denke, Sie sind Diplomat im Ruhestand?"

Erst jetzt erkannte Corvin Almut Struck.

„Sagen wir mal so: Ich bin ein öffentlich Bediensteter im Ruhestand. Aber die Pension ist so karg, dass ich mir im Zirkus etwas dazu verdienen muss."

Corvin lachte. Da er aber offenbar der Einzige war, der diese Bemerkung komisch fand, hielt er es für angebracht, sich zu korrigieren.

„Im Ernst. Mir gehört der Grund und Boden, den ich dem Zirkus zur Verfügung gestellt habe."

Almut machte ein schnippisches Gesicht.

„Ach, und da wollten Sie wohl gerade die Pacht kassieren?"

Corvin wollte kontern, kam aber nicht mehr dazu, denn Kypros hob den Schweif und äpfelte Almut knapp neben ihre Pumps.

Die machte trotz ihrer hochhackigen Schuhe einen Satz nach hinten.

Nora schaute sie erschrocken an.

„Oh, entschuldigen Sie bitte, das war keine Absicht."

Almut quälte sich ein Lächeln ab.

„Keine Ursache. Wir haben auch Pferde. Da kennt man sowas."

Kevin meldete sich zu Wort.

„Entschuldigung, ich will Sie nicht unterbrechen, aber wo finde ich denn nun Herrn Cornetti?"

Corvin schaute über ihn hinweg.

„Das brauche ich Ihnen gar nicht zu erklären. Er kommt gerade."

Mit weit ausholenden Schritten näherte sich Carlo der Gruppe. Kevin drehte sich um und strahlte ihn an.

„Überraschung!"

Carlo sah ihn verständnislos an. Kevin strahlte weiter.

„Carlo! Ich bin's. Kevin. Erinnerst du dich nicht mehr? Kevin Holbein. Der Pilot, dem du damals aus der Patsche geholfen hast. Auf unserem Flug nach München."

In Carlos Gesicht begann es zu dämmern.

„Ach ja, richtig. Mamma mia, mein Gedächtnis. Der Pilot, sagst du? Ich dachte, du wärest der Steward gewesen."

Kevin lachte fast hysterisch auf.

„Nein, nein, das erinnerst du falsch. Ich war der Pilot."

Nun lachte auch Carlo.

„Ja, ja, das Gedächtnis. Man wird nicht jünger. Und möchtest du mir nicht die charmante Signora an deiner Seite vorstellen?"

Kevin wandte sich Almut zu.

„Oja, das ist Almut, eine alte Freundin. Sie war früher auch Stewardess, äh, ich meine, sie war Stewardess. Ich habe sie besucht und da sah ich, dass du hier gastierst. Da musste ich dich unbedingt sehen."

Almut sah ihn irritiert an. Komisch, dachte sie, mir hat er es andersrum erzählt. Außerdem hätte er sich das „alte" wieder mal sparen können.

Carlo ergriff ihre Hand und hauchte einen Kuss auf den Handrücken.

„Kommt, ihr Lieben, ihr seid meine Gäste. Lasst uns darauf anstoßen. Und heute Abend kommt ihr in die Vorstellung. Darauf bestehe ich."

**21**

Der Mann, der sich Kurt Müller nannte, wurde blass. Ziemlich entgeistert ließ er die Hand, die das Handy hielt, sinken. Seine Frau sah ihn fragend an.

„Was hat er gesagt?"

Er schaute sie geistesabwesend an.

„Er war ziemlich sauer. Er hat uns eine Frist gesetzt. Wenn wir in drei Tagen die Frau nicht eliminiert haben, schickt er andere. Ich denke, du weißt, was das heißt."

Sie nickte.

„Ich weiß. Dann sind wir auch dran. Was schlägst du vor?"

Der Mann ließ sich in einen Sessel fallen.

„Wir haben ja jetzt die Adresse von dem Kerl, der sie aus dem Haus geholt hat. Der mit dem alten Mercedes. Den müssen wir genau beobachten, weil er den Kontakt zu ihr sicher nicht abbrechen wird."

Er griff in die Jackentasche, zog ein Notizbuch heraus und blätterte ein paar Seiten um.

„Richtig. Corvin heißt der Mann. Erik Corvin."

Sie zuckte mit den Schultern.

„Also gut, worauf warten wir noch?"

\*

Die Sonne fiel durch das Laub der großen Buche und hüllte die prachtvollen Rosen in ein mildes Licht. Corvin stellte seinen leeren Kaffeebecher zurück auf Erwins Gartentisch.

„Und du bist sicher, dass das Gelände immer der Familie Struck gehört hat, bevor sie das alte Bauernhaus plus Grundstück an die Sanders verkauft haben?"

Erwin Wohlleben lächelte.

„Solange ich denken kann. Und ich weiß aus den Erzählungen von Heinrich Struck, dass sein Urgroßvater das Haus nach dem großen Brand wieder hat aufbauen lassen. Das kannst du auch auf dem Spruchbalken auf der Frontseite nachlesen. Und Heinrich ist nun auch schon mindestens zehn, wenn nicht elf Jahre tot."

Corvin dachte nach.

„Gibt es denn außer dem Martin und seinem Bruder in Kanada noch andere Verwandte?"

Erwin nickte.

„O ja, die gibt es. Ist eine ziemlich große Familie. In Heinrichs Todesanzeige in der Zeitung stand ein ganzer Rattenschwanz von Namen. Wer genau das alles war, kann ich dir allerdings nicht mehr sagen. Aber Heinrich hatte ja auch eine ganze Menge Geschwister, wie das früher üblich war. Davon sind aber einige in der Zwischenzeit auch schon gestorben."

Corvin machte sich einige Notizen.

„Kannst du mir denn ungefähr sagen, wann der alte Struck gestorben ist? Dann könnte ich im Zeitungsarchiv mal nachsehen, wer da alles mitunterschrieben hat."

Erwin fasste sich mit der rechten Hand ans Kinn und schaute auf seine Rosenpracht.

„Wie gesagt, es kann zehn oder elf Jahre her sein. Auf jeden Fall war es ein paar Wochen vor Weihnachten. Böse Zungen in der Nachbarschaft meinten, er sei aus Geiz zu diesem Zeitpunkt gestorben, damit er keine Weihnachtsgeschenke mehr zu kaufen brauchte."

Eine Stunde später saß Corvin im alten Ledersessel vor seinem Laptop und klickte sich in ziemlicher Geschwindigkeit durch das Archiv der Elbe-Jeetzel-Zeitung. Und wie es nun mal so ist bei solchen Suchaktionen, blieb er auch hier und da bei Artikeln hängen, die nichts mit seiner Suche zu tun hatten. Hier war sein Freund Andi als Schützenkönig zu sehen, da Frank Matthes und Beatrix bei der Jubiläumsfeier der „Wende". Die Todesanzeige des Heinrich Struck fand er im ersten Jahrgang nicht.

Genauso ging es im zweiten Jahrgang, der in Frage kam. Hier eine goldene Hochzeit, deren betagte Brautleute er kannte, da eine Meldung zu einem ungeklärten Raubüberfall. Er klickte und scrollte und hatte fast vergessen, wonach er eigentlich suchte. So rollte das Jahr auf dem Bildschirm vor ihm ab und er dachte, wie recht derjenige doch hatte, der auf die Weisheit gekommen war, dass nichts so alt ist wie die Zeitung von gestern.

Weiter liefen die Seiten der alten Ausgaben über den Bildschirm. Moment mal. Was war das? Er schaute auf das Bild, überflog den dazugehörigen Artikel und überprüfte noch einmal ungläubig das Datum. Das konnte doch eigentlich gar nicht sein. Und doch stand es hier schwarz auf weiß. Das war auch nicht die Folge einer Gedächtnislücke, das war bewusst verschwiegen worden. Und warum – das würde er sicher rauskriegen.

Plötzlich musste er an Nora denken. Er hätte gern mit ihr über so viele Dinge geredet, aber Carlos Einladung hatte das verhindert. Dann kam die Vorstellung, Nora musste in die Manege und danach setzte Carlo seine One-Man-Show fort, bis alle todmüde auseinandergingen.

Warum fährst du nicht jetzt gleich zu ihr, fragte er sich und hatte dabei bereits seine Jacke angezogen und nach den Autoschlüsseln gegriffen. Eilte zu seinem Wagen, der wie immer unter den alten Kastanien parkte, setzte sich hinein und fuhr los. Er war so in Gedanken, dass er den hellgrauen Passat mit dem Berliner Kennzeichen, der hinter dem Gebüsch auf der anderen Seite der Straße geparkt hatte und nun mit Abstand hinter ihm herfuhr, nicht bemerkte.

Er hielt nicht, wie sonst immer, am nördlichen Rand der Wiese, sondern auf der anderen Seite. Von dort aus konnte er den Gästewagen unbemerkt erreichen. Fast unbemerkt, denn bei den Zirkusleuten wusste man nie, an welchen ungewöhnlichen Stellen sie sich gerade aufhielten. In diesem Fall erreichte er den Wagen, ohne jemandem zu begegnen, und klopfte an die Tür.

Nora öffnete, sie hatte die rote Perücke abgenommen, das aufwändige Make-up aber gelassen. Sie lachte und küsste ihn auf die Wange.

„Darunter kann einem schon ganz schön warm werden und sie ist mit einem Griff wieder auf dem Kopf. Für dieses Make-up dagegen braucht Catarina mehr als eine Stunde."

Corvin hatte einen intensiveren Begrüßungskuss erwartet, aber sie schien ihm trotz aller Fröhlichkeit distanzierter als am letzten Tag.

„Wie hast du den gestrigen Abend überstanden?", fragte er sie.

Sie lächelte.

„Dass Carlo ein genialer Selbstdarsteller ist, habe ich von Anfang an gewusst. Aber man kann ihm nicht böse sein, Carlo ist nunmal Carlo. Die beiden anderen fand ich etwas seltsam. Kann es sein, dass ein Pilot Toronto mit Toledo verwechselt und glaubt, Valencia läge in Italien? Und bei der Frau hatte ich den Eindruck, der Mann war ihr furchtbar peinlich. Die kleinen Spitzen, die du auf ihn abgefeuert hast, waren übrigens vom Feinsten."

Corvin musste grinsen.

„Ganz verstehe ich das auch nicht. Ich kenne ihren Mann. Das ist ein ganz biederer, etwas unbedarfter, aber sympathischer Zeitgenosse. Könnte mir denken, dass er von dieser Bekanntschaft seiner Frau gar nichts weiß. Und den jungen Mann halte ich für einen – ich will es mal vorsichtig ausdrücken – für einen, der sich ziemlich überschätzt und denkt, dass die anderen das nicht merken. Aber sag mir lieber mal, wie du dich fühlst."

Sie zuckte mit den Schultern.

„Mir fehlt etwas Schlaf. Der Abend war ja schon ziemlich anstrengend, aber der Rest der Nacht war auch sehr unruhig."

Er schaute sie überrascht an.

„Ich denke, hier ist es besonders ruhig?"

Sie nickte.

„Dachte ich auch. Aber nachts passieren hier sonderbare Dinge. In einen solchen Wagen dringen die Geräusche von außen viel leichter ein als in ein Haus mit Steinmauern und da wacht man sehr schnell wieder auf."

Sie setzten sich an den kleinen Tisch, dessen Platte man hochklappen konnte, weil der geschlossene Unterbau als Stauraum diente. Nora holte eine Flasche Wasser aus dem Kühlschrank.

„Möchtest du auch ein Glas?"

Corvin schüttelte den Kopf.

„Sag mal, was waren das für Geräusche? Was hast du gehört?"

Nora goss sich ein Glas ein.

„Zuerst habe ich gedacht, da wären ein paar Leute in Streit geraten. Dann hörte es sich an, als ob da jemand verprügelt würde. Dann war es wieder eine Zeit still und dann ging der Krach weiter."

Corvin nickte.

„Ich glaube, ich kann dir das erklären. Carlo hat eine psychisch kranke Frau, die er tagsüber in seinem Wohnwagen einschließt. Er will sie aber nicht in ein Pflegeheim geben. Nur nachts geht er mit ihr raus und da gibt es wohl immer wieder Auseinandersetzungen. Die anderen Leute im Zirkus wissen das und reden nicht darüber."

Nora schüttelte den Kopf.

„Nein, das muss etwas anderes gewesen sein. Das waren ausschließlich Männerstimmen, die ich gehört habe, und der eine hat vor Schmerzen ständig aufgeschrien. Eine Frauenstimme habe ich nicht gehört. Das ist richtig unheimlich. Was kann das nur sein?"

Corvin zuckte mit den Schultern.

„Wenn du willst, kann ich bei dir bleiben und dann werde ich der Sache mal auf den Grund gehen."

Sie schüttelte den Kopf.

„Ich hoffe, dass du das jetzt richtig verstehst. Ich glaube nicht, dass wir die Nacht zusammen verbringen sollten. Ich finde, dass du ein wunderbarer und bemerkenswerter Mann bist, aber ich will zurzeit keine Beziehung. Meine ganze Situation spricht dagegen. Ich glaube, erst wenn ich das alles hinter mir habe, bin ich frei. Kannst du das verstehen?"

Corvin schaute sie eine Weile an, dann nickte er.

„Ja, ich glaube, ich weiß, was du meinst. Du musst aber auch wissen, dass ich zu dir halte und dir helfen werde, so gut ich es kann. Es ist mir klar, in welcher Gefahr du dich befindest, und ich werde versuchen, möglichst viel von dir fernzuhalten."

Sie standen auf und umarmten sich, vermieden aber einen Kuss. Er löste sich von ihr, ließ aber seine Hände auf ihren Schultern und schaute ihr in die Augen.

„Du kannst mich bei der kleinsten Kleinigkeit, die dich beunruhigt, anrufen. Zu jeder Zeit. Ich hoffe, dass du das weißt."

Sie nickte.

„Ja, das weiß ich. Und das ist ein sehr beruhigendes Gefühl."

Er küsste sie auf die Wange und verließ den Wohnwagen, schaute sich nach allen Seiten um und ging mit schnellen Schritten durch die Gasse der anderen Wagen. Plötzlich zerrte irgendetwas an seinem rechten Hosenbein. Er schaute hinunter, weil er glaubte, irgendwo hängen geblieben zu sein, aber dann sah er den kleinen Hund, der an seinem Bein hochsprang. Er beugte sich hinunter und strich dem Zwergpudel über den Kopf.

„Cherie, alte Spürnase, hast du mich erschreckt. Einen alten Mann einfach so von hinten zu überfallen."

„Sie hat dich sofort erkannt und war dann nicht mehr zu halten!"

Camille trat zwischen den Wagen hervor.

„Hallo Enrico, lässt du dich auch mal wieder blicken. Wir haben dich vermisst."

Corvin rang sich ein Lächeln ab.

„Ja, es war ziemlich viel los in den letzten Tagen. Ich musste mich um allerhand kümmern."

Camille nickte.

„Ja, ich weiß, besonders um die neue Kollegin."

Er lächelte verlegen.

„Das war alles ziemlich neu für sie. Aber ich denke, jetzt kommt sie auch ganz gut allein zurecht."

Camille trat einen Schritt auf ihn zu.

„Schön zu hören. Dann lass uns doch auch mal wieder ein Glas zusammen trinken. Ich glaube, es gibt einiges zu erzählen."

Sie warf ihm einen Handkuss zu, gab Cherie ein Zeichen mit der rechten Hand und verschwand mit ihr zwischen den Wagen.

Oje, dachte Corvin. Klang das vielleicht ein bisschen eifersüchtig? Sei bloß vorsichtig, du hast im Moment genug Probleme.

\*

Der Mann, der sich Kurt Müller nannte, nahm den Feldstecher wieder von den Augen und schob die Brille von der Stirn zurück auf die Nase. Seine Frau schaute ihn fragend an.

„Konntest du sie erkennen?"

Er zog die Mundwinkel nach unten.

„Ich bin überzeugt, dass sie hier ist. Nur sie werden ihr Äußeres wahrscheinlich total verändert haben. Vielleicht ist sie die mit dem kleinen Hund. Wir sollten uns das mal aus nächster Nähe ansehen."

Die Frau schaute ihn fragend an.

„Und wie wollen wir das machen?"

Er grinste.

„Ganz einfach. Als ganz normale Besucher in der nächsten Vorstellung."

# 22

Almut Struck war außer sich.

„Das hättest du dir doch denken können. Ich habe noch genug Verbindungen zu den ehemaligen Kollegen. Da reichten mir zwei, drei Telefonate und ich wusste, wer du in Wirklichkeit bist. Ich weiß nicht, was du vorhattest, aber ich kann es mir denken.“

Kevin sackte auf dem Beifahrersitz von Almuts Porsche immer mehr in sich zusammen. Dass sich da was zusammenbraute, hatte er schon am letzten Abend gemerkt, als sie ihn nach dem Zirkusbesuch einfach zu seinem Hotel gebracht hatte. Meine Güte, dachte er, du hast diese Frau völlig falsch eingeschätzt.

„Du verstehst das falsch“, jammerte er. „Meine Gefühle für dich sind echt. Ich habe doch …“

Weiter kam er nicht. Almut setzte ihren Wutausbruch fort.

„Das wäre dann aber das einzige Echte an dir. Alles andere ist erstunken und erlogen. Du hast dich inzwischen so sehr in dein Lügengebäude verstrickt, dass du die Realität und deine Lügen nicht mehr auseinanderhalten kannst. Du bist kein Pilot, du bist Flugbegleiter. Das heißt, du warst es. Du stehst bei allen Gesellschaften auf der schwarzen Liste und kriegst keinen Job mehr. Seit mindestens zwei Jahren. Und da hast du dir gedacht, die Alte mit dem Porsche, die kommt mir gerade recht. Die kann man gut ausnehmen. Ein bisschen Sex und der Rubel rollt. Wieso kannst du dir eigentlich so ein Apartment und einen teuren BMW leisten?“

Kevin wurde noch kleiner.

„Die gehören einem Freund und der ist Pilot. Der ist viel unterwegs, hat noch andere Apartments. Er lässt mich manchmal bei ihm wohnen. Aber bitte glaub mir, ich hatte nicht die Absicht, Geld von dir zu erpressen."

Almut griff nach ihrer Handtasche, riss sie auf und zog ein gefaltetes DIN-A4-Blatt heraus.

„So? Und was ist das hier?"

Er faltete das Blatt auseinander und sie merkte, dass er zuerst gar nicht begriff, was er da sah.

„Huch, das bin ja ich. Und du. Mein Gott, sehe ich scheußlich aus. Und dann hier – ganz nackt. Was ist das?"

Almut hob ihre Stimme noch etwas an.

„Was das ist? Das ist Erpressung. Eiskalte Erpressung. Und ich glaube, du steckst da mit drin. Du bist sicher nicht der Organisator, dafür bist du zu doof. Du bist nur ein kleiner Lockvogel mit einem großen Schwanz. Spezialisiert auf einsame Frauen mit einem noch größeren Konto. Und jetzt sagst du mir, wer dahintersteckt, sonst bin ich in einer Stunde bei der Polizei und zeige dich an."

Kevin hob beide Hände.

„O nein, das kannst du nicht machen. Ich schwöre dir, ich habe nichts damit zu tun. Ich weiß nicht, wer diese Fotos gemacht hat."

Almut riss ihm das Papier wieder aus der Hand.

„Okay, und jetzt steigst du aus und verschwindest aus meinem Leben. Und wage nicht, noch einmal in meine Nähe zu kommen. Wenn ich nur das Geringste von dir höre, hetze ich dir die Bullen auf den Hals. Und nun mach den Abflug."

Er stieg aus und beugte sich hinunter, wollte noch etwas sagen, aber da flogen ihm bereits die Kieselsteine um die Ohren, die Almuts durchdrehende Reifen durch die Luft schleuderten.

Voll Wut gab sie Gas und raste mit hundertundzwanzig Stundenkilometern über die Landstraße, auf der gerade mal siebzig erlaubt waren, nach Hause. Trotzdem kam sie heil dort an. Sie stellte den Motor ab und atmete erst einmal tief durch. Dass ihr so etwas passieren musste. Wo sie doch glaubte, jeder Situation gewachsen zu sein und alle Menschen zu durchschauen. Martin durfte ihr nichts anmerken, dann fing er wieder mit dieser Fragerei an und das konnte sie im Moment überhaupt nicht gebrauchen. Sie schaute in den Rückspiegel, ordnete ihre Haare und stieg aus.

Martin kam ihr in der Eingangshalle entgegen. Er trug ein englisches Tweed-Sakko, dunkelgrüne Cordhosen und Reiterstiefeletten. Schien aus dem Stall zu kommen und war in fast euphorischer Stimmung.

„Fair Lady geht es wieder richtig gut", strahlte er. „Keine Spur mehr von ihrer Verletzung am Bein."

Almut zwang sich ein Lächeln ab.

„Das ist gut. Das freut mich für sie."

Er blieb stehen.

„Und wie war dein Treffen mit dem alten Kollegen?"

Sie zwang sich ein zweites Lächeln ab.

„Oh, gut war es. Sehr amüsant sogar. Aber ich muss jetzt erst einmal ins Büro. Lass uns nachher weiterplaudern."

Er nickte.

„Ja, mach nur. Wir sollten mal wieder zusammen ausreiten. Haben wir lange nicht gemacht."

Sie nickte und eilte die Treppen nach oben, riss die Tür zu ihrem Arbeitszimmer auf und ließ sich in ihren Schreibtischsessel fallen.

Sie drehte sich um, griff wie gewohnt nach dem Poststapel und beförderte ihn auf die Schreibtischunterlage. Mit hastigen Bewegungen sah sie die Umschläge durch, konnte aber nichts Verdächtiges entdecken. Hatten diese miesen kleinen Erpresser endlich begriffen, dass man das mit ihr nicht machen konnte? Wahrscheinlich. Angriff ist eben doch die beste Verteidigung.

Sie schaltete ihren Laptop an, gab ihr Kennwort ein und klickte sofort auf „Postfach". Siebenunddreißig E-Mails waren seit ihrer letzten Sitzung eingegangen. Eine davon war ohne Absender und ohne Betreff.

Mit einer bösen Vorahnung öffnete sie die Mail.

„Wenn Sie nicht wollen", stand da zu lesen, „dass Ihr Mann und Ihr ganzes Dorf diese Fotos sehen, dann halten Sie wieder einhunderttausend Euro bereit. Weitere Instruktionen folgen."

Darunter war eine ganze Reihe kleiner Fotos als Thumbnail eingefügt. Klickte man eins an, vergrößerte es sich auf Bildschirmgröße. Zu sehen waren wieder sie und Kevin in eindeutigen Posen. Diesmal sogar in Farbe. Das letzte war ein kurzes Video von circa dreißig Sekunden Länge. Dasselbe Motiv, aber alles in bewegten Bildern.

„Verdammt noch mal", stieß sie hervor und schlug mit der Faust auf die Tischplatte.

Das erste Mal seit ihrer Kindheit fühlte sie sich verwundet und machtlos. Ihre ganze Existenz, die sie sich sorgsam aufgebaut hatte, schwebte in großer Gefahr. Gut, dachte sie, dieses eine Mal füge ich mich noch, werde das machen, was sie von mir wollen. Aber es ist eindeutig, dass das nicht das Ende der Forderungen sein wird. Die sind schlau. Niemand würde Verdacht schöpfen, wenn sie hin und wieder Geldbeträge in dieser Höhe bräuchte. Das war normal bei einer Unternehmerin ihres Formats. Sie dachte nach. Die Geldübergabe! Das ist der einzige Moment, bei dem ein direkter Kontakt stattfindet. Diesmal würde sie sich nicht täuschen lassen und denjenigen, der das Geld abholte, enttarnen. Oder besser gleich erschießen. Sie würde einen Überfall vortäuschen, dann war es Notwehr. Ja, so machst du es. Diesmal bist du schlauer als diese kleine miese Ratte. Sie griff zum Telefon und rief ihre Bank in Hamburg an.

*

Andis Stimme klang aufgeregt.

„Rico, du musst mir helfen. Ich kann mir ein paar Tage Urlaub nehmen und habe mir deshalb eine Last-Minute-Reise nach Mallorca gebucht. Darum muss ich jetzt unbedingt zum Flughafen nach Hamburg. Und gerade jetzt springt diese Scheißkiste nicht an. Bitte, bitte – kannst du mich fahren? Ein Taxi kostet ja mehr als die ganze Reise und außer dir kenne ich niemanden, der das spontan machen würde. Bitte!"

Corvin lachte.

„Wie oft habe ich dir schon gesagt, dass du dir endlich mal ein neues Auto kaufen solltest. Dauernd hat die alte Mühle irgendwas. Lass mich mal kurz überlegen ... Ja, das ginge. Also keine Aufregung, das schaffen wir. Meiner ist zwar auch nicht mehr der Neueste, aber immer noch eine ganze Ecke schneller als deine Gurke. Ich bin gleich bei dir."

Fünfzehn Minuten später fuhren sie auf der Bundesstraße 216 Richtung Hamburg. Andi seufzte.

„Du bist ein wahrer Freund. Das werde ich dir nie vergessen."

Corvin grinste.

„Nicht der Rede wert. Nimm es als Wiedergutmachungsaktion, weil ich dich neulich so reingeritten habe. Habt ihr eigentlich eine Spur von dem geflohenen Ex-Clown gefunden?"

Andi schüttelte den Kopf.

„Nee, trotz großer Fahndung. Der ist wie vom Erdboden verschwunden. Die Frau ebenfalls. Aber da kennst du ja meinen Verdacht. Und zu guter Letzt auch noch der BKA-Mann. Aber darüber haben unsere Kollegen ihr Mäntelchen ausgebreitet."

Beide lachten, dann schwiegen sie für eine ganze Weile. Weil jeder darüber nachdachte, wie der eine das wohl gemeint oder der andere es wohl verstanden hatte.

Corvin räusperte sich.

„Sag mal, kennst du eigentlich die Familie Struck?"

Andi nickte.

„Ja, wie man sich halt so kennt und was man in den Dörfern so redet. Die Frau von dem Martin war ja mal das Klatschthema Nummer eins. War damals auch schon sehr ungewöhnlich, dass eine solche Frau einen Bauernsohn heiratet. Und dann noch nicht mal den Hoferben. Der Lothar ist ja der Ältere und damit der Hoferbe, aber der wollte ja nicht und ist dann lieber nach Kanada ausgewandert. Ich glaube, das kam ihr damals alles gerade recht. Der Vater, der alte Geizknüppel, gerade gestorben, der Bruder weit weg im Ausland, da hatte sie freie Fahrt. Und der Martin lässt ja alles mit sich machen. Führen einen ziemlich aufwändigen Lebensstil die beiden, vom Hof allein kann das nicht kommen. Man erzählt sich da so einiges. Vom Lottogewinn bis zum Callgirlring, den sie betreiben soll, ist alles dabei. Aber sag mal, warum interessiert dich das?"

Corvin spielte den Gleichgültigen und zuckte mit den Schultern.

„Ach, nur so. Ich habe die durch Erwin, meinen Nachbarn, kennengelernt und fand sie ziemlich außergewöhnlich. Aber das hast du ja gerade noch mal bestätigt. Kennst du denn auch das Paar, das das alte Bauernhaus von Familie Struck gekauft hat?"

Andi überlegte.

„Nicht wirklich. Wir kriegen ja immer die Akten, wenn Leute neu in den Kreis ziehen. Und da ist mir nur aufgefallen, dass er vorbestraft ist. Aber warum, das habe ich vergessen."

Corvin zog die Augenbrauen hoch, stellte aber keine weiteren Fragen. Den Rest der Fahrt füllten sie mit Diskussionen über die politische Weltlage, den Klimawandel und die Bundesliga aus und kamen pünktlich am „Hamburg Airport Helmut Schmidt" an. Andi stieg aus, nahm seine Reisetasche vom Rücksitz und beugte sich noch einmal zu Corvin hinunter.

„Sag mal, mein Alter, wäre es sehr vermessen, wenn ich dich darum bitten würde …"

Corvin lachte und ergänzte den Satz.

„… dass ich dich auch wieder abhole. Natürlich mache ich das. Kann ich ja immer ganz gut mit einem Besuch bei den alten Freunden kombinieren. Schick mir eine Nachricht, wann du landest."

Sie tippten die Fäuste zusammen, wie sie es immer machten, wenn große Eintracht zwischen ihnen herrschte, und dann verschwand Andi im Menschengewühl des Hamburger Airports.

Mein Gott, wie ich das nicht vermisse, dachte Corvin, als er auf die Menschenmassen starrte. Hinter ihm begannen mehrere ungeduldige Fahrer zu hupen. „Ist ja gut, ich bin ja schon weg", murmelte er und gab Gas. Nichts wie nach Hause ins stille Wendland.

Schon an der Ausfahrt konnte er sehen, dass sich eine lange Schlange über die Hauptstraße quälte. Da er sich im Hamburger Stadtgebiet immer noch sehr gut auskannte, beschloss er, durch Nebenstraßen zu fahren, um dem Stau zu entkommen.

Bei der nächsten Gelegenheit bog er nach links ab und verließ sich auf seinen Orientierungssinn, der ihn irgendwie auf den Weg zum Elbtunnel brachte. Als er zum zweiten Mal abgebogen war und durch eine kleine Wohnstraße fuhr, fiel ihm der Porsche auf, der vor ihm fuhr. Irgendwie kam ihm der bekannt vor und außerdem hatte er ein Kennzeichen, das mit DAN anfing. Sollte das vielleicht? DAN AS? Natürlich, das war der Wagen von Almut Struck. Er musste grinsen. Circa hundertunddreißig Kilometer von Zuhause entfernt und da trifft man sich in einer kleinen Straße in Hamburg-Fuhlsbüttel. Der Porsche bremste und quälte sich in eine Parklücke vor einem Apartmenthaus. Hinter Corvin betätigte ein Taxifahrer die Lichthupe. „Reg dich ab", murmelte er und fuhr ebenfalls in eine Lücke am Straßenrand. Das Taxi hielt und hupte. Almut Struck stieg aus dem Porsche und ging auf das Taxi zu. Im Fond des Wagens saß eine Frau, so viel konnte er erkennen, die wie eine Stewardess gekleidet war. Almut lächelte und beugte sich zu dem hinteren Wagenfenster hinunter, nahm ein längliches Paket entgegen, öffnete ihre Handtasche und zog einen Briefumschlag heraus, den sie in das Taxi hielt. Dann hob sie die Hand wie zum Gruß und das Taxi fuhr wieder ab. Dass Corvin mit seinem Mercedes auf der anderen Seite der Straße parkte, hatte sie noch nicht bemerkt. Als sie zum Auto zurückging, öffnete er die Fahrertür, stieg aus und rief zur anderen Straßenseite:

„Hallo Frau Struck, das nenne ich einen Zufall."

Man konnte nicht sagen, dass Almut Struck sich erschrak, das wäre für eine Beschreibung zu wenig gewesen. Sie erstarrte förmlich und hielt den Mann, der da auf sie zukam, sekundenlang für eine Sinnestäuschung.

„Herr Corvin", stotterte sie, „was tun Sie hier? Spionieren Sie mir nach?"

Bilde dir ja nichts ein, dachte Corvin, zwang sich aber zu einem Lächeln.

„Keineswegs. Ich habe einen Freund zum Flughafen gebracht und weil auf der Alsterkrugchaussee ein Riesenstau ist, fahre ich jetzt auf Nebenstraßen zum Elbtunnel. Und auf einmal sehe ich Sie. Die Welt ist klein."

Auch Almut bemühte sich jetzt, locker zu wirken, was ihr aber nicht gelang. Außerdem fühlte sie sich offenbar fast verpflichtet, eine Erklärung abzugeben.

„Ja, wissen Sie, ich habe immer noch viele geschäftliche Dinge in Hamburg zu erledigen und darum habe ich hier noch einen zweiten Standort. Aber Sie müssen mich jetzt entschuldigen. Ich habe gleich einen wichtigen Termin bei meiner Bank. Kommen Sie doch mal auf einen Kaffee vorbei, wenn wir wieder im Wendland sind. Dann haben wir mehr Ruhe."

Corvin lächelte.

„Ja, natürlich. Lassen Sie sich durch mich nicht aufhalten. Ich melde mich bei Ihnen."

Er hob grüßend die Hand und ging zurück zu seinem Wagen. Drehte sich aber doch noch einmal um und sah, wie sie im Haus verschwand, dessen Nummer er sich einprägte.

Seltsam, dachte er, die sonst so selbstsichere Dame wirkte unsicher wie ein Schulkind, das man bei etwas Verbotenem ertappt hat. Er würde sie beim Wort nehmen und sich zum Kaffee bei ihr einladen.


Immer wenn Corvin das Ortsschild von Göhrde hinter sich hatte, fühlte er sich besser. Wo die Grenzen des Wendlands eigentlich liegen, das weiß niemand so ganz genau, aber für Corvin verlief die nordwestliche Grenze genau hier. Alteingesessene behaupten auch, dass das größte Mischwaldgebiet Norddeutschlands eine Wetterscheide sei, und auch er hatte immer, wenn er von Hamburg nach Hause fuhr, das Gefühl, dass hier das Wetter besser wurde. Oder schlechter. Aber das war sicher auch nur so eine höchst subjektive Empfindung, die man aber gern pflegte.

Als er in die Hofeinfahrt einbog, stellte er zu seiner Überraschung fest, dass Lilo noch im Haus herumwerkelte, obwohl es schon später Nachmittag war. Sie zeigte sich nicht minder überrascht.

„Nanu, ich dachte, du bleibst länger weg. Immer wenn du nach Hamburg fährst, endet das Ganze doch meist in einer Riesensauferei mit deinen alten Kumpels. Egal, ich habe auf jeden Fall die unteren Räume mal wieder ordentlich geputzt. Wurde auch Zeit. Ich wollte mir gerade einen Kaffee machen. Willst du auch einen?"

Corvin nickte.

„Ja, gern. Und sind da noch welche von deinen selbstgemachten Waffeln? Ich habe heute nämlich so gut wie gar nichts in den Magen gekriegt."

Lilo schüttelte den Kopf.

„Meine Güte, das geht aber gar nicht. Du hättest dir doch unterwegs wenigstens mal irgendwo ne Bratwurst reinschieben können. Nichts zu essen, ist absolut ungesund."

Ohne zu fragen, holte sie ein frisch angeschnittenes Bauernbrot aus dem Schrank, schnitt zwei große Scheiben ab und belegte sie mit Schinken und Gurkenscheiben, die sie nach streng geometrischen Mustern anordnete.

„So, jetzt iss erstmal was. Muss ich denn immer auf alles aufpassen wie bei einem kleinen Jungen? Was hast du eigentlich in Hamburg gemacht?"

Corvin hatte gierig in das Brot gebissen und verschlang Schinken und Gurken wie ein hungriger Wolf.

„Ich habe Andi zum Flughafen gefahren, weil seine alte Kiste mal wieder nicht angesprungen ist. Und dann habe ich noch, welch Überraschung, Almut Struck getroffen."

Lilo hatte interessiert zugehört.

„Am Flughafen? Ach ja, die war doch mal Stewardess. Will sie wohl wieder damit anfangen?"

Corvin schüttelte den Kopf.

„Nein, nicht am Flughafen. Aber ganz in der Nähe. Sie scheint da noch eine Wohnung zu haben."

Lilo horchte auf, füllte zwei Kaffeebecher und setzte sich zu Corvin an den Tisch.

„Ach, schau mal an, die geheimnisvolle Almut. Möchte ja zu gern wissen, ob ihr Mann das weiß."

Corvin spielte den Unwissenden.

„Geheimnisvoll sagst du? Was ist denn an der Frau so geheimnisvoll?"

Lilo zog ein Gesicht, als sei es ihr höchst unangenehm, über dieses Thema zu reden.

„Naja, keiner weiß doch so richtig, wo sie eigentlich herkommt. Dann war da doch noch irgendwas mit ihrem Job. Einmal soll sogar die Polizei nach ihr gefragt haben, sagt Hildegard.

Und mit der Familie von Martin konnte sie wohl gar nicht. Mit seinem Bruder, dem Lothar, hatte sie sich dauernd in der Wolle. Kein Wunder, dass der nach Kanada abgehauen ist."

Corvin schüttelte den Kopf.

„Aber ist das nicht ungewöhnlich, dass jemand als Hoferbe den Hof sausen lässt, nur weil er mit seiner Schwägerin nicht kann?"

Lilo zuckte mit den Schultern.

„Ach, ich glaube, der wollte das sowieso nicht. Hat dann auch nur zweimal aus Kanada geschrieben, hat der Martin erzählt, und dann gar nicht mehr. Und dann ging es plötzlich bergauf."

Corvin schaute Lilo verständnislos an.

„Wie meinst du das?"

Lilo nahm einen Schluck Kaffee.

„Naja, arm waren die Strucks ja vorher auch nicht. Heinrich war ein ziemlicher Geizkragen. Aber nachdem Almut das Zepter an sich gerissen hatte, bauten sie das neue Haus, kauften sich neue Autos und all sowas. Die macht noch irgendwas anderes, haben die Leute damals gesagt, vom Hof allein kommt das nicht. Und jetzt, wo du das mit der Wohnung erzählt hast, glaube ich das auch."

Corvin hatte aufmerksam zugehört.

„Weißt du noch ungefähr, wann das war, als der Bruder sich nach Kanada abgesetzt hat?"

Lilo nickte.

„Das kann ich dir genau sagen. Lass mich überlegen. Heinrich war ungefähr ein Jahr tot und meine Nichte hatte Konfirmation. Das war Mitte Mai und das ist jetzt, lass mich rechnen, das ist jetzt, ja, genau, das ist jetzt genau zehn Jahre her."

Corvin dachte nach. Mai 2014. Schau an, dachte er, dieses Datum ist dir doch vor kurzer Zeit schon einmal begegnet. In diesem Moment vibrierte sein Handy in der Hosentasche.

Er meldete sich mit einem neutralen „Hallo?".

Noras Stimme klang beunruhigt.

„Kannst du möglichst bald kommen? Aber tu so, als ob du zufällig vorbeikommst. Keiner sollte merken, dass ich dich angerufen habe."

Zwar hatte Corvin gerade beschlossen, sich eine halbe Stunde aufs Ohr zu legen, aber das schien dringend zu sein. Sie war kein Mensch, der beim geringsten Anlass in Panik geriet, und außerdem hatte er sowieso das Bedürfnis, sie zu sehen. Er stand auf und zog seine Jacke an.

Lilo runzelte die Stirn.

„Nanu, du willst schon wieder weg? Du bist doch gerade erst gekommen."

Corvin zuckte mit den Schultern.

„Mir ist gerade eingefallen, dass ich noch dringend etwas zu erledigen habe."

Lilo grinste.

„Ja, so ist das. Was man nicht im Kopf hat …"

Kurz darauf parkte er seinen Wagen an der Stelle am Rande seiner Wiese, wo ihn jeder sehen konnte.

Der Erste, dem er in die Arme lief, war Peppino, der sich sichtlich freute, ihn zu treffen.

„Enrico, mein Lieber, sehe ich dich auch mal wieder. Du musst bald mal in die Vorstellung kommen. Sebastiano und ich haben uns ganz neue Gags ausgedacht. Außerdem haben wir eine neue Kollegin …"

Corvin lachte.

„Die kenne ich schon."

Peppino schüttelte den Kopf.

„Nein, ich meine nicht die Reiterin, ich meine Annie, die Kunstschützin."

Corvin lachte.

„Oh, Annie. Annie Get Your Gun. Hat sie den Namen zufällig mal in einem Musical gehört?"

Die Stimme hinter ihm war eindeutig weiblich und hatte einen leicht britischen Akzent.

„Nein, ich heiße wirklich so."

Corvin drehte sich um und schaute in das lachende Gesicht einer Frau von ungefähr Mitte dreißig mit schulterlangen welligen braunen Haaren. Sie trug ein Westernhemd mit Fransen an den Ärmeln und Hosen aus hellbraunem Wildleder. Sie streckte ihre Hand aus.

„Annie. Aber nicht Oakley, wie das Original, sondern Marshall, was aber auch ganz gut zu meiner Rolle passt. Und Sie sind Mister …"

Corvin lächelte etwas verlegen.

„Sorry, Annie, ich wollte Sie nicht zur Imitatorin degradieren. Aber ich nehme an, das haben Sie schon öfter gehört."

Annie lachte.

„Öfter? Andauernd! Macht mir aber gar nichts, so kann sich jeder meinem Namen sofort merken. Aber Sie haben mir immer noch nicht Ihren verraten."

Corvin streckte seine Hand aus.

„Oh, sorry. Ich bin Erik. Erik Corvin."

Annie zog die Augenbrauen hoch.

„Ach, Sie sind das. Unser Wohltäter, wie Carlo sagt. Und Polizist waren Sie. Dann verstehen Sie ja was vom Schießen. Wollen Sie sich mal mein Equipment ansehen? Sind ein paar sehr schöne Stücke dabei."

Verdammt, dachte Corvin, Nora wartet sicher schon. Aber eine plausible Ausrede fiel ihm so schnell nicht ein.

Sie machte eine einladende Handbewegung.

„Dann kommen Sie. Man hat mir extra einen Übungsplatz eingerichtet."

Er drehte sich noch einmal zu Peppino um.

„Ciao Peppino, wir sehen uns. Spätestens in einer der nächsten Vorstellungen."

Annie führte ihn hinter die Wagen, wo ein rechteckiges

Areal mit einer Seitenlänge von rund fünfzig Metern abgeteilt war. Am Ende stand ein ebenfalls rechteckiger, rund zweieinhalb Meter hoher, nach vorne hin offener Kasten. Annie streckte ihren Zeigefinger aus.

„Da drin steckt eine doppelte Geschossfangplatte. Die steht während der Vorstellung an der Seite der Manege, wo die Artisten und die Tiere rein- und rauslaufen. Ich kann sie aber nicht sehen, weil sie mit Tüchern verhängt wird. Nur oben sind links und rechts zwei Positionslampen angebracht, damit ich die Kiste nicht verfehle. Aber jetzt will ich Ihnen etwas zeigen."

Sie ging zu einer Holzkiste, die an einem Ende zwei Räder hatte, am anderen Ende einen Griff. Sie griff in ihre Hosentasche, holte einen Schlüssel heraus und sperrte das eingelassene Sicherheitsschloss auf. Drückte auf einen Knopf und aus der Kiste stieg ein treppenartiges Gebilde auf, das auf jeder Ebene eine Art Tablett hatte. Darauf lagen Gewehre und Revolver, die Corvin sofort an die alten Filme mit James Stewart und John Wayne erinnerten.

„Das hier", sagte Annie mit einem gewissen Stolz in der Stimme und griff sich das oben liegende Gewehr, „ist die berühmte Winchester 73 ‚One of one thousand'. Nein, nicht die aus dem Film mit James Stewart, sondern eine aus der Serie. Auf jeden Fall eine echte."

Sie legte das Gewehr zurück und hob einen Trommelrevolver mit einem langen Lauf heraus.

„Und das ist ein Smith & Wesson American Kaliber .44 mit 8-Zoll-Lauf. So einen benutzte Wyatt Earp bei der berühmten O.K. Corral Schießerei im Jahre 1881."

Sie reichte ihm den Colt.

„Wollen Sie mal probieren?"

Corvin schüttelte den Kopf und lachte.

„Nein, lieber nicht. Ich bin zu lange raus. Ich würde nicht mal den Kugelfang treffen. Aber zeigen Sie mir doch mal Ihre Kunst."

Annie klappte die Trommel des Colts heraus, griff in die Tasche und schob eine Patrone hinein.

„Zum Üben nehme ich immer eine Wurfmaschine mit einer Art Tontaube."

Corvin lachte.

„Tontaube sagen Sie? Die trifft doch auch ein ungeübter Schütze."

Annie lächelte hintergründig.

„Vielleicht. Aber meine Täubchen sind etwas kleiner."

Sie griff in die Kiste und holte eine Tonscheibe hervor, die ungefähr die Größe einer Zwei-Euro-Münze hatte.

Corvin schluckte.

„Ich nehme meine Behauptung zurück."

Sie legte den Colt vor sich auf den Tisch und nahm eine Fernbedienung in die Hand.

„Zwischen Impuls und Auslösung liegen immer drei Sekunden. Passen Sie auf."

Sie drückte auf einen Knopf der Fernbedienung und ehe Corvin mit den Augen blinzeln konnte, hatte sie den Colt in der Hand, krachte der Schuss und zersprang das kleine Tonstück, das er mit bloßen Augen kaum sehen konnte, in tausend winzige Scherben.

Corvin applaudierte mit lautlosem Klatschen.

„Donnerwetter, wie lange muss man üben, bis man das kann?"

Annie klappte die Trommel des Colts wieder aus und ließ die leere Patronenhülse in ihre linke Hand gleiten.

„Ein ganzes Leben."

Sie lachte.

„So viel kann ich Ihnen verraten: Einige Dinge, die ich mache, sind Fakes. Aber auch das ist Kunst, wenn das Publikum es nicht merkt. Die Szene mit dem Kaiser, auf die alle warten, die ist echt."

Corvin schaute sie verständnislos an.

„Was für ein Kaiser?"

Annie lachte abermals.

„Die historische Annie Oakley hat doch dem deutschen Kaiser Wilhelm II. auf seinen Wunsch die Zigarette aus dem Mund geschossen. Und das spielen wir nach."

Corvin staunte.

„Und wer spielt den Kaiser?"

Annie grinste hintergründig.

„Ja, wer wohl? Carlo natürlich. Allerdings steckt seine Zigarette in einer Spitze, ist also doppelt so lang wie das Original. Aber ein Risiko bleibt und Carlo riskiert jedes Mal, der einzige Zirkusdirektor ohne Nase zu werden."

Corvin schaute auf die Uhr.

„Ich könnte Ihnen noch stundenlang zuhören. Aber ich fürchte, ich muss jetzt gehen. Ich habe noch einen Termin."

Annie hob die Hand.

„Lassen Sie sich nicht aufhalten. Ich hoffe, wir sehen uns bald mal wieder."

Corvin drehte sich um.

„Worauf Sie sich verlassen können."

Noras Gesichtszüge waren angespannt.

„Diese Schreie nachts. Ich sage dir, das ist horrormäßig. Und wenn du jemanden am nächsten Tag darauf ansprichst, erntest du nur Schulterzucken. Das kann man doch nicht einfach so hinnehmen."

Corvin legte die Stirn in Falten.

„In diesem Zirkus gibt es kaum jemanden, der Carlo nicht irgendetwas verdankt. Und das lässt er sie auch spüren. Es wundert mich nicht, dass diese seltsamen nächtlichen Vorgänge als seine Sache angesehen werden und keiner sich dazu äußern mag. Wir als relativ Außenstehende sind da außen vor. Aber ich werde mich der Sache mal annehmen."

Nora seufzte.

„Ja, das wäre gut. Ich kriege nachts kaum noch ein Auge zu und bin tagsüber wie gerädert."

Du musst sie ein wenig aufmuntern, dachte Corvin. Ein bisschen auf andere Gedanken bringen.

„Ach übrigens, ich habe gerade die neue Kollegin ‚Annie Get Your Gun' kennengelernt. Interessante Person. Ich glaube, das wird dem Programm sehr gut bekommen."

Jetzt lächelte Nora auch.

„Stimmt. Annie ist eine großartige Frau. Wir haben uns auch schon ausführlich unterhalten. Und, du wirst es nicht glauben, wir wollen was zusammen machen. Reiten und Western-Show, das passt doch wunderbar zusammen."

Corvin lachte.

„Solange sie dir nicht im Galopp ein Reiskorn von der Nase schießt, kann das ganz lustig werden."

Nora schüttelte den Kopf.

„Nein, sie wird mir gar nichts aus dem Gesicht schießen. Eher aus der Hand. Aber Galopp ist richtig. Wir treffen uns nachher und wollen schon mal ein bisschen proben."

# 23

Es wurde langsam dunkel, als Corvin zum zweiten Mal an diesem Tag Richtung Zirkuswiese fuhr. Nach dem Gespräch mit Nora hatte er beschlossen, sich selbst ein Bild von den seltsamen nächtlichen Vorkommnissen zu machen, von denen sie berichtet hatte. Er ließ den Wagen rund fünfhundert Meter von der Wiese entfernt auf einem Feldweg hinter einer Hecke stehen und ging dann zu Fuß weiter. Über das angrenzende Feld, das in dieser Saison brach lag, ging er im großen Bogen auf den Zirkus zu und behielt dabei den Wagen im Auge, in dem Carlo seine pflegebedürftige Frau untergebracht hatte. Feld und Wiese wurden durch einen Stacheldrahtzaun voneinander abgegrenzt. Verteilt über rund hundert Meter standen in regelmäßigen Abständen uralte Kopfweiden, von denen die meisten hohl waren. Eigentlich ein ideales Versteck, dachte Corvin, hat aber den Nachteil, dass man zwar unbemerkt hören, aber nichts sehen kann.

Es war eine dieser rabenschwarzen Nächte, für die das Wendland bei Sternenfotografen berühmt ist. Kein Lichtsmog durch größere Städte oder Industrieanlagen stört hier die Sicht auf die Himmelskörper, nur bei dichter Bewölkung, wie in dieser Nacht, sind auch die unsichtbar. Man sieht die Hand vor den Augen nicht, ist hier keine Floskel, sondern eine Tatsache.

Es war etwas nach halb zwölf, als Corvin sich in den Hohlraum einer Weide zwängte. Jetzt hieß es, Geduld haben, denn irgendein Zeitvertreib war in dem engen Versteck nicht möglich. In früheren Jahrhunderten, hatte Erwin ihm einmal erzählt, galt die Weide als böser Baum, der durch seine bizarren Formen dem einsamen Wanderer in der Dämmerung Furcht und Schrecken einjagt, galt doch das unheimliche Gewächs auch als Versteck für Hexen.

Die halb stehende, halb hockende Position, die ihn zur Untätigkeit verdammte, machte Corvin dagegen schläfrig und mehrfach fielen ihm die Augen zu.

Es war kurz nach Mitternacht, als ihn der Schrei einer Frau aus dem Sekundenschlaf riss. Kurz darauf eine ärgerliche Männerstimme, die eindeutig die von Carlo war.

„Du bist doch selbst schuld", hörte er ihn sagen. „Jetzt komm und halt gefälligst die Klappe. Ich habe noch andere Dinge zu tun."

„Er kümmert sich rührend um seine kranke Frau", hatte Camille gesagt. Komisch, dachte Corvin, rührend kümmern hört sich irgendwie anders an.

Sie entfernten sich mit langsamen Schritten so, als fiele der Frau das Gehen schwer.

„Carlo, kommst du mal bitte", hörte er plötzlich eine andere Männerstimme aus dem Dunkel. Auch die Stimme kannte er. Er war sich sicher, dass das die Stimme von Milosz, dem Messerwerfer, war. „Ich glaube, er ist kollabiert."

Corvin hatte inzwischen das Versteck in der hohlen Weide verlassen, um besser hören zu können. Für einen Augenblick kniff er die Augen zusammen und öffnete sie dann wieder ganz, konnte aber in der Dunkelheit trotzdem nichts erkennen.

„Verdammt noch mal, was macht ihr denn für einen Scheiß", hörte er Carlo fluchen. „Moment, ich komme gleich!"

Die Frau schrie etwas, aber Carlos Stimme brachte sie sofort zum Schweigen. „Halt endlich die Klappe, du musst jetzt wieder zurück. Ich habe was Wichtigeres zu tun, als mit dir hier durch die Nacht zu schleichen."

Die schlurfenden Schritte kamen näher und Corvin ging wieder hinter der Weide in Deckung. Er hörte, wie Carlo die protestierende Frau hinter sich herzog, die drei Stufen hinaufschleifte, sie in den Wagen stieß und die Tür zuschlug. Dann entfernte er sich mit eiligen Schritten.

Corvin kam wieder hinter der Weide hervor. Für einen Augenblick fiel ein Lichtschein aus dem Wohnwagen. Die Frau hatte die Tür wieder geöffnet. Offenbar hatte Carlo sie in der Eile nicht verriegelt. Sie machte ein paar Schritte, fiel die drei Stufen hinunter und landete mit einem dumpfen Knall auf dem Erdboden. Sie versuchte, wieder hochzukommen, schaffte es aber nicht und stöhnte auf. Das wiederholte sich ein zweites Mal.

Vorsichtig stieg Corvin über den Stacheldraht, horchte in die Dunkelheit und ging dann auf die auf dem Boden Liegende zu.

„Warten Sie, ich helfe Ihnen."

Die Frau hob den Kopf.

„Wer sind Sie?"

Corvin schüttelte den Kopf.

„Das spielt keine Rolle. Ich habe nur gesehen, dass Sie gefallen sind. Kommen Sie."

Er griff der Frau von hinten unter die Achseln und merkte, dass sie nur noch aus Haut und Knochen bestand. Dementsprechend leicht fiel es ihm, sie hochzuheben.

„Kommen Sie, halten Sie sich an meinem Arm fest. Ich bringe Sie wieder in Ihren Wagen."

Als sie sich an ihm festhielt, konnte er für einen Augenblick ihr Gesicht sehen. Obwohl sie ausgemergelt und hohlwangig war mit tiefen Schatten unter den Augen, erkannte er sofort, dass sie einmal eine schöne Frau gewesen sein musste. Ihr Gesicht hatte etwas Slawisches mit hoch angesetzten Wangenknochen, einem scharf geschnittenen Profil und einem schönen, symmetrischen Mund. Ihre inzwischen eisgrauen Haare mussten einmal schwarz gewesen sein. Jetzt hatten sie ihren Glanz verloren und standen wirr von ihrem Kopf ab. Ihre Pupillen waren unnatürlich geweitet. Sie trug einen dunkelroten seidenen Morgenmantel.

„Vorsichtig", sagte Corvin und führte sie zu einem Sessel, der mitten im Raum stand und ihr hauptsächlicher Aufenthaltsort zu sein schien. Sie ließ sich nieder und starrte ihn an.

Corvins Blick ging durch den kleinen Raum. Er war karg möbliert. Ein Bett, ein Tisch mit zwei Stühlen und ihr Sessel. Auf dem Boden lagen stapelweise Zeitschriften und Zeitungen, ein paar Bücher. Auf einem winzigen Tisch ein ebenso winziger Fernseher. Auf dem Tisch vor ihr ein Arsenal von Tablettenpackungen, Tuben und kleinen braunen Flaschen mit irgendwelchen Tinkturen.

„Wer sind Sie?", wiederholte sie ihre Frage.

Corvin ging nicht darauf ein.

„Bitte bleiben Sie hier, bis Carlo wiederkommt. Sie sind krank und sollten nicht allein rausgehen."

Sie schüttelte langsam den Kopf.

„Nicht krank. Nicht krank. Carlo. Meine Strafe."

Sie ist verwirrt, dachte Corvin. Mach jetzt, dass du wegkommst, bevor Carlo wieder da ist. Er hob die Hand.

„Bleiben Sie bitte sitzen. Ich gehe jetzt wieder."

Sie streckte beide Hände nach ihm aus.

„Nein, bleiben Sie. Nicht krank. Nicht krank. Carlo. Meine Strafe."

Corvin war rückwärts zur Tür gegangen, öffnete sie, ging hinaus und schloss sie wieder. Die Frau stand offensichtlich unter Drogen. Und wie hatte sie das mit der Strafe gemeint?

Er schlich wieder zurück zum Zaun. Alles war still. Dann ertönte plötzlich Carlos laute Stimme.

„Ihr Idioten! Wie konnte das passieren? Er hat euch reingelegt. Ich gebe euch eine halbe Stunde. Dann habt ihr ihn wieder eingefangen. Wenn nicht, dann gnade euch Gott. Dann seid ihr dran." Corvin hörte, wie mehrere Männer zu laufen begannen. Und wie Carlo leise fluchend zu seinem Wagen ging.

Vorsichtig und leise wollte er sich so schnell wie möglich vom Zirkusplatz entfernen, doch plötzlich blieb er stehen. Nein, das machst du nicht, sagte er zu sich selbst. Carlo ist dir endlich eine Erklärung schuldig. Carlo wird einen Wutanfall bekommen, wenn er hört, dass du bei seiner Frau warst. Egal. So geht es jedenfalls auf keinen Fall weiter.

Kurze Zeit später stand er vor Carlos Wagen und ging die drei Stufen hinauf. Er horchte und meinte, Carlos Stimme zu hören. Wahrscheinlich telefonierte er. Er drückte auf die Klinke und öffnete die Tür.

Carlo saß an seinem Schreibtisch und auf dem kleinen rechteckigen Teppich davor stand Diego mit einem großkalibrigen Revolver in der Hand, den er auf Carlos Kopf gerichtet hatte.

„Enrico, hau ab!", schrie Carlo.

„Enrico, bleib hier", schrie Diego und richtete die Waffe auf Corvin, „komm herein, bleib da stehen und mach die Tür zu."

Fast hätte Corvin ihn nicht erkannt. Sein Gesicht war verquollen, übersät mit kleinen Verletzungen, an denen das Blut getrocknet war. Seine Augen waren zugeschwollen und blau angelaufen. Corvin versuchte, gelassen zu wirken.

„Diego, mach keinen Quatsch. Du machst alles noch viel schlimmer, als es sowieso schon ist."

Diego schüttelte den Kopf.

„Deine Weisheiten kannst du dir sparen. Ich weiß, dass ich hier nicht lebend herauskomme. Aber den da nehme ich mit."

Er zielte auf Carlos Kopf und spannte den Hahn des Revolvers.

„Damit er endlich merkt, dass er nicht Gottvater ist, sondern ein ganz mieses sterbliches Schwein."

Carlo erhob seine Stimme.

„Wer ist hier das Schwein? Hast du vergessen, was ich alles für dich getan habe? Aus der Gosse habe ich dich geholt und ich bereue, dass ich das getan habe."

Diego lachte laut und hysterisch auf.

„Du tust Menschen nur Gutes, damit du Macht über sie hast. Das höchste Gefühl, zu dem du fähig bist. Soll ich sie aufzählen, die wegen dir Selbstmord begangen haben? Die du abhängig gemacht und in den Tod getrieben hast? Es macht dir Vergnügen zuzuschauen, wenn andere Menschen leiden. Und jetzt habe ich genug von deinen Reden, jetzt geht es ans Sterben, mein Freund. Und ich werde es genießen, wenn du dir vor Angst in die Hosen pisst."

Das ist keine Drohung, der macht Ernst, dachte Corvin. Du kennst solche Situationen. Er hat sich selbst aufgegeben. Heißt aber nicht, dass seine Reflexe nicht mehr funktionieren.

Er streckte den Zeigefinger aus und schrie aus Leibeskräften.

„Vorsicht, Diego, hinter dir!"

Reflexartig drehte Diego sich um. Im Bruchteil einer Sekunde bückte sich Corvin, griff sich die Ecken des Teppichs, auf dem Diego stand, und zog ihn mit aller Kraft an sich. Diego verlor den Halt, versuchte sich abzustützen, wobei ihm die Waffe entglitt und er mit dem Kopf auf ein Regal knallte. Mit einem Sprung war Corvin über ihm und drehte seinen rechten Arm auf den Rücken. Diego schrie vor Schmerzen.

„Enrico, was tust du. Warum hilfst du diesem Schwein?" Corvin keuchte.

„Weil ich nicht will, dass du noch einen Mord begehst." Mit angestrengtem Gesicht schaute er Carlo an.

„Los, Carlo, ruf die anderen!"

Carlo griff zu seinem Handy und tippte mit wuchtigen Stößen seines Zeigefingers eine Nummer ein.

„Milosz, kommt sofort zu mir in den Wagen. Ich habe … nein, wir haben ihn."

Corvin merkte, wie Diego sich ihm entwinden wollte, und zog den Arm ein Stück nach oben. Diego brüllte vor Schmerzen auf. Corvin sah Carlo an.

„Ihr werdet ihn erst einmal einsperren. Aber dann rufst du die Polizei an. Keine Selbstjustiz mehr. Du kannst dir nicht deine eigenen Gesetze machen."

Carlo, der noch vor zwei Minuten mit dem Leben abgeschlossen hatte, saß in sich zusammengesackt auf seinem Stuhl.

„Ja, ich gebe dir mein Wort."

Minuten später flog die Tür auf und Milosz, Jarek und die anderen standen in der Tür, starrten ungläubig auf das, was sie da sahen. Carlo war zu seiner alten Form zurückgekehrt.

„Steht da nicht rum und glotzt. Helft Enrico. Fesselt ihn und sperrt ihn ein. Ich werde überlegen, was wir mit ihm machen werden."

Corvin schüttelte den Kopf.

„Nein, das wirst du nicht. Du übergibst ihn auf alle Fälle der Polizei. Verstanden?"

Carlo nickte.

„Ja, Enrico, ich habe verstanden."

Die Männer taten wie angeordnet und schleppten Diego aus dem Wagen. Auch Carlo erhob sich. Corvin streckte seine flache Hand aus und bedeutete ihm, sich wieder zu setzen.

„Bleib bitte, Carlo, und setz dich wieder. Ich glaube, wir haben was zu besprechen."

Ohne Widerrede setzte sich Carlo. Auch Corvin ließ sich auf einen Stuhl fallen.

„Wie seid ihr denn darauf gekommen, dass Diego sich in Noras Haus versteckt hat?"

Carlo kniff die Augen zusammen.

„Du hast uns dorthin geführt. Ja, du hast richtig gehört. Milosz und Jarek haben dich nicht aus den Augen gelassen und als du mit Nora auf und davon bist, brauchten wir Diego nur noch einzusammeln. Gleich nach uns war übrigens das BKA dort und hat seine Spuren samt der Leiche des Kollegen verschwinden lassen. Schon um der öffentlichen Blamage aus dem Weg zu gehen. Danach sah das Haus aus, als wäre niemals jemand da gewesen."

„Und wieso konnte er dich überrumpeln? Woher hatte er die Waffe?"

Carlo schnaufte durch die Nase.

„Er hat mich nicht überrumpelt. Er hat einen Kollaps vorgetäuscht und als die Jungs ratlos zu mir gerannt sind, hat er sich verdrückt. Er war schon da, als ich in den Wagen kam. Offenbar hat er gewusst, wo ich den Revolver aufbewahre. Aber bevor wir weiterreden, mein Freund, nur dies: Jetzt verdanke ich dir auch noch mein Leben. Ich bin dir mehr als Dank schuldig. Ich werde alles tun, was du willst."

Corvin schüttelte den Kopf.

„Was ich will, kann ich dir genau sagen. Ich will, dass du mir die Wahrheit erzählst. Und damit fangen wir jetzt gleich an. Du bist nicht durch Zufall hier, sondern aus einem ganz bestimmten Grund. Warum hast du mir verschwiegen, dass du mit dem Zirkus schon einmal hier warst? Ich habe das Bild im Zeitungsarchiv gesehen. In einer zehn Jahre alten Ausgabe."

Carlo lehnte sich zurück.

„Gut, mein Freund. Ich sehe, dir kann man nichts vormachen. Ich werde dir also die ganze Geschichte erzählen."

# 24

„Du hattest recht", sagte die Frau, die sich Marion Müller nannte. „Es ist die Reiterin. Ich dachte zuerst, es wäre die mit den Hunden. Habe mich wohl durch die rote Perücke verwirren lassen. Jetzt brauchen wir nur noch einen günstigen Zeitpunkt. Allerdings ist sie draußen niemals so richtig allein."

Kurt Müller grinste.

„Das habe ich mir längst überlegt. Ich werde sie erledigen, wenn alle Augen auf sie gerichtet sind. Und keiner wird uns bemerken."

Sie schaute ihn ungläubig an.

„Du weißt, wie sehr ich deine Ideen schätze. Aber wie willst du das denn machen?"

Er lehnte sich zurück.

„Das geht einfacher, als du denkst. Es kommt nur auf Präzision an. Also: Wir haben doch beobachtet, dass sie mit dieser Kunstschützin eine Nummer probt, bei der sie ihr im Galopp die Flamme einer Fackel wegschießt. Das kann die aber nur machen, wenn sie eine gewissen Position erreicht hat, damit die Kugel nicht ins Publikum, sondern in den Fangkasten geht. Ich weiß also genau die Position, wo ich stehen muss. Bei ihrem Ritt hält sie den Oberkörper aufrecht und bewegt ihn kaum. Den Kopf dagegen umso mehr. Den Kopf zu treffen, ist daher riskant, von hinten ins Herz dagegen ziemlich sicher. Da die Distanz nicht sehr groß ist, brauche ich keine Langwaffe, sondern nehme die Pistole mit Schalldämpfer. Ich werde im selben Augenblick abdrücken wie diese sogenannte Kunstschützin, deren Schuss aus der alten Winchester alles übertönt. Auch das Plopp aus meiner Pistole. Alle Augen sind sowieso auf sie gerichtet und wenn sie dann vom Pferd fällt ganz besonders. Alle werden schreien und aufspringen, weil sie denken, das war ein Unfall. In diesem Augenblick können wir uns ganz gelassen vom Acker machen."

Sie lachte.

„Hört sich genial an. Aber wo willst du stehen? Du kannst doch nicht mitten im Zuschauerraum aufstehen und auf sie zielen."

Er nickte.

„Doch, das kann ich. Hinter der letzten Reihe ist ein Gang. Der ist völlig unbeleuchtet. Auch der Scheinwerfer, der manchmal über das Publikum geht, bei den Hochartisten zum Beispiel, erreicht ihn nicht. Habe ich alles genau beobachtet. Außerdem – wenn's vorne knallt, schauen sowieso alle nach vorn. Bevor die merken, was passiert ist, sind wir über alle Berge."

Die Frau schaute ihn bewundernd an.

„Ich muss schon sagen, das ist nicht schlecht."

\*

Die Polizei hatte, wie von Carlo versprochen, Diego abgeholt. Carlo, dessen Showtalent und Überzeugungskraft wieder neu erwacht waren, hatte die Beamten überzeugen können, dass der Gesuchte sich mehrere Tage im Zirkus versteckt hatte, dann aufgestöbert wurde und seine Verletzungen daher stammten, dass er erheblichen Widerstand geleistet hatte. Diegos Anschuldigungen, er sei entführt, gegen seinen Willen festgehalten und gefoltert worden, wurden als Lügenmärchen verspottet. Corvin dagegen schwieg über alles, was er jetzt über Mariella wusste, Carlos angeblich pflegebedürftige Frau.

Dass er reinen Tisch gemacht hatte, wie er es bezeichnete, wirkte bei Carlo wie eine Katharsis, die Aufregungen und Strapazen der letzten Tage schienen an ihm spurlos vorübergegangen zu sein. Am nächsten Vormittag hatte er seine ganze Mannschaft zusammengetrommelt.

„Kinder, ich habe beschlossen, dass wir noch drei Tage hierbleiben und dann Richtung Hannover weiterziehen. Lasst uns also zum Schluss ein paar ganz besonders exzellente Vorstellungen hinkriegen. Nora und Annie, steht eure neue Nummer mit der Fackel?"

Nora und Annie nickten synchron. Carlo lächelte zufrieden.

„Sehr gut. Und, Peppino, funktioniert bei euch auch die Parodie auf diese Nummer?"

Peppino nickte ebenfalls.

„Ja, Chef. Sebastiano versucht, mir mit einer Zwille und einer Tomate eine Kerze aus der Hand zu schießen. Ich bekomme die Tomate dann direkt aufs Auge."

Carlo grinste.

„Das hört sich nach einem Lacher an. Ich hoffe, dass die Tomate auch platzt."

Peppino nickte abermals.

„Natürlich wird sie das. Wir schneiden sie vorher selbstverständlich an."

Zufrieden gingen alle auseinander. Die alte Ordnung schien wiederhergestellt.

Nur in Corvins Kopf brodelte es. Nach Hause zurückgekehrt, musste er immer wieder daran denken, was Carlo ihm erzählt hatte. Das hatte zwar ein wenig Licht ins Dunkel gebracht, aber nun waren noch mehr Fragen aufgetaucht. Er musste wieder ganz von vorn anfangen, griff zum Handy und wählte eine Nummer, die er seit Jahren auswendig wusste. Es meldete sich der alte Kollege bei der Hamburger Polizei, Wolfgang Sievert, dem der Ruf vorauseilte, dass er alles herausfand.

Natürlich nicht alles selbst wusste, aber für jede Frage eine Quelle benennen konnte, die in der Lage war, diese Frage zu beantworten.

„Hallo Wolfgang, hier ist Erik. Ja, ich weiß, ich habe lange nichts von mir hören lassen und mir fehlen unsere regelmäßigen Treffen auch sehr. Aber ich bin in letzter Zeit sehr selten in Hamburg gewesen und dass du mal ins Wendland kommst, ist ja eher unwahrscheinlich.“

Sievert lachte.

„Ist ja gut mein Alter. Was kann ich für dich tun?“

Corvin räusperte sich.

„Du warst doch mal vor einigen Jahren zu einem Dienstaustausch bei der Polizei in Toronto. Hast du aus dieser Zeit noch Kontakte?“

„Aber natürlich. Einen sogar besonders häufig. Mit Seamus McKenzie, Urenkel irischer Einwanderer, maile ich regelmäßig. Das ist interessant und trainiert mein Englisch. Seamus macht einen vergleichbaren Job wie ich hier. Ich nehme an, ich soll ihn etwas fragen?“

Corvin lachte.

„Erraten. Kannst du dir mal folgenden Namen und Datum aufschreiben?“


Kurz vor Beginn der Abendvorstellung herrschte quirlige Spannung im Zirkus Cornetti. Wie immer, wenn neue Nummern ins Programm aufgenommen wurden.

„Und denk daran“, sagte Annie zu Nora, „halte den Arm mit der Fackel möglichst gerade von dir weg. Nicht angewinkelt. Wir wollen das Risiko möglichst klein halten.“

Nora nickte.

„Mach dir keine Sorgen. Wir haben das ja oft genug geprobt. Da wird schon nichts schief gehen. Ich drehe mit Kypros drei Runden, dann bremse ich ihn vor dem Kugelfang etwas ab.“

Unbemerkt war Carlo von hinten an die beiden herangetreten.

„Na, meine Damen, schon aufgeregt oder voll von professioneller Gelassenheit?"

Annie lachte.

„Irgendwas dazwischen."

Carlo nickte.

„Also, der Ablauf ist klar. Erst machen Annie und ich die Kaisernummer. Dann kommen Peppino und Sebastiano mit der Tomate. Danach mache ich eine kurze Ansage und wenn ich sage: ‚Manege frei', galoppierst du hinein. Alles klar?"

Die beiden nickten.

„Wir gehen jetzt auf unsere Positionen."

Sie verließen die Manege und gingen hinter das Zelt, wo sie auf einen etwas atemlosen Corvin trafen.

„Gott sei Dank, ich hatte schon befürchtet, ich schaffe es nicht bis zu eurer neuen Nummer."

Annie lachte.

„Dann wären wir beleidigt gewesen und hätten über ernsthafte Konsequenzen nachgedacht."

Corvin schüttelte den Kopf.

„Ich sage jetzt mal nichts, setze mich auf meinen Platz und drücke euch die Daumen."

Die Zirkusmusik wurde immer leiser und ein Trommelwirbel setzte ein. Die Lichter im Zelt wurden heruntergedimmt. Carlos Stimme vibrierte und klang nach Sensation.

„Und jetzt, hochverehrte Damen und Herren, sehen bitte weltexklusiv, wie Kunstschützin Annie schoss deutschem Kaiser Zigarette aus dem Mund. Und hier ist sie: Annie Get Your Gun!"

Die Lichter erloschen vollständig, nur ein Scheinwerfer richtete sich auf Annie, die die Manege betrat und ihre Winchester mit beiden Händen in die Höhe hielt. Ein zweiter

Scheinwerfer blitzte auf und richtete sein Licht auf Carlo, der mit einem Hermelinmantel angetan und einer Krone auf dem Kopf in die Manege kam. Er setzte sich auf einen goldfarbenen Stuhl mit königsblauem Bezug und zog eine Zigarettenspitze hervor, in die er eine filterlose Zigarette steckte. Nahm sie zwischen die Zähne und zündete sie an.

Ein Trommelwirbel setzte ein. Man hörte förmlich, wie das Publikum den Atem anhielt. Der Trommelwirbel wurde lauter, brach dann plötzlich ab. Dann krachte der Schuss und einige Zuschauer gaben einen kollektiven Schrei von sich.

Die vordere Hälfte der Zigarette wurde abgerissen und verteilte die Glut in den Sand der Manege. Annie riss das Gewehr triumphierend in die Höhe. Der Kaiser warf den Hermelinmantel ab und ging, mit der halben Zigarette im Mund, auf sie zu. Beide machten eine tiefe Verbeugung und das Publikum begann, frenetisch zu applaudieren. Die virtuelle Kapelle spielte dreimal einen Tusch und die Akteure verließen die Manege, in die gerade die Clowns mit dem Ruf „Das können wir auch" hineinstürmten.

Hinter dem Vorhang warteten Annie mit der Winchester und Nora bereits im Sattel auf Kypros. Großes Gelächter zeigte ihnen das Ende der Clownsnummer an. Ein Tusch, dann gingen die Lichter aus und der Trommelwirbel setzte ein. Carlo griff wieder zum Mikrofon.

„Und jetzt, hochverehrtes Publikum, zeigen Ihnen die historische Szene, wie Annie Buffalo Bill schoss die Fackel im vollen Galopp aus der Hand. Absolute Ruhe, bittesähr."

Das war zwar historisch falsch, aber dem Publikum war das egal. Carlo riss ein Streichholz an, entzündete die Fackel in Noras Hand und zeigte mit seinen Fingern 3-2-1. Manege frei! Der Vorhang wurde aufgerissen, Nora gab Kypros einen Stoß mit ihren Hacken und das Pferd spurtete los. Ein Raunen ging durch das Publikum, als das glänzende schwarze Pferd mit der rothaarigen Reiterin, die eine brennende Fackel in der ausgestreckten Hand hielt, durch den Sand der Manege galoppierte. Nur das Donnern der Hufe und der anschwellende Trommelwirbel waren zu hören. Erste Runde, zählte Nora. Sie spürte an der Innenseite ihrer Schenkel, wie die Muskeln des Pferdes arbeiteten, stellte beruhigt fest, dass Kypros routiniert und gelassen wirkte. Zweite Runde, jetzt genau aufpassen. Ein zweiter Scheinwerfer leuchtete auf Annie, die auf der Manegenbegrenzung stand und die Winchester in Position brachte. Die dritte Runde. Der Trommelwirbel schwoll an und Nora bremste Kypros etwas ab.

Jetzt waren sie genau auf der Höhe des Kugelfangs, der Schuss krachte, der obere Teil der Fackel flog mit einem Feuerschein in die Manege und Nora mit einem röchelnden Laut aus dem Sattel nach vorn in den Sand. Dort blieb sie reglos liegen. Ein Aufschrei ging durch das Publikum. Kypros ging auf die Hinterbeine und wieherte erschreckt. Carlo und mehrere Helfer mit einer Bahre stürzten in die Manege. In Sekundenschnelle wurde Nora auf die Bahre gelegt und im Laufschritt hinausgetragen.

Corvin war von seinem Sitz aufgesprungen, schwang sich über die Begrenzung und rannte hinterher. Hinter dem Bühnenvorhang schrie Carlo:

„Peppino, schnell in die Manege! Denkt euch irgendwas aus. Lenkt die Leute ab.“

Die Clowns liefen los. Carlo griff zum Mikrofon.

„Liebes Publikum. Kein Grund für Aufregung. Nur kleines Malheur. Behalten bitte Platz. Die Nummer wird in Kürze wiederholt.“

Inzwischen hatte man die Bahre mit Nora über zwei Bänke gelegt. Annie stand kreidebleich und fassungslos daneben.

„Das kann doch nicht sein. Ich habe doch die Fackel getroffen. Das haben doch alle gesehen. Ich habe sie nicht getötet.“

Dann brach sie in Tränen aus und wollte hinauslaufen, stieß dabei mit Corvin zusammen. Der packte sie an beiden Schultern.

„Das war auch nicht Ihr Schuss, Annie. Es kam noch einer von hinten. Sonst wäre Nora ja auch nicht nach vorn vom Pferd gestürzt. Das war kein Unfall, das war ein Attentat."

„Wir brauchen einen Notarzt", schrie Carlo, „holt jetzt, verdammt noch mal, einen Arzt."

Corvin kniete sich vor die Bahre. Nora lag verkrümmt und rührte sich nicht. Als Corvin versuchte, den verdrehten Arm unter ihr herauszuziehen, schlug sie die Augen auf und schaute ihn an.

„Aua, du tust mir weh!"

Ein Raunen ging durch die Umstehenden. Corvin riss die Augen auf.

„Nora, was ist los? Wo bist du verletzt?"

Nora schüttelte den Kopf.

„Ich bin aufs Knie gefallen. Es tut verdammt weh. Ich habe nur einen Schlag in den Rücken gespürt und bin dann aus dem Sattel geflogen. Dann war ich für einen Augenblick weg."

Corvin schaute sie immer noch entgeistert an.

„Das waren Mousas Leute. Die haben dir in den Rücken geschossen und haben Annies Schuss als Tarnung benutzt. Leg dich bitte mal auf den Bauch."

Stöhnend drehte sie sich um.

Auf der linken Seite ihrer Jacke, kurz unter dem Schulterblatt war ein Einschussloch zu sehen. Nora lachte.

„Ich trage doch eine kugelsichere Weste. Annie hat darauf bestanden. Wo ist sie überhaupt?"

Annie hatte die ganze Zeit mit offenem Mund danebengestanden, unfähig etwas zu sagen. Sie sackte vor der Bahre in die Knie. Nora richtete sich auf und beide Frauen fielen sich in die Arme.

„Und ich habe für einen Moment gedacht, ich hätte dich getötet", schluchzte Annie. Nora küsste sie auf beide Wangen.

„Unsinn! Mein Gott, Annie, du hast mir das Leben gerettet. Wenn du nicht auf die Weste bestanden hättest, wäre ich jetzt tot."

Einer der Stallburschen räusperte sich.

„Entschuldigung, was ist jetzt mit dem Arzt?"

„Unsinn", brüllte Carlo los, „wir brauchen keinen Arzt. Wir brauchen alle einen Schnaps. Und danach gehe ich raus und beruhige das Publikum."

Corvin legte die Hand auf Carlos Unterarm.

„Tu das bitte nicht. Ich habe da einen Plan."

*

Es wurde ihm doch etwas mulmig, als Nora in den Aluminiumsarg stieg, ihm noch einmal zuwinkte und der Deckel dann von zwei Polizeibeamten geschlossen wurde. Sie hatten vorher noch lange miteinander geredet, denn Nora war zuerst nicht überzeugt davon, dass dieser Plan der richtige sei. Zumal niemand sagen konnte, wie lange es noch dauern würde, bis der Prozess begann. Das könnte sich über Wochen, ja noch über Monate hinziehen und in dieser Zeit durften sie keinen Kontakt haben. Er würde nicht einmal wissen, wo das BKA sie versteckte. „Aber die Hauptsache ist", so hatte Corvin argumentiert, „dass sie glauben, du seist tot".

Dann hatte er beim BKA angerufen und die Situation geschildert. Es waren auch sofort zwei Beamte gekommen, ein Mann und eine Frau. Die waren ganz anders als Noras erster Bewacher. Zugewandt und sehr aufmerksam. „Wenn Mousa glaubt, Nora sei tot", hatte Corvin gesagt, „wird er erleichtert sein und damit auch leichtsinniger, weil er glaubt, es gibt keinen Zeugen mehr." Man werde die örtliche Presse informieren, dass Nora nicht an einer Schussverletzung, sondern an den Folgen eines schweren Sturzes gestorben sei. Annie träfe also keine Schuld. Dann glaube Mousa auch, das BKA wolle sich keine Blöße geben, um nicht zugeben zu müssen, dass es das Attentat nicht verhindern konnte. Das BKA müsse aber unbedingt die örtliche Polizei instruieren, weil der Vorgang eigentlich in deren Bereich gehöre.

Annie war froh, dass durch eine solche Darstellung des Falls ihr Ruf als Künstlerin nicht beschädigt wurde, reiste aber noch am selben Tag zurück in ihren Heimatort in England. Carlo beschloss, keine neue Vorstellung mehr zu geben als Zeichen der Trauer um den Tod ihrer Kollegin.

Dann gingen sie auseinander mit dem Schwur, dass alle, die in diesen Plan eingeweiht waren, solange schwiegen, bis Mousa hinter Schloss und Riegel saß.

Diesmal entkommst du mir nicht, dachte Almut und legte das Jagdgewehr mit dem Präzisionszielfernrohr zwischen die Vordersitze. Wieder stand sie an derselben Stelle im Wäldchen, ein Stück entfernt von dem alten Buswartehäuschen unweit der K8 bei Sallahn. Der Erpresser schien sich seiner Sache ziemlich sicher zu sein, hatte er ihr doch dieselben Bedingungen gestellt wie beim ersten Mal. Einhunderttausend Euro in einem unauffälligen Päckchen lagen nun wieder auf der bemoosten brüchigen Bank und warteten auf den Abholer. Wahrscheinlich war es sein Plan, in regelmäßigen Abständen Geld von ihr zu verlangen. Das könnte er noch viele Male durchziehen. Aber es wird dein letztes Mal sein, du Schwein, dachte sie und schaute auf die Uhr. Noch vier Minuten bis einundzwanzig Uhr.

Sie hörte ein Motorengeräusch, das näher kam. Allerdings schien es hinter ihr zu sein. Wenige Sekunden später hielt ein alter VW-Bus direkt neben ihr. Ein bärtiger und langhaariger junger Mann, der auf dem Beifahrersitz saß, kurbelte die Scheibe hinunter und lachte sie an.

„Na endlich ein Mensch in dieser trostlosen Gegend. Wir haben uns ein bisschen verfahren. Können Sie uns sagen, wie wir nach Platenlaase kommen? Da spielt nämlich heute Abend Joe White and the Fish. Den dürfen wir auf keinen Fall verpassen."

Almut schaute ihn verwirrt an. Der Bully hatte so gehalten, dass er ihr die Sicht auf das Buswartehäuschen nahm.

„Wie? Wohin? Ach so, Platenlaase. Fahren Sie immer geradeaus bis zur Landstraße. Dann ein Stück links und dann kommt ein Wegweiser. Und jetzt fahren Sie bitte."

Der Bärtige schaute sie grinsend an.

„Ist ja gut, besten Dank für die freundliche Auskunft. Wir sind schon wieder weg."

Dann kurbelte er die Scheibe gemächlich wieder hoch und der Bus setzte sich langsam in Bewegung. Sie sprang aus dem Wagen, riss das Gewehr hoch und schaute angestrengt durch das Zielfernrohr. Der Platz auf der bemoosten Bank war leer.

*

„Was für eine Tragödie", jammerte Lilo und schob die Zeitung zur Seite, „ich wollte mir doch die letzte Vorstellung anschauen. Die arme junge Frau, mitten aus dem Leben gerissen."

Corvin nickte.

„Ja, ein schrecklicher Unfall."

Lilo schaute ihn empört an.

„Hildegard sagt, das war kein Unfall."

Corvin zog die Augenbrauen hoch.

„So? Was war es denn?"

Lilo machte ein verschwörerisches Gesicht.

„Das ging nicht mit rechten Dingen zu. Wahrscheinlich steckt die Schriftstellerin dahinter. Die ist nämlich auch verschwunden. Ich habe mich erkundigt."

Corvin wollte etwas Ironisches erwidern, aber der Sound seines Handys hielt ihn davon ab.

Die Nummer war ihm geläufig.

„Hallo Wolfgang, du treue Seele."

Sievert lachte.

„War ganz schön kompliziert dieses Mal. Aber jetzt habe ich beide Namen. Hast du was zum Schreiben?"

Zehn Minuten später saß Corvin an seinem Schreibtisch, schaltete seinen Laptop ein und wollte gerade die Daten, die Sievert ihm gegeben hatte, eingeben, als sein Handy sich abermals meldete. Auch diese Nummer war ihm geläufig.

„Hallo Andi, ich denke, du bist auf Mallorca?"

Andis Stimme klang maulig.

„Bin ich ja auch. Aber hoffentlich nicht mehr lange. Hier schüttet es den ganzen Tag. Das Hotel ist total versifft und liegt am Arsch der Welt, das Essen ungenießbar. Mir reicht's. Ich komme wieder nach Hause. Kannst du mich vom Flughafen abholen?"

Corvin nickte.

„Natürlich. An welchem Tag kommst du denn?"

Andi schluckte.

„Wieso Tag? Ich bin schon am Flughafen in Palma. Mein Flieger geht in einer Stunde. Flugdauer zwei Stunden und vierzig Minuten. Das heißt, ich bin in rund vier Stunden wieder in Hamburg. Kannst du das einrichten?"

Corvin überlegte.

„Ja, kann ich. Aber komm nicht mit schlechter Laune und jammere mir nicht die ganze Fahrt über die Ohren voll. Hier scheint die Sonne."

Kopfschüttelnd lehnte sich Corvin in seinem Schreibtischsessel zurück. Ach Andi, dachte er, mal wieder am falschen Ende gespart. Das Geld hätte er lieber in der „Wende" auf den Kopf hauen sollen.

Er überlegte einen Augenblick, dann begann er, eine lange Mail zu schreiben, die mit dem Satz begann: „Mein Name wird Ihnen nichts sagen, aber das, was ich Ihnen mitzuteilen habe, wird Sie ganz sicher interessieren …"

Warum er auf dem Weg zum Flughafen diesen Umweg gefahren war, konnte er sich später nicht so recht erklären. Vielleicht war es Intuition. Oder Neugier. Oder eine Mischung aus beidem. Auf jeden Fall bog er vom geraden Weg ab und fuhr durch die Straße, in der er Almut Struck getroffen hatte. Er fuhr im Schritttempo und schaute zu den Fenstern hoch, hinter denen er ihr Apartment vermutete, konnte aber nichts

Besonderes entdecken. Weil er so langsam fuhr, hupte plötzlich ein ungeduldiger Autofahrer hinter ihm und er fuhr rechts ran. Er wollte gerade aussteigen und noch einen Blick auf das Haus werfen, als er auf der anderen Straßenseite etwas bemerkte.

Dort stand ein Mann, der sich offenbar auch für das Objekt interessierte und das Haus anstarrte. Benny, dachte Corvin, Benny die Ratte. Zwar etwas älter geworden, aber unverkennbar der Informant aus der Kleinkriminellenszene, der ihm zur Zeit seines Polizeidienstes den einen oder anderen Tipp gegeben hatte. Gegen Bares versteht sich. Benjamin Rattmann war ein kleiner, drahtiger Kerl mit einem Gesicht, das tatsächlich an das unbeliebte Nagetier erinnerte. Er war unrasiert, hatte an den Kopf gebürstete gegelte schwarze Haare und trug einen etwas zerknitterten grauen Anzug.

Corvin stieg aus und ging auf ihn zu.

„Hallo Benny, so trifft man sich wieder."

Das Rattengesicht schaute ihn erstaunt an, dann stutzte er.

„Corvin? Erik Corvin? Bist du das? Ich denke, du bist pensioniert."

Corvin lachte.

„So ähnlich. Ich lebe aber nicht mehr in Hamburg. Und was machst du so? Immer noch in der Szene unterwegs?"

Rattmann zuckte mit den Schultern.

„Wie man's nimmt. Ich arbeite jetzt meist ganz seriös als Privatschnüffler. Meistens für Eifersüchtige. So Beweise einsammeln, du verstehst?"

Corvin nickte.

„Und warum bist du hier? Auch wieder so eine Geschichte?"

Rattmann machte einen spitzen Mund und sah noch rattiger aus.

„Kann man so sagen. Bin schon eine Weile dran. Interessante Sache."

Corvin sah auf die Uhr. Es war noch früh, Andi schwebte sicher noch irgendwo in der Luft.

„Klingt spannend. Erzähl doch mal."

Rattmann lachte.

„Immer noch der alte Berufsneugierige, wie? Also, in diesem Fall ist es so …"

Auf der Rückfahrt schwieg Andi die meiste Zeit, denn das, was er erlebt hatte, war wenig berichtenswert. Dafür hatte Corvin eine Menge zu erzählen, denn die letzten Tage mit dem Zirkus waren mehr als turbulent gewesen.

„Und warum hast du den Schützen aus dem Hinterhalt nicht verfolgt?", fragte Andi.

Corvin schnaubte.

„Warum? Weil es mit zu meinem Plan gehört, dass sich die gesamte Gegenseite in Sicherheit fühlt. Und außerdem war mir Nora wichtiger."

Andi grinste.

„Genau das wollte ich hören."

Zu Hause angekommen, öffnete Corvin sogleich die Liste der neu eingetroffenen E-Mails. Die mit Spannung erwartete Antwort war nicht dabei. Das wäre dann der letzte Stein in diesem komplizierten Mosaik, der Schlussstein, wie die Kuppelbauer sagen würden.

Allerdings hatte er die Zeitverschiebung nicht berücksichtigt und so kam die Antwort erst am anderen Morgen.

Er las sie zweimal, schlug mit der flachen Hand auf die Tischplatte. „Bingo!", sagte er laut zu sich. Das wird einige Leute in ziemliches Erstaunen versetzen. Ob das ein gutes oder schlechtes Erstaunen war, würde jeder für sich entscheiden müssen.

Eine Stunde später saß er in der Küche im alten Bauernhaus bei Niko und Greta Sander.

„Ich denke, wir stehen kurz vor der Aufklärung dieses seltsamen Falles. Es wäre das Beste, wenn sich alle daran Beteiligten zusammenfinden würden. Und zwar am besten hier."

Greta schaute ihn fragend an.

„Und wie viele Personen wären das?"

Corvin dachte nach.

„Wenn ihr mich mit einrechnet, sind es sieben."

Niko legte die Stirn in Falten.

„Könntest du uns nicht vorher verraten, zu welchem Ergebnis du gekommen bist?"

Corvin schüttelte den Kopf.

„Nein, denn einige Zusammenhänge können wir erst klären, wenn alle anwesend sind. Was haltet ihr vom Freitagabend? Das wäre übermorgen."

Corvin wandte sich Niko zu.

„Ach übrigens, warum hast du mir nicht gesagt, dass du vorbestraft bist?"

Niko bekam einen roten Kopf.

„Ach so, ja, das ... das ist mir peinlich. Urkundenfälschung. Als junger Mann habe ich die Unterschrift vom Chef gefälscht. Der hat mich angezeigt. Habe Bewährung gekriegt. Aber Vorstrafe ist Vorstrafe. Tut mir leid."

Am Freitagmorgen fuhr Corvin erneut zum Hamburger Flughafen, um dort jemanden abzuholen und ins Wendland zu bringen. Acht Stunden später saßen Martin und Almut Struck, Niko und Greta Sander sowie Corvin in der großen Diele des Hauses. Es hatte einiger Anstrengung bedurft, Almut und Martin Struck davon zu überzeugen, dass ihre Anwesenheit wichtig war. Doch nachdem Corvin ihnen erklärt hatte, dass er kein Diplomat, sondern ein Expolizist sei, der im Interesse mehrerer Personen recherchiert und dabei ziemlich überraschende Dinge herausgefunden hatte, siegte ihre Neugier.

Martin sah auf die Uhr.

„Wer kommt denn noch?"

Corvin lächelte.

„Das werden Sie gleich sehen."

Kurz darauf klopfte es an die große Dielentür. Corvin sprang auf und öffnete sie.

„Schön, dass du kommen konntest. Komm bitte herein."

Carlo trug statt seinen Zirkusklamotten einen dunklen Anzug und eine Krawatte und wirkte eher wie ein Bank- als wie ein Zirkusdirektor. Corvin streckte seine Hand aus und zeigte auf ihn.

„Für alle, die ihn noch nicht kennen. Das ist Carlo Cornetti, Direktor des Zirkus Cornetti. Auch er spielt in dieser Geschichte eine Rolle."

Alle Augen waren auf Carlo gerichtet. Der räusperte sich und wirkte, für ihn sehr ungewöhnlich, etwas verlegen.

„Bin ich der Letzte? Sind wir jetzt vollzählig?"

Corvin schüttelte den Kopf.

„Nein, einer fehlt noch. Aber der ist schon da. Er wartet in meinem Auto."

Er verließ die Diele, kehrte aber nach wenigen Minuten zurück und ließ die Tür etwas offen stehen.

„Liebe Anwesende, ich möchte euch Mister Leon Truck vorstellen. Er hat eine lange Reise hinter sich und ich bedanke mich, dass er das möglich gemacht hat."

Alle schauten sich verwundert an. Corvin ging zur Tür und öffnete sie ein Stück weiter.

„Bitte, kommen Sie."

Ein Mann von mittlerer Größe trat in die Diele. Er hatte eisgraue, kurzgeschnittene Haare und trug eine Brille mit einem braunen Horngestell. Ein dichter, ebenfalls grauer Vollbart verdeckte den unteren Teil seines Gesichtes. Er trug eine helle Wildlederjacke, ein schwarzes offenes Hemd und dunkelblaue Jeans. Seine Füße steckten in schwarzen Cowboystiefeln. Auf diesen Augenblick hatte Corvin gewartet, denn er sah, wie Martin und Almut gleichzeitig die Fassung verloren und schneeweiß wurden. Carlo schaute etwas irritiert, dann riss er plötzlich die Augen auf. Niko und Greta sahen Corvin hilfesuchend an.

Der Mann lächelte.

„Guten Abend, Martin. Guten Abend, Almut, guten Abend, Carlo. Schön, mal wieder hier zu sein nach so viel Jahren. Ja, ihr könnt euch jetzt entspannen. Wie ihr seht, bin ich nicht tot, sondern höchst lebendig. Den Namen habe ich geändert, weil die Kanadier nicht mit dem ‚th‘ zurechtkamen. Sie sprechen es wie ‚ti-äitsch‘ aus und das hört sich furchtbar an. Auch Struck ist schwierig und darum habe ich das ‚S‘ weggelassen. Und so wurde aus Lothar Struck Leon Truck. Herr Corvin hat mir auf der Fahrt erklärt, wie er die Einzelteile dieser Geschichte zusammengetragen hat, in der auch ich eine Rolle spiele, und ich bin gespannt, was er zu erzählen hat."

Martin fand als Erster die Fassung wieder. Er stand auf.

„Mein Gott, Lothar, warum hast du nie wieder etwas von dir hören lassen?"

„Aber er hat doch die zwei Postkarten …", rief Almut dazwischen.

Lothar Struck schaute sie irritiert an.

„Was für Postkarten?"

Corvin hob beide Arme.

„Meine Damen und Herren, ich halte es für richtig, dass ich erst einmal die Geschichte erzähle. Dann können Sie oder könnt ihr euch untereinander austauschen. Einverstanden?"

Alle nickten, Corvin und Lothar Struck setzten sich. Corvin begann.

„Ich möchte vorrausschicken, dass alles, was ich herausgefunden habe, von mir nicht bewertet wird. Weder juristisch noch moralisch. Wie ihr damit umgeht, ist ausschließlich eure Sache.

Also, vor so ziemlich genau zehn Jahren gastierte der Zirkus Cornetti schon einmal hier. Allerdings nicht im Landkreis Lüchow-Dannenberg, sondern in der Altmark bei Salzwedel schlug er seine Zelte auf. Da das Unternehmen Bedarf an neuen Pferden hatte, sah man sich um und stieß auf den Pferdezüchter Lothar Struck. Zuständig für die Pferde war zu dieser Zeit Mariella Cornetti, die Frau des Direktors. Lothar und Mariella stellten bald fest, dass sie sehr viel gemeinsam hatten und verliebten sich Hals über Kopf. Er erzählte von seinen Kanada-Plänen und sie, dass sie in ihrer Ehe sehr unglücklich war. Beide beschlossen, zusammen fortzugehen und er begann, die Abreise heimlich vorzubereiten. Mariella sagte ihrem Mann die Wahrheit und dass sie ihn verlassen werde. Carlo geriet in Zorn, fuhr zu dem Hof Struck und stellte Lothar zur Rede. Der Streit wurde heftig und Carlo streckte Lothar mit einem Faustschlag zu Boden, wo er das Bewusstsein verlor.

Dazu ist zu sagen, dass es zu dieser Zeit zwischen Lothar, seinem Bruder Martin und seiner Schwägerin Almut heftig kriselte. Almut hätte es lieber gesehen, dass ihr Mann Martin den Hof übernahm, obwohl er der Jüngere ist. Lothar pochte jedoch auf sein Recht, obwohl er heimlich seine Abreise vorbereitete. Besonders zwischen Almut und Lothar kam es immer häufiger zu heftigen Auseinandersetzungen.

Zur Schlägerei zwischen Carlo und Lothar kam es hinter dem Haus am Rande des damaligen Teichs. Nachdem Lothar zu Boden gegangen war und nicht wieder aufstand, floh Carlo vom Hof. Der vorausgegangene Lärm lockte aber Almut an, die zu der Zeit allein im Hause war. Martin befand sich auf einer Landwirtschaftsmesse in Hannover. Sie sah den ohnmächtigen Lothar am Teich liegen und gab ihm einen Stoß, so dass er ins Wasser glitt und sofort unterging. Almut floh vom Hof, setzte sich in ihr Auto und fuhr nach Hamburg zum Flughafen, um sich dort ein Alibi zu verschaffen. Lothar wurde durch das kalte Wasser wieder wach und konnte sich in letzter Sekunde selbst retten. Er packte seine Sachen und verschwand ebenfalls nach Hamburg, mietete sich dort erst einmal in ein Hotel ein. Almut nahm zwei Postkarten mit Pferdemotiven, die Lothar für die Zucht hatte drucken lassen, und versuchte, Lothars Schrift zu imitieren. Dann bat sie eine ihrer Kolleginnen, die Flüge nach Kanada betreute, sie dort zu frankieren und abzuschicken. Almut und Carlo lebten nun mit der Vorstellung, dass sie Lothar getötet hatten, ohne einander zu kennen. Wenige Tage später ließ Almut den Teich zuschütten mit der Begründung, der sei zu gefährlich für die Kinder der Verwandten.

Lothar wurde von seinem Bruder zwar vermisst, aber ein paar Tage später kam die erste Postkarte an und bald wusste jeder, dass Lothar endgültig nach Kanada gegangen war. Allerdings hatte Martin die Schrift seiner Frau erkannt, obwohl sie sich bemüht hatte, sie zu verstellen. Sagte aber nichts, weil ihm das Verschwinden seines Bruders ganz recht war. Er ahnte aber, dass seine Frau etwas damit zu tun hatte.

Almut hatte schon vor einiger Zeit ihren Job als Stewardess verloren, weil sie Dinge geschmuggelt haben soll, die ungesetzlich sind. Zum Beispiel Kokain. Die Polizei wurde eingeschaltet, konnte ihr aber nichts nachweisen. Almut war sehr ehrgeizig und konzentrierte sich jetzt auf den Hof, holte alles aus ihm heraus. Gleichzeitig baute sie sich einen kleinen, aber feinen und vor allem zahlungskräftigen Kundenkreis aus Leuten auf, die ihren Koks bei ihr bezogen und keinen Kontakt zur kriminellen Bandenszene haben wollten. So ließ sie Kollegen regelmäßig kleine Mengen aus südamerikanischen Ländern mitbringen, die nicht weiter auffielen. Dafür bezahlte sie gut.

Sie ließen ein neues Haus am anderen Ende des Hofes bauen und verkauften das alte Bauernhaus an Niko und Greta Sander. Als die einen neuen Teich anlegen wollten, stießen sie bei den Erdarbeiten auf ein Skelett. Weil sie ahnten, dass es jetzt eine Menge Scherereien geben könnte, gruben sie die

Knochen vollständig aus und vergruben sie an einer anderen Stelle. Dabei wurden sie von Martin beobachtet. Der brachte sie an sich und versteckte sie an einem anderen Ort.

Ein Schlüsselbein hatten die Sanders aber übersehen und das fand mein Nachbar, als er den Aushub beseitigen wollte. Er rief mich zu Hilfe und wir stellten mit Hilfe eines Universitätslabors fest, dass es sich um die Knochen eines älteren Mannes handelt, dessen Todeszeitpunkt am Anfang der sechziger Jahre liegen muss. Mit Hilfe eines Kollegen von der Hamburger Polizei gingen wir die Vermisstenmeldungen aus diesen Jahren durch und stellten fest, dass zu dieser Zeit im Kreis Lüchow-Dannenberg ein Hausierer von seinem Sohn gesucht wurde. Der Winter 62/63 war einer der kältesten des Jahrhunderts und wir gehen davon aus, dass der Hausierer Hans-Werner Roschinski, der sich hier nicht auskannte, im Dunkeln in das vom Schnee bedeckte Eis des Teiches eingebrochen und ertrunken ist. Darauf fror die Eisdecke wieder zu und blieb so über drei bis vier Monate. Darum ist die Leiche nach der Schmelze auch nicht wieder aufgetrieben.

Ich mache jetzt einen großen Zeitsprung, denn kurz nachdem die Sanders die Knochen gefunden hatten, wurde Almut Struck erpresst. Und zwar auf zweierlei Weise. Zum einen mit dem vermeintlichen Fund der sterblichen Überreste des Lothar Struck und zum anderen mit einer kurzen Affäre, die sie in dem Haus in Hamburg hatte, in dem sie ein Apartment besitzt. Sie hatte sofort das Ehepaar Sander in Verdacht, denn die waren die einzigen, die von dem Skelett im Teich wissen konnten. Um ihn einzuschüchtern, schoss sie unerkannt auf Niko Sander, der nicht die geringste Ahnung hatte, worum es hier ging."

„Es reicht!"

Almut Struck war von ihrem Stuhl aufgesprungen, ihr Gesicht hochrot.

„Das sind Behauptungen, Lügen, nichts als Lügen. Jetzt bin ich hier die Alleinschuldige, die Frau mit der kriminellen Energie. Sie haben doch für nichts Beweise. Ich soll Lothar ins Wasser gestoßen haben? Dafür gibt es doch gar keinen Zeugen."

„Doch. Mich."

Jetzt war Lothar Struck aufgestanden.

„Ich hatte durch Carlos Schlag für kurze Zeit das Bewusstsein verloren, kam aber gerade wieder zu mir. Ich lag zwar auf dem Bauch, aber ich habe deinen Fuß gesehen. Du trugst Sandalen, so dass ich deine Tätowierung auf dem rechten Fuß sehen konnte. Ein Schmetterling mit blauen Flügeln."

Für einen Augenblick schwieg Almut, weil ihr Hals in Sekundenschnelle austrocknete.

„Und Martin? Meinst du, ich hätte Martin das nicht erzählt, wenn es sich wirklich so zugetragen hätte?"

„Dazu kann ich etwas ..."

Jetzt war Martin von seinem Stuhl aufgestanden. Corvin hob beide Hände.

„Ich schlage vor, dass wir erst einmal Lothar das Wort geben, um uns seine Wahrnehmung von diesem Fall zu schildern. Danach können sich alle anderen äußern."

Lothar nickte Corvin zu.

„Okay, der Schlag des ehemaligen Jahrmarktsboxers hatte mir also für kurze Zeit das Bewusstsein geraubt. Dann fühlte ich diesen Stoß, sah Almuts Fuß und versank. Durch den plötzlichen Temperaturunterschied war ich wieder voll da, kam zurück an die Oberfläche und zog mich am Gras aus dem Wasser. In diesem Moment raste ein Film durch meinen Kopf. Wenn ich Carlo und Almut nun anzeigen würde, könnte ich Kanada erst einmal vergessen. Wir würden in die Mühlen der Justiz geraten und das könnte dauern. Nein, habe ich mir gedacht, betrachte diesen Vorfall als einen Wink des Schicksals und hau ab. Jetzt sofort. Ich lief ins Haus, das wir damals ja noch gemeinsam bewohnten, und sah gerade noch Almuts Auto davonfahren. Also zog ich trockene Kleidung an, packte die nassen Sachen in einen Plastikbeutel, nahm meine Tasche mit den wichtigen Papieren und fuhr fort. Den Beutel habe ich unterwegs in einen Müllcontainer geworfen. Doch bevor ich abgefahren bin, habe ich für Martin noch ein paar Zeilen aufgeschrieben, was sich hier wirklich zugetragen hat, und sie in unsere Schatzkiste gelegt."

Corvin schaute ihn verständnislos an.

„Bitte, wohin?"

Lothar lächelte.

„Ach, das können Sie ja nicht wissen. Martin und ich hatten als Kinder ein Versteck in einer hohlen Weide nahe am Haus. Eine alte Blechkiste. Da haben wir immer alles untergebracht, was Vater nicht sehen sollte. Geld, was wir nebenbei verdient hatten, erste Zigaretten oder später kleine Schmuddelhefte. Stimmt's, Martin?"

Martin nickte.

„Ja, aber erst Tage später habe ich deinen Zettel entdeckt. Nachdem die erste Postkarte eingetroffen war und ich Almuts Schrift erkannt hatte. Danach war mir alles klar."

Almut war wieder aufgesprungen.

„Und warum hast du nichts gesagt? Warum hast du jahrelang geschwiegen? Das stimmt doch alles hinten und vorn nicht."

Martin schüttelte den Kopf.

„Weil ich zuerst dachte, dass es so geht. Jeder hat seinen Willen bekommen, keiner hat Schaden genommen. Erst als du mich immer mehr zum Trottel gemacht hast, sind in mir Rachegefühle aufgestiegen. Und da kam dieser Knochenfund gerade recht. Ich wusste ja, dass es nicht Lothar sein kann."

Almuts Stimme überschlug sich.

„Willst du damit sagen, dass du es warst, der mich erpresst hat? Du, mein Ehemann?"

Martin lachte.

„Ja, ich, dein Ehemann, den du behandelt hast wie einen Hanswurst, der keinen Durchblick mehr hat. Dafür solltest du leiden."

Almuts Stimme wurde brüchig.

„Und was hast du mit dem Geld gemacht? Mit meinem Geld?"

Martin lachte wieder.

„*Dein* Geld steht in *deinem* Koffer in *deinem* Arbeitszimmer. Mach damit, was du willst. Und auf dem Schreibtisch liegt eine Trennungsvereinbarung *meines* Anwalts. Die trifft man, damit es eine saubere Scheidung wird. Die unterschreibst du bitte."

Jetzt schrie Almut, dass die Adern auf ihrer Stirn hervortraten.

„Du willst mich ans Messer liefern, du willst, dass ich im Gefängnis lande. Und ihr anderen seid die Saubermänner. Ich bin die Hexe, die geopfert wird. Aber ihr kriegt mich nicht. Eher bringe ich mich um."

Sie rannte durch die Diele, warf dabei zwei Stühle um, riss die Tür auf und war verschwunden.

Martin schaute Corvin mit aufgerissenen Augen an.

„Mein Gott, sie tut es wirklich. Ich muss das verhindern."

Er drehte sich um und eilte zur Tür. Corvin hob den Arm.

„Warten Sie, ich komme mit."

Sie verließen das Grundstück der Sanders durch die Gartenpforte und liefen auf der Straße weiter. Martin, der keine körperlichen Anstrengungen mehr gewohnt war, blieb keuchend stehen und hielt sich die Seite.

„Moment, ich habe Stiche. Gleich geht's wieder."

Corvin lief an ihm vorbei.

„Ich halte sie auf. Kommen Sie nach. So schnell wie möglich."

Er spurtete los und sah nach kurzer Zeit, wie Almut in ihre Einfahrt lief, gerade auf das Haus zu, das immer noch von dem Gerüst eingefasst war. Er ahnte, was sie vorhatte.

„Frau Struck, nicht auf das Gerüst. Machen Sie keinen Unsinn."

Doch da hatte Almut bereits ihre Schuhe abgestreift und stieg mit erstaunlicher Geschwindigkeit auf dem Gerüst in die Höhe. Jetzt hatte sie die Balustrade erreicht. Es gab ein knirschendes Geräusch, als wenn Stein auf Stein reibt.

„Corvin! Vorsicht!"

Martin kam herbeigerannt und gab Corvin einen Stoß, dass er ein paar Schritte zur Seite taumelte. Im selben Augenblick krachte die Löwenstatue genau auf die Stelle, an der er eben noch gestanden hatte.

„Almut, nein!", schrie Martin, breitete die Arme aus und wurde von seiner herabstürzenden Frau zu Boden gerissen.

Inzwischen waren die restlichen vier der denkwürdigen Abendveranstaltung eingetroffen. Corvin hatte sein Handy am Ohr.

„Ja, hallo, hier ist Erik Corvin. Wir brauchen dringend einen Rettungswagen. Eine Nachbarin wollte uns die Renovierungsarbeiten an ihrem Haus zeigen und ist dabei vom Gerüst gestürzt. Außerdem hat sie bei dem Sturz ihren Mann verletzt. Ich sage Ihnen jetzt die genaue Adresse …"

*

Ein paar Tage später saßen sie auf der Bank vor der Küche auf Corvins Hof und genossen die Abendsonne. Andi schüttelte den Kopf.

„Das ist ja wirklich eine verrückte Geschichte. Und weißt du, wie es den beiden geht?"

Corvin nickte und nahm einen Schluck aus der Bierflasche.

„Ja, sie liegen beide noch im Krankenhaus. Gehirnerschütterungen, Brüche, Prellungen – das ganze Programm. Aber sie haben sich wieder versöhnt und wollen noch mal von vorn anfangen."

Andi schob seine Brille über die Nase nach hinten.

„Aber eigentlich haben sie sich doch beide strafbar gemacht."

Corvin zuckte mit den Schultern.

„Wo kein Kläger, da kein Richter. Von mir erfährt jedenfalls niemand etwas."

„Und Lothar?"

„Ist gleich danach wieder abgereist. Er meinte, seine Mission sei erfüllt, die Vergangenheit interessiere ihn nicht mehr und außerdem brauchen ihn seine Canadian Horses, die er dort züchtet."

„Und der Rest der Truppe?"

„Carlo hat zugegeben, dass er nur aus dem Grund hier noch einmal gastiert hat, um herauszukriegen, ob er Lothar damals wirklich umgebracht hat. Dann hat er seine Frau in ein Sanatorium gebracht und zieht nun mit dem Zirkus unbeirrt weiter. Der Rest ist Schweigen. Und die Sanders werden von den Strucks stillschweigend eine Art Schmerzensgeld bekommen und genießen die Abende am Teich. Greta soll sogar schon im Wasser gewesen sein."

Andi schob seine Brille nach hinten.

„Sag mal, aber was wird denn nun aus den Knochen des unglücklichen Hausierers, von denen ich ja offiziell nichts weiß?"

Corvin lächelte.

„Das hat Martin übernommen. Er ist der Meinung, dass dessen Tod ja noch im Verantwortungsbereich der Familie Struck liegt. Und darum wird er dafür sorgen, dass seine Überreste in einer verschwiegenen Ecke des Anwesens beigesetzt werden. In aller Stille, versteht sich. Insofern wäre alles geregelt. Aber weißt du, was mich zum Grübeln bringt?"

Andi grinste.

„Du wirst es mir gleich sagen."

„Ich habe dir doch von Catarina, der Garderobiere von Carlo erzählt. Die hat mir aus der Hand gelesen und mir geweissagt, dass mein Leben bedroht wird. Von einem

Löwen. Und so einer hätte mir vor vier Tagen beinah ein Loch in den Kopf geschlagen."

Andi schaute ihn zweifelnd an.

„Aus der Hand gelesen? Und du glaubst an so einen Quatsch?"

Corvin lächelte

„Jetzt schon."

**Die Personen**

**Enrico (Erik) Corvin**
ehemaliger Hamburger Polizist mit Wurzeln im Wendland
**Andreas (Andi) Feindt**
Corvins Freund und Ex-Kollege
**Lieselotte (Lilo) Lorenz**
Corvins resolute und wissbegierige Haushälterin
**Erwin Wohlleben**
Nachbar, Rosenkenner und Helfer in allen Notlagen
**Frank Matthes**
Wirt in der „Wende"
**Greta und Niko Sander**
machen beim Graben eine unheilvolle Entdeckung
**Almut Struck**
ehrgeizige Hofbesitzerin mit dunklen Seiten
**Martin Struck**
ihr unter dem Pantoffel stehender Ehemann
**Nora Viktoria Tkadletschek**
von Killern Verfolgte mit unaussprechlichem Nachnamen
**Carlo Cornetti**
wortgewaltiger Zirkusdirektor mit Herrschersyndrom
**Diego Sanchez**
Zirkusclown, der keinen Spaß versteht
**Cherie**
kleine Hundedame mit großem Selbstbewusstsein
**Marion und Kurt Müller**
unauffälliges Ehepaar mit präzisen Zielvorstellungen

# Der Autor

*Rolf Dieckmann*, freier Journalist und Autor, hat viele Jahre für Zeitungen und Magazine gearbeitet. Die längste Zeit für den *stern*.

Sein erzählerisches Debut lieferte er mit zwei Romanen aus der Toskana um den charismatischen Spieleerfinder Robert Darling. Bei Ellert & Richter sind seine Krimis „Es sind Wölfe im Wald", „Kalthaus", „Die Frau aus dem Moor" und „Gespenster" lieferbar.

Er wohnt im Wendland, wo sein altes Bauernhaus im Laufe der Zeit immer mehr zum Lebensmittelpunkt geworden ist.

# Die Wendland-Krimis

*Rolf Dieckmann*
Es sind Wölfe im Wald
Kriminalroman
272 Seiten
978-3-8319-0740-3

Ein Bogenschütze jagt in den tiefen Wäldern des Wendlands. Doch nicht auf Wild hat er es abgesehen, sondern auf Männer mit einem dunklen Geheimnis, die qualvoll durch seinen Pfeil verenden. Kriminaloberkommissar Erik Corvin, der sich von Hamburg in seine alte Heimat nach Dannenberg versetzen ließ, steht vor einem Rätsel, denn zunächst ist ein Zusammenhang zwischen den Opfern nicht zu erkennen. Gleichzeitig beunruhigen Attacken des wieder heimisch gewordenen Wolfes den sonst so beschaulichen Landstrich. Durch seine Recherchen kommt Corvin den Zusammenhängen nicht nur auf die Spur, sie verändern auch sein ganzes Leben. Die Lösung dieses mysteriösen Falls findet er überraschend auf einer Insel weit im Süden ...

# Die Wendland-Krimis

*Rolf Dieckmann*
**Kalthaus**
**Kriminalroman**
248 Seiten
978-3-8319-0751-9

Eigentlich will der ehemalige Kriminaloberkommissar Erik Corvin nichts mehr mit Ermittlungen zu tun haben, nachdem er den Beruf des Polizisten endgültig an den Nagel gehängt hat. Aber das spurlose Verschwinden einer jungen Frau aus adeligem Haus und die traurigen Augen ihrer Freundin reizen die Sinne des Spürhundes. Außerdem muss er in eigener Sache ermitteln, denn woher stammt der Plastiksack voller Geldscheine, den jemand auf seinem Hof versteckt hat? Und welches Geheimnis hütet die gepiercte Schönheit mit der widerborstigen Punkerfrisur, die sich in einem seiner schwachen Momente bei ihm einquartiert hat? Bis Corvin die Zusammenhänge erkennt, steckt er bereits mitten drin und steht einigen Leuten erheblich im Wege.

## Die Wendland-Krimis

*Rolf Dieckmann*
**Die Frau aus dem Moor**
**Der Wendland-Krimi**
248 Seiten
978-3-8319-0800-4

In den letzten Minuten seines Lebens gesteht ein Mann seiner Frau einen Mord. Doch er stirbt, ohne weitere Einzelheiten zu nennen.

In ihrem Entsetzen sucht die Witwe Hilfe bei Erik Corvin, der sich auf einen Resthof im Wendland zurückgezogen hat und mit Verbrechen nichts mehr zu tun haben will. Die Verzweiflung der attraktiven Rothaarigen stimmt ihn um. Zur gleichen Zeit gerät auch noch einer seiner besten Freunde unter Mordverdacht und die Begegnung mit einer Frau, die zu einem Bordellbetrieb mitten im Wald gehört, macht alles komplizierter. Durch sie gerät er zwischen die Fronten zweier konkurrierender Gruppen aus dem Milieu, die nicht gerade zimperlich sind. Aber er gibt nicht auf, denn langsam wird ihm klar, dass zwischen diesen scheinbar zusammenhanglosen Ereignissen eine Beziehung besteht.

# Die Wendland-Krimis

*Rolf Dieckmann*
Gepenster
Der Wendland-Krimi
Erik Corvins vierter Fall
280 Seiten
978-3-8319-0834-9

Eigentlich will der Hamburger Expolizist und Hobbyland-wirt Erik Corvin nur herausfinden, wohin seine Hühner verschwinden. Darum stellt er eine Wildkamera auf, die den Dieb auf frischer Tat ertappen soll. Doch die Kamera zeichnet ein Geschehen auf, das Corvin sich zunächst nicht erklären kann. Dann ist da noch diese Frau, die glaubt, ein Mörder verfolge sie, und deren Mann behauptet, sie sähe nur Gespenster. In einem alten Bauernhaus spukt es, ein geheimnisvoller Engländer ist auf der Suche nach einem verschwundenen Landsmann und ein Erpresser droht, die „Kulturelle Landpartie" in die Luft zu sprengen. Die Ereig-nisse überschlagen sich und Corvin merkt langsam, welche Zusammenhänge da bestehen. Diese Erkenntnis kommt sehr spät, fast zu spät. Denn inzwischen ist er selbst ein Störfaktor, der beseitigt werden soll.

## Wahre Geschichten, die spannender, schockierender und monströser sind als jeder Krimi

*Klaus Püschel / Bettina Mittelacher*
Der Tod gibt keine Ruhe
Faszinierende Fälle aus der
Rechtsmedizin
328 Seiten
978-3-8319-0735-9

Warum musste ein Mensch sterben, so plötzlich und völlig unerwartet? Was musste das Opfer ertragen? Was genau ist in den letzten Augenblicken seines Lebens geschehen? Rechtsmediziner Klaus Püschel, seit vier Jahrzehnten international gefragter Experte seines Fachs, hat alles gesehen, analysiert und rekonstruiert, was Menschen anderen Menschen antun. Und Gerichtsreporterin Bettina Mittelacher hat in zahllosen Prozessen mit angehört, wie Menschen zu Gewaltverbrechern wurden und durch welche Hölle ihre Opfer gegangen sind.

Tote schweigen nicht
256 Seiten
978-3-8319-0660-4

Tote lügen nicht
288 Seiten
978-3-8319-0702-1

287

Bibliografische Information der Deutschen
Nationalbibliothek
Die Deutsche Nationalbibliothek verzeichnet diese
Publikation in der Deutschen Nationalbibliografie;
detaillierte bibliografische Daten sind im Internet über
http://dnb.d-nb.de abrufbar.

ISBN 978-3-8319-0857-8

Titelfoto: Adobe.Stock (generiert mit KI)
Text: Rolf Dieckmann
Lektorat: Sandra Troglauer, Hamburg
Gestaltung: BrücknerAping Büro für Gestaltung, Bremen
Gesamtherstellung: CPI books GmbH, Leck

www.ellert-richter.de
www.facebook.com/EllertRichterVerlag
www.instagram.com/ellert_richter_verlag